Doctor Dolittle and the Green Canary

Doctor Dolittle and the Green Canary

둘리틀 박사와 초록 카나리아

Doctor Dolittle and the Green Canary

휴 로프팅 지음 | 장석봉 옮김

궁리
KungRee

일러두기 |

이 책은 『Doctor Dolittle and the Green Canary』(J. B. Lippincott Co., 1950)을 우리말로 옮긴 것입
니다.

제 남편인 휴 로프팅은《해럴드 트리뷴 신디케이트》에 초록 카나리아 피피넬라의 이야기와 그림을 연재하면서 언젠가는 책으로 출판할 생각을 하고 있었습니다.

이 이야기 속에서 작은 초록 카나리아는 『둘리틀 박사의 캐러밴』에 오페라의 프리마돈나로 등장해 둘리틀 박사 식구들의 사랑을 듬뿍 받는 가족이 되었습니다. 하지만 남편은 그 책에서 피피넬라의 이야기를 아직 다 하지 못했다는 생각이 들어 박사의 이 작고 사랑스러운 친구의 모험 이야기를, 캐러밴에 합류하기 전은 물론 카나리아 오페라가 끝난 뒤 박사와 함께한 모험 이야기까지 전부 모아 별도의 책에 담기로 했습니다.

남편은 이 이야기를 끝내지 못했습니다. 하지만 남편은 거의 완성 단계까지 집필했었고, 그래서 저는 남편 대신 이 이야기를 완결시킬 방법을 찾아야 한다고 생각했습니다. 마침 제 여동생인 올가 마이클이 그 일을 맡아 마무리해 주겠다고 해서 리핀코트 출판사와 저는 매우 기뻤습니다. 생전에 남편은 동생의 재능을 높게 평가하고 격려해 주었습니다. 그리고 남편이 피피넬라 이야기를 쓸 때 새로운 자료를 준비하는 일을 돕기도 했습니다.

이 책이 세상에 나오게 된 데에는 이런 사연이 있었습니다. 완성된 초록 카나리아 이야기는 첫장에서 이 책을 처음 읽는 독자들을 위해 박사와 그의 가족을 간략히 소개하는 부분과 이 비범하고 작은 새, 피피넬라의 모험 이야기가 극적으로 마무리 지어지는 결말 부분을 제외하고는 모두 남편이 쓴 것입니다. 저는 남편도 이 책을 기꺼이 인정해 주리라고 믿습니다.

조지핀 로프팅

차례

3부

1부

박사님, 카나리아를 만나다

초록 카나리아 피피넬라의 이 모험 이야기는 존 둘리틀 박사님이 서커스단을 운영하던 시절에서부터 시작된다. 나는 이 작은 암컷 새가 둘리틀 박사님과 함께 살게 되기 전에 경험한 신기한 일들을 이 책에서 자세히 말할 것이다. 이 희귀종 카나리아 피피넬라를 둘리틀 박사님은 동물 먹이 장수 매슈 머그와 함께 산책하다 우연히 들른 애완동물 가게에서 처음 보았다. 박사님은 처음에는 자신이 잘못 샀다고 생각했는데 그건 녀석이 노래하지 못한다고 생각했기 때문이었다. 하지만 마차에 데리고 오니 녀석은 깜짝 놀랄 만큼 아름다운 메조 알토로 노래를 불렀다.

더욱 놀라운 건, 피피넬라가 수천 킬로미터나 여행하며 온갖 곳에서 살면서 다양한 경험을 했다는 것이었다. 피피넬라가 자신이 동물 가게에서 팔리는 신세가 된 드라마 같은 이런저런 사연을 처음 들려주었을 때 박사님은 중간에 말을 가로막으며 말했다.

"피피넬라, 너도 알겠지만, 난 지금까지 몇 년째 동물들의 삶에 대해 쓰고 싶어 했어. 하지만 대부분의 새와 동물들은 세세한 것들을 말해 주기엔 기억력이 모자라 나는 그 어떤 동물에게서도 자신이 살아 온 이야기를 완전하게 들어 본 적이 단 한 번도 없어. 하지만 너는 다른 것 같아. 넌 기억력이 아주 뛰어나 보여. 타고난 이야기꾼이야. 그러니 네 전기를 쓰는 걸 도와주지 않겠니?"

"예, 기꺼이 그럴게요. 박사님, 언제부터 시작하면 될까요?" 피피넬라가 대답했다.

"충분히 쉬고 나서 아무 때나 시작해도 좋아." 박사님이 말했다. "창고용 천막에서 공책을 좀 가져다 달라고 해야겠다. 내일 밤 서커스가 끝난 다음부터 시작하면 어떨까?"

카나리아가 대답했다. "좋아요. 내일부터도 괜찮아요. 오늘 밤은 피곤하네요. 오늘은 정말 힘든 날이었어요. 전 박사님이 절 내버려둔 채 이 끔찍한 동물 가게를 그냥 지나치실까 봐 오후 내내 마음 졸였었거든요."

박사님이 말했다. "그랬을지도 몰라. 너를 넣어 둔 새장이 밖에서도 보이는 곳에 매달려 있지 않았다면 그래서 낙담해 있는 너를 보지 못했다면 그냥 지나쳤을지도 모르지."

"박사님 눈에 띄어서 얼마나 다행인지 몰라요!" 피피넬라는 안

도의 숨을 내쉬었다. "그 더러운 가게에서 단 1분도 참지 못했을 거예요."

박사님이 말했다. "그건 이제 다 지나간 일이야. 여기서 우리랑 있는 게 네 마음에 들면 좋겠구나. 보다시피 우리 생활은 단순하단다. 여기 있는 동물들이랑 새들은 내 가족이나 마찬가지야. 그리고 한동안은 이 마차가 우리 집이고. 이제 서커스단 생활도 충분히 했다는 생각이 들면 언제든 다시 퍼들비로 돌아갈 거고 그때는 너도 우리랑 함께 가야 할 거야. 그곳 생활은 여기보다도 훨씬 더 단조로울지도 몰라. 그래도 여기처럼 즐겁기는 할 거야."

박사님과 초록 카나리아의 대화는 모두 새의 말로 진행되었다. 존 둘리틀 박사님과 그의 가족 이야기를 읽었다면 여러분도 알겠지만 박사님은 동물 말을 하는 법을 이미 오래전에 배웠다. 이 특별한 능력 덕분에 박사님은 모든 동물로부터 믿음과 존경을 받을 수 있게 되었고, 결국은 직업도 인간의 병을 고쳐주는 의사에서 동물, 물고기, 새의 병이나 상처를 치료해 주는 수의사로 바뀌어 바쁘게 살게 되었다.

전기를 쓰기 위해 박사님과 피피넬라가 대화를 나누는 동안 다른 동물들은 마차 구석에 모여 격렬한 토론을 벌였다. 돼지 거브거브, 오리 대브대브, 개 지프, 올빼미 투투는 이런 영예로운 일을 할 식구로 새내기를 택한 걸 매우 언짢아했다. 소심한 흰쥐 화이티는 다른 동물들이 어떤 말을 하는지 잠자코 듣기만 했다. 하지만 자만심으로 똘똘 뭉친 거브거브는 자기가 박사에게 직접 가서 따지겠다고 나섰다.

다음날 카나리아의 이야기를 계속 듣기 위해 동물들이 마차 안에 모였을 때, 거브거브는 잔뜩 긴장해 헛기침을 해 대다 말문을 열었다.

"이 보잘것없는 카나리아의 전기를 읽을 사람이 단 한 명이라도 있을까요?" 거브거브는 투덜대며 말했다. "내가 있었던 곳은 왜 안 되죠? 아프리카, 아시아, 피지 제도. 게다가 내가 지금까지 먹어 본 것들은요! 다른 거라면 몰라도 음식에 관해서라면 난 이미 유명인사라고요. 저 따위 카나리아가 음식에 대해 뭘 알겠어요? 말라비틀어진 씨앗이나 빵 부스러기밖에는 먹어 본 적이 없을 거잖아요? 게다가 도대체 어딜 갈 수 있었겠어요. 평생을 거의 대부분 새장에 갇혀 지냈을 텐데요."

"먹을 거! 먹을 거! 생각하는 거라고는 늘 그것뿐이군." 투투가 잔소리를 늘어놓았다. "그런 거보다는 수학을 잘하는 게 더 중요해. 예를 들면 나처럼 말이야. 나는 잉글랜드 은행에 있는 금값이 얼마나 되는지도 정확히 안다고!"

"난 왕한테 목걸이도 하사 받았어. 그거 정말 대단한 일이라구!" 지프가 말했다.

"내 생각에는 그건 내가 잠자리가 편하도록 기품 있게 침구 정리를 할 수 있는 거에 비하면 아무것도 아닌걸." 대브대브도 끼어들어 한마디 했다. "게다가 너희들이 건강하게 살고 식사도 제대로 할 수 있는 게 누구 덕이지? 내 생각에는 이게 훨씬 더 소중한

투투가 잔소리를 늘어놓았다. "그런 거보다는 수학을 잘하는 게 더 중요해."

일일 거야."

하지만 흰쥐는 단 한마디도 거들지 않고 조용히 앉아 있기만 했다. 흰쥐는 솔직히 자신의 삶이 뭔가 전기를 쓸 만큼 재미있을 거라는 생각이 들지 않았다. 흰쥐는 둘리틀 박사님이 뭔가 물어볼게 있다는 듯 자기를 바라보자 바로 눈길을 돌리고 자는 척했다.

"화이티, 넌 뭐 할 말 없니?" 박사님이 물었다.

흰쥐는 쭈뼛쭈뼛하며 말했다. "없어요. 박사님. 예, 없어요. 전 피피넬라의 전기도 근사할 거라고 생각해요."

"그래, 그렇담 그렇게 하기로 하자. 자, 이제… 우리는 준비가 되었고, 피피넬라, 너도 준비되었지?"

카나리아는 자기가 작은 새 사육장에서 태어난 이야기부터 꺼냈다. 아주 작은 곳이었지만, 카나리아들을 사육하는 그곳 주인은 피피넬라의 목소리를 아주 좋아해서 녀석을 특히 더 잘 보살펴 주었다. 그리고 자기가 이렇게 희귀한 초록색 깃털을 가지고 태어난 건 아빠 새가 담황색 에르츠 산맥 카나리아이고 어머니는 혈통 좋은 가문의 녹색 방울새였기 때문이라고 했다. 피피넬라는 사육사가 자신의 특별한 점을 알아차리기 전까지 수컷 형제 셋, 암컷 자매 둘과 같은 둥지를 썼다고 말했다. 그 특별한 점이라는 것은 암컷 새인데도 마치 수컷처럼 노래를 아름답게 부를 수 있는 능력이었다.

하지만 피피넬라는 암컷 새들이 원래 수컷보다 노래를 잘 부르지 못한다는 건 사실이 아니라고 했다. 암컷 새들이 노래를 잘 부

16

르지 못하는 것은 수컷 새들이 암컷이 노래를 부르는 걸 좋게 보지 않고, 암컷의 역할은 그저 아이를 잘 먹이고 잘 돌보며, 또 남편과 아이를 위해 가정을 잘 꾸리는 것이라고만 여기기 때문이라는 것이다.

피피넬라가 새 주인에게 팔려 새로운 집으로 가게 된 건 아름다운 목소리 덕분이었다. 그의 집은 세계 곳곳에서 나그네들이 찾아와 항구에서 배가 떠나기 전에 들러 식사를 하거나 머무르는 여관이었다.

피피넬라는 그 여관에 대해 자세히 설명했다. 설명이 끝나자 둘리틀 박사님이 불쑥 질문을 했다.

"미안한데, 피피넬라, 그 여관이라는 곳이 혹시 런던에서 리버풀로 가는 길에 있지 않았니? 내 생각에는 '7대양'이라는 여관이 있었던 것 같은데."

"맞아요. 박사님." 작은 새가 대답했다. "거기 가 보신 적이 있나요?"

존 둘리틀 박사님이 대답했다. "그래, 그것도 대여섯 번쯤."

그러자 거브거브가 의자에서 벌떡 일어나다 피피넬라가 이야기를 하고 있던 탁자에 부딪히는 바람에 카나리아의 물그릇이 뒤집어졌다.

거브거브가 큰 소리로 말했다. "나 기억나! 순무가 아주아주 맛있던 곳이야. 파슬리 소스에다 육두구를 조금 넣은 요리가 나왔어."

지프도 말했다. "잊을 수가 없어. 거기다 아주 맛있는 뼈다귀를 묻어 두고 왔거든. 식사가 끝난 다음에 요리사가 준 걸 다음에 먹으려고 숨겨 두었는데. 박사님이 빨리 떠나야 한다고 너무 서두르시는 바람에 다시 파낼 틈이 없었어."

"너 정말 두고두고 아쉬웠겠다." 투투가 말했다. "하지만 여기 퍼들비에 돌아와서 묻은 뼈다귀도 엄청나게 많은 걸!"

"그래 봤자, 서너 개뿐이야." 지프가 대답했다. "정말 힘든 때였잖아."

"여관을 나올 때 내가 금화를 찾지 못했다면 더 힘들었을 거야." 화이티가 끼어들었다.

"금화라니?" 박사님이 물었다. "그런 말 나한테는 하지 않았잖아. 화이티, 그 돈으로 뭐했니?"

화이티는 난처한 표정으로 대브대브와 박사님의 얼굴을 번갈아 쳐다보았다. 화이티는 금화 얘기는 꺼내지 말았어야 했다고 후회했다.

대브대브가 깃털을 부풀리며 혀를 끌끌 찼다.

"박사님, 저한테 주었어요." 심기가 뒤틀린 목소리로 대브대브가 말했다. "사기꾼 블러섬이 서커스단 돈을 몽땅 챙겨 사라진 다음 우리가 어떻게 굶지 않고 살았다고 생각하세요? 우리 식품저장실이 텅 비어 있었다는 건 알고 계세요? 차 한 숟가락하고 곰팡내 풀풀 나는 타피오카 조금 말고는요."

"하지만 금화는 너희 것이 아니잖아." 박사님이 말했다.

18

"그렇다고 주인이 따로 있는 것도 아니잖아요." 화이티가 말했다. "그 돈은 마차를 모는 말 뒷다리 사이에 떨어져 있었어요. 게다가 그 말이 발로 흙을 뒤로 차 대는 바람에 제 눈에도 잘 보이지 않았는걸요. 저의 이 좋은 눈에도 말이에요."

"화이티가 아니면 아무도 보지 못했을 거예요. 현미경처럼 좋은 눈이 아니었다면 말이에요." 대브대브가 거들었다. "거기 있던 마부랑 부엌 하녀들한테 금화 주인 아니냐고 물어보았자 아무 소용도 없었을 거고요. 그 사람들이 금화를 자기 돈이라고 말하기라도 했겠어요? 게다가 그 돈은 이미 써서 없어요. 이미 1년이 다 되어 가는 일이고요."

"거참." 박사님은 한숨을 내쉬었다. "그래, 그렇다고 치자꾸나. 피피넬라, 이야기 계속해 줄래?"

"여관 주인도 주인아주머니도 그 집 아이들도 모두 절 소중하게 대해 주었어요."

카나리아는 이야기를 이어갔다. "거기서 전 친구도 많이 사귀었어요. 모두 걸음을 멈추고 저한테 말을 걸고 제 노래를 들었어요. 전 정말 흐뭇했어요.

사방에서 오가는 마차들이랑 바쁘지만 즐겁게 일하는 여관의 하인들을 보면서 저는 새 노래 아이디어가 무한정 생각났어요. 작곡하기에 정말 딱인 곳이었어요!

날씨가 좋은 날에는 주인이 제 새장을 여관 입구 쪽 높은 곳에 있는 갈고리에 걸어 주었어요. 제가 가장 좋아하는 노래를 불러 손님들을 환영했어요. 제가 작사하고 작곡한 한 노래는 들은 사람들 모두 무척이나 마음에 들어했어요. '여보세요, 나와 보세요, 마차가 왔어요!'라는 제목을 붙인 그 곡을 말발굽 소리가 들릴 때마다 저는 마구간지기랑 짐꾼들에게 손님을 태운 마차가 온다는 걸 알려주기 위해 목청껏 불렀어요.

저랑 친구가 된 사람 중에는 잭이라는 이름을 가진 사람이 있었는데 그 아저씨는 북쪽에서 오는 밤 마차를 모는 사람이었어요. 저는 잭 아저씨를 위해 '마구가 짤랑짤랑'이라는 흥겨운 노래를 만들었어요. 잭 아저씨는 시끌벅적한 안마당으로 마차를 몰고 들어올 때마다 '울라! 날랄라! 울라!'라고 외치며 절 찾았고, 그럼 저는 그 노래로 대답했어요."

2장

7대양 여관

초록 카나리아는 추억에 젖어 잠깐 멈췄다가 이야기를 계속했다.

"거기서 전 사람 친구도 많이 사귀었지만, 그에 못지않게 동물 친구도 많이 생겼어요. 전 마차를 끄는 말들을 모두 알고 있어서 그들이 뜰에 들어올 때마다 이름을 불러 주었어요.

친구 중에는 개들도 있었어요. 문 옆 개집에 사는 경비견하고 마구간 근처를 어슬렁거리는 테리어들이었어요. 개들은 마을에 떠도는 온갖 풍문을 다 알고 있었어요. 여관에는 말에게 줄 건초를 보관하는 오두막이 있었는데 그 위에 비둘기장이 하나 있었어요. 거기에는 먼 거리를 날아 전갈을 전해 줄 수 있도록 훈련받은 전령 비둘기들이 살았어요. 밤에 녀석들은 지붕 홈통에 앉아서,

"작은 양철 그릇을 꺼내 거기다 음식을 담아 마당에 앉아 먹었어요."

혹은 제 새장이 있는 안마당을 활보하며, 아니면 말 먹이 자루에서 떨어진 곡식을 쪼아먹으며 제게 재미난 이야기들을 들려주었어요.

그래요. 돌이켜 보면 그 오래된 여관은 새장을 집 삼아 사는 저 같은 새에게는 아마 가장 살기 좋은 곳이었던 것 같아요.

제 생각에는 아마 다섯 달쯤 되었던 것 같은데, 그러니까 포플러 이파리들이 누렇게 물들기 시작했을 때였는데 뭔가 이상한 게 느껴졌어요. 밤에 사람들이 안마당으로 몰려와 걱정스러운 표정으로 심각하게 뭔가를 이야기하는 거예요. 저는 그 사람들이 나누는 대화가 들릴 정도로 가까운 곳에 있었어요. 그 당시 저는 인간의 말을 아주 많이 알고 있었어요. 하지만 그때 그 사람들이 하는 이야기는 하나도 알아듣지 못하겠더라고요. 소위 정치라는 것에 대해 이야기하고 있는 것 같았어요. 뭔가 불안해 하는 기색이 역력했어요. 뭔가를 기다리는, 아니 뭔가를 두려워하고 있는 것처럼 보였어요.

그러다 어느 날 전 태어나서 처음으로 군인들을 보았어요. 그 사람들은 아침 일찍 쿵쾅쿵쾅 행진을 하며 여관 안뜰로 들어왔어요. 등에는 무거운 배낭을 메고 있었어요. 밤새 행군을 한 게 분명했는데, 왜냐하면 대부분 마구간 벽에 기대 털썩 주저앉아 먼지투성이 발을 쭉 내밀고 있다가 그대로 잠들어 버렸거든요. 그 사람들은 다음 날 아침까지 우리 여관에 있었는데 등에 멘 배낭에서 작은 양철 그릇을 꺼내 거기다 음식을 담아 마당에 앉아 먹었어요.

그들 중에는 여관에서 일하는 하녀를 친구로 둔 사람들도 있었어요. 그들이 떠날 때 하녀들은 부엌 창가에서 손을 흔들며 배웅을 했는데 그중에는 울고 있는 하녀도 두 명 있었어요. 꽤 많은 사람이 그들을 배웅하기 위해 모였어요. 붉은 군복을 입고 어깨에는 총을, 등에는 배낭을 멘 채, 땅, 따당, 땅, 땅, 북소리에 맞춰 4열 종대로 행진하는 모습은 정말 근사해 보였어요.

이 군인들이 나간 후 며칠 지나지 않아 또 다른 군인들이 여관이 찾아 왔어요. 하지만 이번 부대원들은 근사한 군복도 입지 않았고, 북소리에 맞춰 행진하지도 않았어요. 누더기 차림에다 눈에는 핏발이 서 있었고, 질서도 규율도 정말 엉망이었어요! 그들은 소리를 지르고 지팡이를 휘두르며 우르르 마당으로 뛰어들어 왔어요. 그들 중 대장이 통을 뒤집은 다음 그 위에 올라가 연설을 하기 시작했어요. 여관 주인은 병사들을 데리고 여기서 나가 달라고 대장에게 간청했어요. 주인은 자기 여관 마당에 그들이 있는 걸 못마땅해 했어요. 하지만 대장은 주인의 말을 귓등으로도 안 들었어요. 이윽고 또 다른 연설이 시작되었어요. 하지만 전 그 사람들이 무얼 하고 있는지 하나도 알 수 없었어요.

마침내 누더기 차림의 이 부대원들이 제 발로 여관에서 나갔어요. 마당이 텅 비자 주인은 그들이 다시 돌아오지 못하도록 문을 닫고 자물쇠를 잠갔어요.

저는 비둘기 친구에게 도대체 무슨 일이냐고 물어봤어요. 비둘기는 심각한 모습으로 머리를 설레설레 저었어요.

'나도 잘 모르겠어.' 비둘기가 말했어요. '지난 몇 주 동안 무슨 일이 일어나긴 한 것 같아. 그게 전쟁이 아니었으면 하지만. 우리 비둘기장에서 가장 뛰어난 전령 비둘기 두 마리가 월요일에 끌려 갔어. 녀석들이 어디로 갔는지는 우리도 몰라. 하지만 그 두 녀석 이 예전에 전쟁이 났을 때 전령 비둘기 일을 했었다는 건 알아.'

'전쟁이 뭐야?' 제가 물었어요.

'아, 그거, 그건 정말 추저분하고 멍청한 짓거리야.' 비둘기가 말했어요. '양쪽으로 갈려 깃발을 흔들고 북을 치고, 대포를 쏴 서로를 죽이는 거야. 매번 이런 식으로 시작해. 연설, 그러니까 권리니 뭐니 온갖 것에 대해 뭔가를 주장하는 거로 시작돼.'

'그런데 뭐 때문에? 그러면 뭐 좋은 일이라도 생겨?'

'나도 몰라.' 비둘기가 대답했어요. '솔직히 말하면 그 사람들도 사실은 잘 모를 거야. 젊었을 때 나도 전쟁터에서 전령 일을 한 적 이 있어. 하지만 군인들도, 아니 장군들도 실제로 무슨 일인지를 나보다 더 많이 안다는 생각이 안 들었어.'"

피피넬라는 이 대목에서 잠깐 말을 끊고, 물을 마신 다음 이야 기를 이어 갔다.

"누더기 같은 옷을 입은 사람들이 연설하러 왔던 바로 그 주에 여관에 또 이상한 손님이 왔어요. 눈이 휘둥그레질 정도로 우아한 자가용 마차였어요. 마차의 문에는 멋진 그림이 그려져 있었고, 손잡이와 장식물들은 모두 은으로 만들어진 것들이었고, 호위 시 종들은 멋진 말을 타고 있었는데, 그런 멋진 마차는 그때까지 단

한 번도 본 적이 없었어요.

마차가 길에 들어서는 모습이 보이자 저는 늘 그랬듯, '아가씨들, 나와 봐요. 마차가 왔어요!' 노래를 불렀어요. 그런데 제가 노래를 마치기도 전에 마차가 마당으로 들어와 멈춰 섰고, 키가 크고 당당한 신사가 마차에서 내렸어요. 일찌감치 계단에 나와 있던 여관 주인이 정중하게 인사했고, 급사들도 손님이 마차에서 내리는 걸 돕고 짐을 운반하기 위해 마차 주위에 모여 있었어요. 그런데 정말 이상하게도, 기품 있어 보이는 이 신사가 가장 먼저 관심을 보인 건 바로 저였어요.

'놀랍군!' 그는 외알 안경을 눈에 대고 내가 있는 새장 쪽으로 천천히 다가왔어요. '정말 멋진 노래야! 카나리아요?'

'예, 그렇습니다.' 여관 주인이 앞으로 나오며 말했어요. '초록 카나리아입니다.'

'내가 사겠소,' 기품 있어 보이는 사람이 말했어요. '내 비서인 버클리가 돈을 지급할 거요. 얼마든 상관없소. 내일 아침까지 나랑 같이 갈 수 있도록 준비해 주면 고맙겠소.'

전 여관 주인 얼굴에 난처한 기색이 스치는 걸 보았어요. 주인은 절 정말로 소중히 여겼고, 그래서 절 엄청나게 많은 돈을 주고 사겠다는 말을 듣고도 전혀 기쁘지 않았어요. 하지만 제안을 거절해서 기분을 상하게 하기에는 상대가 너무 대단한 사람이었어요.

'알겠습니다.' 주인은 마지못해 기어가는 목소리로 대답하고, 손님 뒤에 서서 여관으로 따라 들어갔어요.

전 정말 불안했어요. 여기서 사는 게 아주 만족스러웠거든요. 어떻게 될지도 모르는 일 때문에 현재의 생활이 바뀌는 건 제가 원하는 일이 아니었어요. 하지만 결국 전 팔리고 말았어요. 제가 할 수 있는 일은 아무것도 없었어요. 새장에 갇혀 사는 새라면 어쩔 수 없이 감당해야 하는 일이었겠죠. 우리는 주인이나 집을 우리 마음대로 선택할 수 없잖아요.

아무튼 그들이 여관 안으로 들어간 후, 이 갑작스러운 변화에 암울해진 전 횃대에 앉아 이런저런 고민에 빠져들었어요. 그때 마당에 둥지를 틀고 사는 제 친구 되새가 절 찾아왔어요.

전 친구에게 물어봤어요. '저기… 지금 방금 마차 타고 온 저 도도한 사람이 누구야?'

'아, 그 사람, 그 사람은 후작이야.' 친구가 말했어요. '어마어마한 사람이지. 여기 땅의 절반은 그 사람 걸 거야, 공장, 탄광, 농장, 전부 다. 엄청난 부자인 데다 권세도 어마어마해. 근데 그건 왜?'

'그 사람이 날 샀어.' 제가 말했어요. '여관 주인에게 날 싸 두라고 했어. 내가 뭐 치즈 덩어리라도 되는 줄 아나… 날 팔겠냐고 주인한테 묻지도 않았어.'

'그랬군,' 되새가 고개를 끄덕이며 말했어요. '후작이란 자, 원래 그래. 자기가 원하는 건 뭐든 다른 사람이 들어주는 게 당연하다고 여기는 그런 사람 있잖아. 그래도 어쨌든 사람들 거의 다 후작의 말을 고분고분 따라. 무시무시한 권세를 가지고 있거든. 하지만, 이제는 뭔가 좀 바뀌고 있다고 생각하는 사람들도 있어. 지난번에, 누더기 같은 옷을 입은 노동자들이 여기 몰려와서 연설했던 것 기억나? 아마도 저 후작하고 관련된 일인 것 같아. 후작이 자기 공장이랑 탄광에 기계를 들여 놓은 모양이야. 그것 때문에 불만과 분노가 하늘을 찌르고 있어. 후작의 목숨까지 노리고 있다는 소문이 돌 정도야.'

'그렇군,' 전 말했어요. '그렇다면 후작은 원하는 걸 얻지 못할 거야. 여기서 날 데려가더라도 노래 같은 건 절대 부르지 않을 거야. 그럴 일은 절대로 없을 거야!'

'난 네가 왜 툴툴대는지 모르겠어,' 되새가 말했어요. '예쁜 집에 살 수 있을 거잖아. 후작은 성에 살고 있고, 하인도 100명이 넘는다고 해. 정원사들도 엄청나게 많은데 그건 나도 아는 사실이야. 내가 후작의 정원에 둥지를 지어서, 그 사람들을 본 적이 있거든. 내 생각에는 넌 지금 복에 겨운 것 같아.'

저는 말했어요. '하인이 100명이 넘는 건 나랑 아무 상관 없는 일이야. 난 그 사람이 맘에 안 들어. 난 주인이랑 그 가족, 잭 아저씨랑 마부들과 여기서 살고 싶어. 다들 내 친구거든. 후작이 날 데리고 가면 난 노래를 부르지 않을 거야.'

되새는 생각에 잠겨 있다가 빙긋 웃었어요. '좀 웃기게 들리는 걸. 고작 새장에 사는 새 한 마리가 막강한 후작에게 도전하다니. 지금까지 모든 인간을 자기 마음대로 부려 온 후작이 자기 얼굴이 맘에 들지 않는다는 카나리아를 만나다니! 재밌군! 집에 가 아내한테 말해 주어야겠어.'

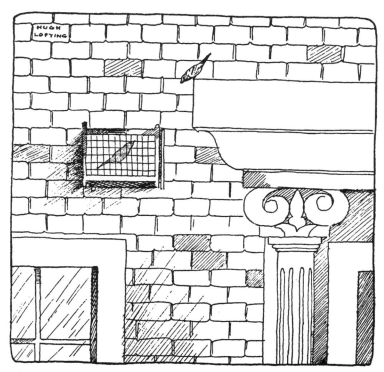

"되새는 생각에 잠겨 있다가 빙긋 웃었어요. '좀 웃기게 들리는걸.'"

다음 날 아침, 사람들이 종이로 제 새장을 쌌어요. 여관 아이들이 제 주위에 모여 이 모습을 보며 울었어요. 솔직히 말하면 저도 울 뻔했어요. 새장을 싸는 일이 다 끝나자 막내딸이 포장지 윗부분에 구멍을 뚫고 작별 인사를 했어요. 딸이 흘리는 굵은 눈물방울이 제 머리 위로 뚝뚝 떨어졌어요. 전 제 새장이 마당으로 옮겨지는 걸 느꼈어요.

여관에 와서 몇 달 동안 사람들이 오고 또 떠나는 모습을 수도 없이 봤지만, 이제 제 자신이 마차를 타고 지평선까지 이어지는 하얀 길을 따라가게 되었어요. 도대체 어디로 가는 걸까? 앞으로 어떤 일이 기다리고 있을까? 저는 제 친구 잭 아저씨를 생각했어요. 오늘 저녁 각설탕을 줄 생각에 얼굴 한가득 미소를 머금고 여관 문 앞까지 한걸음에 달려온 잭 아저씨가 문 옆 벽에서 제 새장도 없어지고 '감사합니다'라고 지저귀어 줄 피프도 없다는 걸 알고 어떤 얼굴이 될지 궁금해졌어요. 그런 거에 신경이나 쓸까? 전 저 자신한테 물어봤어요. 그래, 아저씨한테 난 그저 그런 카나리아 한 마리에 불과할 수도 있잖아. 게다가 아저씨 새도 아닌 걸. 그래요. 마차가 덜컹거리며 움직이기 시작하자 전 제가 이렇게 감상에 빠져 있어 봤자 아무 소용없다는 생각을 했어요. 마음 굳게 먹고 앞날에 대처하자고 생각했어요."

↘ 3장 ↙

후작의 성

"긴 여정이었어요. 말이 오르막길을 오르느라 숨을 헉헉 내쉬며 터덕터덕 걷는 게 느껴질 때도 있었어요. 계곡을 내려가는 게 느껴질 때도 있었는데, 그럴 때면 마차의 브레이크가 바퀴에 마찰되어 끼익끼익 소리가 났어요. 일곱 시간 만에 마차가 멈췄고, 사람들이 후다닥 달려오는 소리가 들렸어요. 그 소리를 듣고 앞마당, 아니 어쩌면 큰 건물의 석제 현관에 왔다고 생각했어요. 누군가 제 새장을 마차에서 내려 긴 나선형 계단을 올라 어디론가 옮겼어요.

그런 다음 제 새장을 쌌던 종이를 풀었어요. 전 작지만 아주 아름다운 둥근 방 안에 있었어요. 그곳에는 두 사람이 있었어요. 후작이랑 어떤 여자였어요. 여자는 얼굴이 무척이나 예뻤어요. 하지만 무슨 일인지 후작을 두려워 하고 있는 것처럼 보였어요.

'마조리,' 후작이 말했어요. '선물을 가져왔어. 노래를 정말 멋지게 부르는 카나리아야.'

'고마워요.' 여자가 말했어요. '이렇게 친절하실 수가!'

이게 다였어요. 전 뭔가 이상하다고 여겼어요. 마조리가 후작의 부인인 건 확실했어요. 하지만 남편이 오랫동안 밖에 나갔다가 돌아왔는데 고작 '고마워요. 이렇게 친절하실 수가!'가 다라니 말이에요.

후작이 나가자 하인들이 새 새장을 가지고 왔어요. 전 이렇게 우아한 새장은 한 번도 본 적이 없었어요. 전부 은으로 되어 있었어요. 횟대는 조각이 새겨진 상아 막대로 만들어져 있었고, 모이 주입구는 금도금이 되어 있었고, 진줏빛이 나는 자개로 만든 그네도 있었어요. 새 새장으로 옮겨졌을 때 전 눈부시게 화려한 이 새장에는 어떤 새가 살고 있었는지, 그 새는 그래서 행복했을까 궁금해졌어요.

아무튼 성으로 끌려오고 며칠 지나자 전 제가 아주 나쁜 곳에 온 것은 아니라는 생각이 들었어요. 다행히 이번에도 운명의 신은 제게 친절을 베풀었어요. 사람들은 절 소중하게 대했어요. 사람들은 새장을 하루도 빼먹지 않고 청소했어요. 아침에는 사과 한 조각, 저녁에는 상추가 모이로 나왔어요. 곡물 낱알 모이도 최상급이었구요. 목욕을 할 수 있도록 따뜻한 물을 매일 작은 접시에 갈아주었어요. 정말이지 더 이상 바랄 것이 없을 정도였어요.

32

무엇보다도 후작의 부인인 마조리는 정말 친절했어요. 물론 종만 치면 하인이 그 즉시 달려와 뭐든지 다 해 주기는 했지만요. 저는 부인이 무척 좋아졌어요.

하지만 걱정스러운 일도 하나 있었어요. 부인이 혼자 우는 모습이 자주 눈에 띄는 거예요. 뭔가 아주 불행한 일이 있는 모양이었고, 전 그게 궁금해졌어요. 여관에서 끌려올 때 제가 이제 더 이상 노래를 부르지 않겠다고 맹세한 건 여러분도 기억할 거예요. 전 일주일 넘게 노래를 부르지 않았어요. 후작은 화가 났어요. 성에 온 다음부터는 제가 노래를 부르지 않는다는 걸 안 후작은 절 여관으로 돌려보내야겠다고 말했어요. 하지만 부인이 절 자기 곁에 두게 해 달라고 간곡히 부탁한 덕분에 후작은 마지못해 마음을 바꿨어요.

그 날 밤, 이번에도 전 후작 부인이 흐느끼고 있는 걸 봤어요. 부인이 불쌍하게 여겨진 저는 저도 모르게 노래를 부르기 시작했어요. 부인이 위로를 받을 수 있도록 최대한 명랑한 목소리로 말이에요. 다행히도 부인은 고개를 들고 미소를 지으며 제게 다가와 말을 걸었어요. 그 후로 전 부인의 눈물을 그치게 하려고 '여보세요, 나와 보세요, 마차가 왔어요!'나 '마구가 댕그랑', 아니면 '말빗' 같은 명랑한 노래들을 불러 주었어요. 하지만 후작에게는 불러 주지 않았어요. 단 한 소절도요. 혹시 노래를 부르고 있었더라도 후작이 방으로 들어오면 후다닥 멈췄어요.

성에 있는 동안 전 계속 이 작고 둥근 방에서 살았어요. 그 방은 편지를 쓰거나 할 때 이용하는 특별한 방이었지만 사실은 후작 부인, 그곳 사람들이 부르는 말로는 마르키오네스가 사적으로 쓰는 방이었어요. 따뜻한 날에는 부인은 제 새장을 창문 밖 못에 걸어 주었는데, 거기서 보면 성 밖 저 멀리 펼쳐지는 멋진 풍경이 한눈에 들어왔어요.

어느 날 저녁, 후작 부부 사이에 무슨 문제가 있는지, 더 정확히 말하면 문제들 중의 하나를 알게 되었어요. 두 사람은 오랫동안 의견 차이를 보여 왔어요. 그건 탄광이나 공장에서 일하는 노동자들과 관련된 것이었어요. 후작 부인은 남편이 그들을 좀 더 친절하게 대해 주고 탄광이나 공장에서 더 많은 사람이 일할 수 있게 해 주길 원했어요. 하지만 후작은 공장에 새 기계를 들여놓았으니, 이제 예전만큼 노동자가 필요하지 않다고 했어요. 후작 부인은 많은 노동자의 아내들과 아이들이 굶주리고 있다고 말했어요. 하지만 후작은 자신은 이 일에 책임이 없다고 말했어요.

이 부부의 논쟁을 듣다가 저는 성에서 조금 떨어진 곳에 있는 탄광에서 일하다 쫓겨난 노동자들이 단체로 탄광에 몰려와 기계를 마구 부수고 탄광을 엉망으로 만들었다는 걸 알게 되었어요. 그리고 군인들이 소집되어 총을 쏴 많은 노동자가 목숨을 잃는 바람에 남편 없는 아내와 아버지 없는 아이들이 많이 생겨났다는 것도요. 후작 부인은 남편 앞에 무릎을 꿇고 이런 일이 다시는 일어나지 않게 해 달라고 간청했어요. 하지만 남편은 그냥 웃기만 했어요. 기계를 도입해 사람의 수를 줄이고 더 많은 일을 하는 건 거

34

역할 수 없는 운명이라고 말했어요. 지금은 온 나라의 공장과 탄광에 기계가 도입되고 있는데도 게을러터진 노동자들이 반대만 하고 있다는 거예요. 그리고 이건 거역할 수 없는 시대의 흐름이라고 했어요.

후작이 방을 나간 후, 후작 부인에게 편지 한 통이 배달되었어요. 편지를 읽는 부인의 얼굴에는 불안한 기색이 역력했어요. 부인은 마음을 터놓는 친구이자… 비서 같은 일을 하는 여자를 불렀는데… 아무튼 그 여자에게 편지에 대해 말했어요. 편지는 후작의 영지에 있는 공장 마을에 사는 여자에게 온 거였어요. 실직한 노동자 가정이 겪는 끔찍한 고통, 그리고 굶주림에 시달리는 아이들 등등에 관한 내용이었어요. 그날 밤, 후작 부인은 일하는 여자처럼 옷을 입고 성에 딸린 과수원의 작은 문을 통해 몰래 밖으로 나갔어요. 저는 탑의 창문을 통해 그 모습을 보고 있었어요. 부인은 빵과 음식을 담은 바구니를 들고 수 킬로미터나 되는 길을 걸어서 편지를 보낸 여자를 찾아갔어요. 부인은 새벽 2시가 넘어서야 성으로 돌아왔어요. 그동안 제 새장은 내내 창문 밖에 걸려 있었고, 그래서 전 찬 새벽 공기에 얼어 죽는 줄 알았어요. 부인은 절 방 안으로 들여놓은 뒤, 자신의 부주의함을 책망하며 울었어요. 하지만 전 다 이해할 수 있었어요. 부인이 절 소홀하게 대한 건 그때가 처음이자 유일했거든요.

그로부터 이틀 후, 다른 공장의 기계들도 부서졌다는 소식이 들려왔어요. 후작은 격노했지만, 늘 그랬던 것처럼 이번에도 위엄과

"부인은 절 방 안으로 들여놓은 뒤, 자신의 부주의함을 책망하며 울었어요."

냉정함만큼은 잃지 않았어요. 그는 공장과 탄광을 지키기 위해 더 많은 병사를 보내라고 지시했어요. 병사들이 도착한 바로 그 날, 병사 중 한 명과 노동자 사이에 말싸움이 벌어졌어요. 그리고 누가 말릴 틈도 없이 말싸움은 군대와 노동자들 사이의 전투로 번졌어요. 전투는 노동자 150명이 죽고 나서야 끝났어요.

이 일은 엄청난 파문을 일으켰고 사람들은 어디서나 온통 이 이야기뿐이었어요. 방을 청소하는 하인들이 이건 전쟁이야, 후작은 조심해야 할 거야 하고 수군거리는 걸 저도 들었을 정도였어요. 그들은 후작이 아무리 권세가 있기로서니 사람을 개처럼 마구 죽일 수는 없는 법이라며 숙덕거렸어요. 그중에는 후작 부인의 방으로 식사를 나르는 하녀도 섞여 있었어요. 이 하녀의 오빠도 이번 일로 목숨을 잃은 노동자 중 한 명이었어요. 저는 이 하녀가 남편과 생이별한 올케를 돕기 위해 눈물을 글썽이며 성을 나가던 모습이 지금도 눈에 선해요. 너무도 화가 난 나머지, 그 하녀와 함께 성을 나가려는 하인들도 많이 있었어요. 성 정면 계단에 앉아 흐느끼는 하녀를 둘러싸고 하인들이 화를 터뜨리며 말을 하고 있을 때, 정원 쪽에서 갑자기 후작이 나타났어요. 후작은 왜 이렇게 시끄럽냐고 물었어요. 평소 후작을 몹시도 두려워하던 하인들은 찍 소리 한마디 하지 못하고 하녀만 혼자 남겨 둔 채 슬그머니 자리를 떴어요. 후작은 그 하녀에게 얼마간의 돈을 주면서 집 안으로 돌아가라고 말했어요. 하지만 하녀는 후작에게 돈을 내던지며 있는 힘껏 소리쳤어요.

'오빠를 다시 살려 줘요. 이따위 더러운 돈은 필요 없어요!'

그러고 나서 하녀는 흐느끼며 정원 쪽으로 달아났어요. 후작이 대놓고 자신에게 반항하는 사람을 본 것은 이때가 처음이었어요."

피피넬라는 이야기를 계속 이어갔다. "사람들은 점점 더 격앙되어 갔어요. 노동자들이 지난번의 전투… 그들의 말을 그대로 옮기면 학살을 아주 심각하게 받아들이고 있다는 말이 사방팔방에서 들려왔어요. 심지어는 기계를 작동시키기 위해 고용된 사람들도 거의 모두 얼마 전에 살해된 노동자들의 가족들을 동정해 파업에 나섰어요. 하지만 이것은 상황을 더 악화시키는 쪽으로 작용해 전보다 더 많은 아내와 가족이 굶주림으로 고통받게 되었어요.

어느 날 아침, 전 탑의 창문 옆에 걸린 새장 안에서 아래쪽으로 펼쳐진 평화로운 숲의 경치를 보고 있었어요. 그런데 그때 한 남자가 언덕을 오르느라 숨을 헐떡이는 말에 박차를 가하며 성을 향해 전속력으로 다가오는 모습이 보였어요. 후작 부인도 창문을 통해 이 광경을 보고 하녀를 아래층으로 보내 그 남자가 어떤 소식을 가져왔는지 알아보라고 시켰어요. 몇 분도 되지 않아 하녀는 매우 흥분한 채 돌아와 온 영지의 사람들이 반기를 들고 떨쳐 일어났다고 말했어요. 노동자 수천 명이… 그중에는 몇 킬로미터나 떨어진 곳에서 온 사람들도 있었는데…. 성을 향해 행진 중이라고 했어요. 전령이 온 것은 후작의 목숨이 위험하다는 걸 급히 알리기 위해서였던 거예요. 병사들을 보내 달라는 전갈을 보냈지만, 몇 시간 안에 달려와 구해 줄 수 있을 정도로 가까이 있는 군대는 현재로서는 없다는 답이 왔어요. 후작의 땅에서 농사를 짓는 농부들도 노동자 대열에 합류했고, 이들은 수천 명이 하나로 똘똘 뭉쳐 성을 타도하러 오고 있었어요.

이 말을 들은 후작 부인은 즉시 계단을 내려와 남편을 찾으러 갔어요. 부인이 방을 나가고 나서, 숲 저 너머에서 뭔가 이상한 소리가 들려왔어요. 뭔가 둔탁한 소리가 점점 이쪽으로 가까워지며 커져 갔어요. 곧 후작과 후작 부인의 모습이 탑 근처 정원에 나났어요. 후작 부인은 남편에게 도망가라고 설득했어요. 후작은 처음에는 거부했어요. 하지만 노동자들의 고함 소리가 점점 더 가까이 들려오자 결국은 부인이 시키는 대로 하기로 하고 마구간 쪽으로 뛰기 시작했어요. 말을 타고 도망가기 위해서였지요. 후작 부인은 몇 걸음도 채 못 가 제 생각이 난 게 분명해 보였어요. 그건 부인이 갑자기 멈춰 서서 제 새장을 가리키며 후작에게 뭔가를 말하는 모습을 보고 알았어요. 하지만 후작은 부인의 손목을 꽉 쥔 채 마구간 쪽으로 계속 달려갔어요. 부인은 몇 번이나 제 쪽을 뒤돌아보았지만 후작은 부인을 놓아 주지 않았어요. 마침내 두 사람의 모습이 울타리 저편으로 사라졌고, 제가 두 사람을 본 것은 그게 마지막이었어요.

성에 우르르 몰려온 노동자들의 모습은 정말로 이상했어요. 남루한 옷을 입은 그들은 모두 굶주림에 지쳐 눈에 보이는 게 없는 사람들 같아 보였어요. 이 사람들은 처음엔 성의 흉벽이나 창문에서 총알이 날아올까 봐 겁을 먹고 있었어요. 그래서 나무 그림자에 몸을 숨기면서 조심스럽게 다가왔어요.

위험한 낌새가 없다는 걸 알자, 수백, 아니 수천 명의 사람이 성 앞으로 모여 고함을 치고, 욕을 하고, 노래를 부르고, 망치와 쇠스랑을 휘둘러 댔어요. 성의 하인 중에도 밖으로 나가 그들과 합류한 이들이 있었어요. 하지만 성의 열쇠들을 맡고 있는 집사는… 이 사람은 나이가 아주아주 많은 노인인데… 아무튼 이 사람은 주인의 재산을 끝까지 지키기로 마음을 정하고 있었어요. 그는 문이란 문은 모두 자물쇠를 채우고, 창문들도 단단히 걸어 잠근 다음 아무도 들어오지 못하게 했어요.

그러자 무리의 대장은 굵은 통나무를 가져오게 했어요. 그런 다음 이걸 마치 파성퇴처럼 써서 쳐대자 성문은 금방 부서졌어요. 무리는 집사를 내쫓고 성을 차지했어요.

그리고 성 안의 모든 물건을 닥치는 대로 때려 부수기 시작했어요. 지하 저장고에 있는 술병이나 술통은 죄다 잔디밭 위로 가지고 와 술판을 벌였어요. 그리고 고급 비단천, 벽걸이 장식품, 시계, 가구 같은 것들을 전부 창문 밖으로 내던졌어요. 값이 나가 보이는 건 뭐든 가리지 않고 부수거나 훔쳤어요. 그들은 탑 위쪽, 제가 있는 방까지는 오지 않았지만, 그래도 아래쪽 방들에서 그들이 웃고 고함치고 망치로 물건을 때려 부수는 소리는 제게도 들렸어요.

성 앞쪽 정원을 내려다보자 대장이 건물에서 모두 나오라고 명령하는 모습이 보였어요. 제 아래쪽 방들에 있던 사내들이 쿵쿵거리며 계단을 내려가는 소리가 들렸어요. 이윽고 성 안에는 저 혼자만 남게 되었어요. 저는 이제 무슨 일이 벌어질지 궁금해졌어요. 사람들이 모두 자기 근처로 모이자 대장이 조용히 손을 들었어요. 뭔가 명령을 하려는 모양이었어요. 사람들의 흥분이 가라앉고, 주위가 좀 잠잠해지자 저는 귀를 쫑긋 세우고 들었어요. 그러자 대장이 하는 말이 들렸어요. 전 심장이 얼어붙는 줄 알았어요. 마구간에서 짚을, 그리고 지하실에서 기름을 가져오라는 명령이었거든요. 성을 불태울 모양이었어요!"

벌써 밤이 깊었다. 자정도 이미 지난 시간이었다. 그런데도 피피넬라의 이야기는 아직 끝날 기미가 보이지 않았다. 박사님은 이야기에 푹 빠져 완전히 열중해 있었기 때문에, 근처 마구간에 있는 말이 힝힝거리는 소리를 듣고 자기가 평소처럼 내일 아침 10시에 서커스단 문을 여는 걸 감독해야 한다는 걸 생각해내지 못했다면 아마 시간이 얼마나 지났는지도 모르고 밤새도록 이야기를 들었을지도 모른다. 거브거브가 반대하기는 했지만(알다시피 이 돼지는 밤늦게까지 깨어 있는 걸 정말 좋아한다.), 초록 카나리아는 새장으로 들어가고 박사님 가족도 잠을 자러 집 안으로 들어갔다. 하지만 그건 박사님이 다음 날 저녁에 카나리아의 이야기를 꼭 계속해서 듣겠다고 약속한 다음의 일이었다.

4장

구조

다음 날 저녁, 서커스 공연이 끝나 관객도 전부 돌아가고 정리
도 끝나자 투투도 박사님과 함께 수입 계산을 마쳤다. 원래는 저
녁 식사 후에 하는 일이었지만 이번에는 피피넬라의 이야기를 계
속 들을 수 있는 시간을 마련하기 위해 식사 전에 끝낸 것이었다.
대브대브가 설거지를 마치자마자, 새장 문이 열리고 카나리아가
탁자로 날아와 박사님 담배 상자 뚜껑에 앉았다.

"자…" 박사님이 공책을 펼치고 주머니에서 연필을 꺼낸 다음
말했다. "준비 다 된 거면…"

거브거브가 말했다. "잠깐만요. 의자가 너무 낮아요. 쿠션을 가
져와야겠어요. 높은 곳에 앉지 않으면 이야기를 제대로 들을 수

거브거브가 말했다. "높은 곳에 앉지 않으면 이야기를 제대로 들을 수 없어요."

없어요."

"호들갑하고는!" 대브대브가 투덜댔다.

피피넬라가 이야기를 시작했다. "음, 그때 제 기분이 어땠는지 상상이 가실 거예요…. 아니, 어쩌면 상상조차 하실 수 없을지도 모르죠. 저 같은 처지가 되어 본 적이 없다면 그 누구도 알 수 없을 거예요. 전 이제 꼼짝없이 죽게 되었다고 생각했어요. 저는 겁에 질린 채 아래쪽 사람들을 보았어요. 사람들은 성 정문과 마구간 사이를 부지런히 오가며 짚을 날랐어요. 그들은 떡갈나무로 된 커다란 문 근처에 짚을 쌓은 다음, 성 안 중앙 홀에도 안쪽을 둘러싼 나무판을 따라 쌓았어요. 그리고 단지에 든 기름, 깡통에 든 기름, 통에 든 기름 등등… 지하실에 있는 기름이란 기름은 죄다 가지고 왔어요. 그들은 기름을 짚더미에 뿌렸어요. 그리고 활짝 열린 창문 밖으로 삐져나와 펄럭이는 긴 커튼에도 뿌렸어요.

대장은 불을 붙이기 전에 사람들을 모두 건물 밖으로 나오게 한 다음, 건물 안을 돌며 아무도 없는지 확인했어요. 그리고 숲 쪽으로 사람들을 보내 감시하게 했어요. 제가 생각하기에는 누군가 이쪽으로 오면 바로 알 수 있도록 하기 위해서였을 거예요. 아마도 군대가 올까봐 겁이 났던 모양이에요. 성냥으로 짚에 불을 붙이는 동안 잠시 이상한 적막이 흘렀어요. 자신들이 심각한 범죄를 저지르고 있다는 걸 그들도 알고 있었음이 분명해요. 하지만 성의 홀 안에 시뻘건 불길이 솟아오르며 주변이 밝아지자, 누더기 옷을 입은 무리에서 기쁨의 함성이 터져 나왔어요. 모두 손을 잡고 커다란 원을 만든 다음 자신들이 그토록 증오하던 후작의 성이 불타는 것을 보며 광란의 춤을 추었어요.

그들은 후작이 두고 간 말들을 모두 마구간에서 꺼내 불길이 닿지 않는 안전한 나무에 매어 두었어요. 후작의 개들인 러시아산 울프하운드와 킹찰스스패니얼도 불을 지르기 전에 안전한 곳으로 데려다 놓았어요. 저만 홀로 남겨졌죠. 불길이 커다란 떡갈나무 문에 옮겨붙자 화염과 연기 때문에 이제 아무도 성 안으로 들어갈 수 없게 되었을 때, 남자 두셋이 성벽 높은 곳에 남아 있는 저를 발견했어요. 전 몇몇 사람이 저를 가리키는 모습을 봤어요. 하지만 절 구하고 싶은 마음이 든다고 해도 이미 늦었어요. 판자도, 문도, 바닥도, 계단도, 나무로 되어 있는 모든 곳이 엄청난 소리를 내며 타들어 가고 있었거든요.

뜨거운 공기, 숨을 못 쉴 정도로 자욱한 연기, 무시무시한 화염이 제 은제 새장을 향해 솟구쳐 올라오고 있었어요. 가장 괴로운 건 연기였어요. 불에 타 죽는 게 아니라 연기에 질식해 죽을지도 모른다는 생각이 들 정도였어요.

하지만 다행히도 불이 타오르기 시작하고 나서 잠시 후 바람의 방향이 바뀌었어요. 이제는 끝이다 싶을 정도로 숨이 차오르기 시작할 즈음, 위로 올라오는 연기를 바람이 한순간에 옆으로 밀어냈고 덕분에 저는 간신히 숨을 다시 쉴 수 있게 되었어요.

저는 부리로 새장의 걸쇠를 쪼아 보기도 하고 당겨 보기도 했어요. 새장 밖으로 나갈 가망이 눈곱만치도 없다는 건 저도 알고 있었지만, 그래도 물에 빠진 사람이 지푸라기라도 잡는 심정으로 어딘가는 구부러지거나 깨질 만큼 약한 부분이 있을 거라는 희망으로 계속 쪼아 댔어요. 하지만 곧 저는 그래 봤자 힘만 빠질 뿐이라는 걸 알게 되었어요. 그래서 근처를 지나가는 새들에게 도움을 호소했어요. 하지만 그들은 시꺼멓게 피어오르는 연기에 완전히 겁을 먹은 나머지 감히 가까이 오지를 못했어요. 어쩌면 가까이 날아왔더라도, 그들 역시 저를 도와줄 능력이 없었을 거예요.

제 새장은 탑 바깥쪽에 걸려 있었기 때문에, 열린 창문을 통해 방 안쪽도 보였고, 저 멀리 아래쪽으로 펼쳐진 숲과 그 주변의 경치도 보였어요. 저는 혹시 누군가 절 도우러 올지 모른다는 생각에 방 안을 들여다보았어요. 그때 쥐 한 마리가 몹시 흥분한 상태로 방 한가운데를 뛰어다니는 모습이 보였어요.

'도대체 이 연기가 어디서 나는 거니?' 생쥐가 큰 소리로 물었어요. '뭐가 타는 거야?'

'성이 불타고 있어요. 잠깐만 여기로 와서 내 새장을 갉아 구멍을 내 줄 수 있는지 봐 주세요. 누군가 꺼내 주지 않으면 여기서 새 구이가 되고 말 거예요.'

쥐가 말했어요. '넌 내가 뭐라고 생각하니? 펜치, 아니면 줄? 난 은은 갉아먹을 수 없어. 게다가 나한테는 이 바닥 밑 구멍에 아이가 다섯이나 있어. 난 내 아이들을 지켜야 해.'

쥐는 투덜거리며 문 쪽으로 달려나가 나선형 계단 쪽으로 모습을 감췄어요. 하지만 금방 다시 돌아왔어요.

'계단으로는 도망갈 수가 없어. 3층 층계참까지 활활 불이 붙어 있어.' 쥐가 말했어요.

그러더니 창문턱 위로 뛰어올랐어요. 이런 절체절명의 위험한 상황에서 그때 일을 사소한 부분까지 자세히 기억하고 있다는 것이 얼마나 이상한지는 저도 잘 알고 있어요. 하지만 제 새장에서 20센티도 떨어지지 않은 거리에서 이 작은 동물이 까마득히 높은 돌 창문턱 밖으로 얼굴을 내밀고 저 멀리 아래쪽 정원과 나무들을 뚫어져라 바라보는 모습을 지금도 전 또렷이 기억하고 있어요. 쥐의 콧수염은 떨리고 있었고, 코는 씰룩거리고 있었어요. 쥐는 새장에 갇혀 아무 데로도 피할 수 없는 신세가 된 나 따위에게는 눈길조차 주지 않았어요. 내 모이를 그토록 자주 훔쳐 먹었으면서도 말이에요. 하지만 지금 이 쥐의 머릿속에는 마루 밑에 있는 불쌍한 자기 자식들밖에는 없었어요.

'빌어먹을!' 쥐는 한숨을 내쉬었어요. '높기도 높군. 그래도 이 방법밖에는 없어. 해 보자.'

그러고는 휙 방향을 틀어 방으로 뛰어내려 바닥을 가로질러 구멍 속으로 사라졌어요. 하지만 금방 또 나타났어요. 이번에는 입에 분홍색 아기 쥐를 물고 있었는데, 아직 털도 채 자라지 않고 눈도 제대로 뜨지 못하는 어린 쥐였어요. 마치 콩알 크기 정도 되는 새끼 돼지 같아 보였어요. 어미 쥐는 창문턱으로 기어오른 후 눈곱만치의 주저함도 없이 탑의 외벽으로 나가 돌과 돌 사이의 회반죽이 갈라져 생긴 틈을 발판 삼아 아래로 내려갔어요. 아무리 쥐

"새끼 쥐를 입에 문 채 뛰어내렸어요."

라도 이런 높은 탑의 벽을 타는 건 불가능하다고 생각하실지도 모르겠어요. 하지만 오랫동안 비바람에 시달린 이 탑 벽의 돌과 돌 사이에는 꽤 깊이 팬 틈새들이 많이 있었어요. 그런 틈새에 매달리는 일 따위야 쥐에게는 식은 죽 먹기였어요.

쥐는 탑 높이의 3분의 2 정도까지는 내려갔지만, 아래쪽에서 올라오는 열기와 연기에는 어쩔 도리가 없었어요. 쥐는 탑 쪽으로 가지를 내민 나무를 살펴보고 있었어요. 탑과 가지 사이의 거리를 눈으로 대충 재 보고 있는 것 같았어요. 그러다 새끼 쥐를 입에 문 채로 뛰어내렸어요. 쥐는 발톱으로 가지 끝을 겨우 움켜쥘 수 있었어요. 쥐의 무게 때문에 가지가 아래로 출렁했어요. 쥐는 가지를 타고 나무줄기로 가 아기를 줄기에 난 구멍에 넣은 다음 곧바로 되돌아 왔어요.

이 긴 거리를 왕복하며 새끼 다섯 마리를 한 마리씩 옮긴다는 건 쥐에게는 힘에 부치는 일이었어요. 쥐가 회반죽 틈새를 따라 다시 탑 위로 힘겹게 올라오는 모습을 보다가 문득 좋은 수가 하나 생각났어요. 저는 쥐가 다시 창문 문턱에 나타났을 때 이렇게 말했어요.

'앞으로도 네 마리를 더 옮겨야 해요. 불길이 계단을 타고 시시각각 이쪽으로 다가오고 있어요. 나를 새장에서 꺼내주면 당신보다 열 배는 더 빠르게 아기들을 아래로 데려다줄 수 있어요. 날 풀어 주는 게 어때요?'

쥐는 의심에 가득 찬 작은 눈으로 저를 힐끗 올려다보았어요.

'나는 카나리아 따위는 믿지 않아.' 잠시 후 쥐가 말했어요. '게다가 네 새장에는 내가 갉아서 구멍을 낼 수 있는 곳이 없어.'

그러고는 다음 아기 쥐를 옮기기 위해 구멍으로 달려갔어요.

어미 쥐는 이번에는 처음보다 더 빨리 돌아왔어요.

'바닥 아래쪽이 점점 더 뜨거워지고 있어.' 어미쥐가 말했어요. '게다가 이미 연기까지 퍼지고 있어. 아이들이 질식하면 안 되니까 우선 아이들을 다 창문턱까지 데려와야겠어.'

어미 쥐는 다시 아래로 내려가 남은 소중한 아이들을 한 마리씩 모두 데려와 제 옆 창문턱에 올려놓았어요. 그런 다음 안전한 곳으로 데려가기 위해 그중 한 마리를 입에 물고 또 탑의 벽을 타고 내려갔어요. 저는 어미 쥐가 아기 쥐를 입에 문 채 시시각각 짙어져 가는 검은 연기와 불길을 뚫고 아슬아슬하게 구불구불 벽을 타고 내려가 나뭇가지 위로 옮겨간 다음 탑의 기단부로 뛰어내리는 광경을 네 번이나 지켜봤어요. 그런데 그 나뭇가지들조차 이제는 위로 번지는 불길에 검게 그을려 가고 있었어요. 사실 세 번째 내려갈 때부터 어미 쥐는 이미 불꽃을 뚫고 뛰어내려야 했어요. 하지만 이번에도 어미 쥐는 마지막 남은 아기 쥐를 데리러 돌아왔어요. 마지막 쥐를 옮기러 창문턱에 도착했을 때 어미 쥐는 기운이 다해 비틀거리고 있었고 저는 어미 쥐의 털과 수염이 불에 그을린 걸 볼 수 있었어요.

어미 쥐가 마지막 아기를 데리고 간 지 얼마 되지 않아 탑 안에서 엄청나게 큰 소리가 나더니 불꽃이 둥글고 작은 방으로 마치

비처럼 쏟아지기 시작했어요. 긴 나선형 계단이, 아니 어쩌면 적어도 그중 일부가 무너져 내린 거였어요. 계단을 지탱하던 아래쪽 부분은 이미 불에 타 버렸어요. 저는, 뭐 다른 이유도 있었겠지만 무엇보다도 그 아래쪽 부분 덕분에 제가 그나마 목숨을 부지하고 있다고 생각했었어요. 왜냐하면 내가 있는 작은 방이 불에 휩싸인 아래쪽 목조 부분과 격리되어 있었거든요. 만약 불길이 이 둥근 방까지 번졌다면 전 이미 죽은 목숨이었겠지요. 제 새장이 비록 창문 밖에 매달려 있다고는 해도, 새장은 창문과 너무 가까이 붙어 있었으니 도저히 안심할 수 없었어요. 창문을 통해 화염이 뿜어져 나오는 게, 마치 창문이 불가마의 굴뚝이라도 되는 것처럼 보였어요.

대장이 노동자들을 향해 벽에서 떨어지라고 고함치는 모습이 보였어요. 이제 곧 탑 전체가 무너져 내릴 거라고 생각하는 것 같았어요. 물론 그러면 전 끝장이었어요. 결국 아래층 불길 한가운데로 추락할 게 뻔했거든요.

사람들은 대장의 명령에 따라 모두 숲 쪽으로 물러났어요. 그때 그들 사이에 뭔가 또 다른 흥분이 파도처럼 퍼져 나가는 모습이 보였어요. 그들은 서로를 부르며 뭔가 말을 하며 언덕 아래쪽 숲 가장자리를 가리켰어요. 하지만 그들이 말하는 소리는 요란하게 타오르며 으르렁거리는 불길 소리에 묻혀 저한테까지는 들리지 않았어요. 그때 그들은 갑자기 겁에 질려 술렁거리기 시작했어요. 그들은 성에서 훔친 것들을 닥치는 대로 챙겨 들고 힐끗힐끗 숲 쪽을 돌아보며 허겁지겁 성에서 도망쳤어요. 겨우 2분 만에 모두 시야에서 사라졌어요. 물론 쥐도 사라지고 없었어요. 저 혼자만 불 속에 남아 있게 된 거죠.

그때, 활활 타오르던 불길이 갑자기 잦아들고 절망에 젖은 제 마음에 희망을 가져다주는 소리가 들렸어요. 툭툭, 투두둑, 툭툭, 북소리였어요.

저는 횃대에서 펄쩍 뛰어올라 목을 길게 빼고 숲을 바라보았어요. 그러자 저쪽 건너편에서 마치 빨갛고 가느다란 리본 줄처럼 병사들이 구불구불한 언덕길을 행진해 올라오는 모습이 보였어요. 네 줄로!

병사들이 성에 도착했을 때 아래쪽에서 올라오는 짙은 연기 때문에 주위가 전혀 보이지 않을 때도 있었어요. 나는 숨이 막혀 킥킥거리느라 머리에 현기증이 날 정도였어요. 하지만 저는 장교가 병사들을 두 조로 나누는 모습을 꾹 참고 지켜보았어요. 한 조는 장교가 직접 지휘해 노동자들의 뒤를 쫓아갔어요. 그리고 나머지 한 조는 불을 껐어요. 물론 성은 이미 처참한 상태가 되어 있었어요. 병사들이 도착하고 얼마 되지 않아 중앙 홀의 측벽 하나가 충격을 받아 떨어져 내렸고 지붕도 대부분 무너져 내렸어요. 하지만 탑은 아직 서 있었어요.

정문 근처에는 물고기를 기르는 커다란 연못이 하나 있었어요. 병사들은 마구간에서 양동이를 들고 와 물을 담았어요. 그런 다음 사슬 모양으로 서서 동료 병사들에게 손으로 양동이들을 전달해

불에다 쏟았어요. 물을 뿌리기 시작하자마자 곧 제 새장 쪽으로 올라오던 연기가 눈에 띄게 잦아들었어요. 물론 불길을 완전히 잡기 위해서는 양동이 작업을 몇 시간이나 더 해야 했고요.

노동자들을 쫓아갔던 장교와 대원들이 돌아왔어요. 그들은 노동자를 한 명도 잡지 못했어요. 병사 중 몇 명이 말 몇 마리가 나무에 매어져 있는 걸 발견하고 데리고 왔어요. 화재에서 지켜 낸 건 이 말들하고, 지하실에 저장되어 있던 물건들, 그리고 별채에서 나온 귀중품 몇 개가 다였어요. 전국에서 손꼽을 정도로 아름답고 세계적으로도 유명한 성이었는데 말이에요.

장교는 이제 자기가 손쓸 일이 더는 없다는 것이 확인되자, 한 중사에게 뒤처리를 맡기고 자신은 부대원 일부를 데리고 숲으로 이어진 비탈길을 따라 내려갔어요. 남은 병사들은 불이 다시 붙는 걸 방지하기 위해 불 끄는 작업을 계속했어요.

북소리를 듣고 너무도 기뻤던 저는 곧바로 노래를 부르기 시작했어요. 하지만 지랄 맞은 연기 때문에 목에서는 재채기랑 기침 소리밖에는 나오지 않았어요. 하지만 이제 연기가 걷히자 저는 목을 활짝 열어젖히고 '여보세요, 나와 보세요, 마차가 왔어요!' 노래를 부르기 시작했어요. 불 끄는 작업을 감독하던 나이 든 중사가 문득 고개를 쳐들고 귀를 기울였어요. 하지만 어디서 소리가 나는지는 알 수가 없었어요. 하지만 검게 그을은 탑 윗부분에 제 새장이 있다는 건 알아냈어요.

'맙소사!' 저는 중사가 외치는 소리를 들었어요. '카나리아야!

요새에서 혼자 살아남았어. 운이 좋은 녀석이니 구해 주자.'

하지만 저를 구하는 건 쉬운 일이 아니었어요. 바닥에 떨어져 쌓인 돌 때문에 입구들이 죄다 막혀 있었거든요. 사다리를 찾으러 마구간에 간 병사들은 탑 맨 아래쪽 창문에 닿을 만한 걸 찾아냈어요. 하지만 그 사다리를 타고 올라간 병사는 안쪽 계단이 모두 무너져 더 높이 올라갈 수 없다고 아래 모여 있던 동료들에게 말했어요. 그 말을 듣고도 중사는 절 구하겠다는 생각을 버리지 않았어요.

중사는 이 불길 속에서 살아남은 새라면, 여전히 노래를 부를 수 있고 그 노래가 부대에 행운을 가져다줄 거라고 생각했어요. 그래서 자신이 카나리아를 꼭 구해 오겠다고 굳게 맹세하고 만약 그렇게 하지 못하면 자신의 목을 부러뜨리겠다고 자신 있게 말했어요. 중사는 마구간에 가서 밧줄을 찾은 다음, 사다리를 타고 탑 맨 밑 창문까지 올라갔어요. 그런 다음 아직 불타지 않고 남아 있는 목조 부분 위로 밧줄을 던져 건 다음 밧줄을 잡고 힘겹게 조금씩 조금씩 위로 올라갔어요. 마침내, 제 방의 계단이 불에 타 없어지는 바람에 바닥에 생긴 구멍으로 중사의 이상한 얼굴이 보였어요. 얼굴에 오래전에 생긴 것으로 보이는 커다란 흉터가 있었어요. 하지만 전체적으로는 잘생긴 얼굴이었어요.

'애야, 안녕!' 방으로 올라온 중사가 창문 쪽으로 다가오며 말했어요. '혼자 외톨이가 되어 이 성을 지킨 게 너로구나. 그렇지? 지옥 턱밑에서 살아남은 너야말로 진정한 군인이야! 우리 퓨질리어

54

연대에 입대하려무나. 널 우리 연대의 마스코트로 삼아야겠어.'

제 구세주가 창문 밖으로 머리를 내밀고 새장을 못에서 빼 들어 올리자 아래 모여 있던 병사들이 일제히 환호했어요. 그는 은으로 된 새장 고리에 밧줄을 묶은 다음 탑 밖으로 내려보내기 시작했어요. 제 바구니는 마치 커다란 시계의 추처럼 흔들리면서 엄청난 높이에서 천천히 내려가기 시작했어요. 이윽고 전 병사들의 엄청난 환호를 받으며 단단한 대지 위에 무사히 도착했어요.

이렇게 제 삶의 또 다른 한 절이 끝났어요. 그리고 또 다른 한 절이 저를 기다리고 있었죠."

작은 마스코트

"이렇게 저는 군인이 되었어요. 퓨질리어 연대의 마스코트… 자랑할 게 이렇게 많은 카나리아는 많지 않을 거예요. 군대와 함께 진군하고 크고 작은 전투에 참여하고 진짜 군 생활을 한 카나리아 말이에요."

"그래? 나도 해군 생활을 한 적이 있는데." 거브거브가 끼어들었다. "전 세계를 항해했어. 뱃멀미도 한 번 없이."

"그런 얘기는 됐고," 박사님이 말했다. "피피넬라 얘기나 계속 듣자꾸나."

카나리아는 이야기를 이어갔다. "이 병사들은 후작에게 어떠한 호의도 가지고 있지 않았어요. 그저 후작의 가족을 구하라는 명령을 받고 거기에 따랐을 뿐이었어요. 마음속으로는 이 소동을 일으킨 노동자들을 동정하고 있었어요. 제가 보기에 그들은 자기들이 성에 도착하기 전에 후작이 이미 죽었을 거라고 생각했을 게 분명해요. 그렇지 않았다면 아무런 거리낌 없이 절 데리고 가지 않았을 거예요. 실제로 후작은 이웃 도시에 도착하기 전에 목숨을 잃었어요. 물론 가난한 사람들에게 늘 친절했던 후작 부인을 해코지하는 사람은 아무도 없었어요. 하지만 이번 일로 극심한 슬픔에 잠긴 부인은 아무런 미련도 없이 다른 나라로 가서 남은 삶을 그곳에서 보냈어요.

아름다운 은제 새장은 병사 중 한 명이 누군가에게 팔고 (병사들은 이 새장을 가지고 있다가는 후작의 것이라는 걸 금방 들킬 거라고 생각했어요.), 저는 나무로 만든 평범한 새장에 넣었어요. 얼굴에 흉터가 있는 노 중사는 손수 저를 꼼꼼하게 보살펴 주었어요. 그는 나무로 만든 제 새장에 빨강, 하양, 파랑 색칠을 했어요. 그리고 연대의 문장을 그린 다음 네 귀퉁이에 리본을 묶어 더 화려하고 멋지게 만들어 주었어요.

그런데, 이상한 건… 제게 마법의 힘이 있다고 병사들이 믿고 있다는 거였어요. 제가 불타는 성 안에서 노래를 부르다 발견되었다는 이야기는 질리지도 않고 골백번도 더 되풀이되었어요. 이야기가 반복될 때마다 뭔가 새로운 내용이 덧붙여졌는데, 조금씩, 아주 조금씩 점점 더 멋진 이야기로 변해 갔어요. 저는 성스러운 기운이 깃든 새로 여겨졌어요. 병사들은 그 어떤 것도 제 목숨을 빼앗을 수 없다고 믿고 있었고, 그래서 저랑 함께하는 후실리어스 연대에는 행운이 떠나지 않을 거라고 여겼어요. 한번은 병에 걸린 적이 있는데… 그래봐야 배탈이 좀 난 것뿐이었는데… 병사들이 줄줄이 제 옆으로 와서 여러분은 한 번도 본 적이 없을… 아주 걱정스러운 얼굴로 몇 시간이곤 계속해서 절 지켜봤어요. 그들은 제가 죽는 줄 알고 정말, 정말 겁나 보였어요. 병이 다 나아 제가 다시 노래를 부르기 시작하자 그들은 환호성을 지르고 제가 병이 나은 걸 축하하며 밤새도록 우렁차게 노래를 불렀어요.

한번은 제 오른쪽으로 작은 총알 두 개가 스쳐 지나간 적이 있어요. 하나는 제 물 접시에 맞았고, 또 하나는 제가 앉아 있던 횃대 옆으로 지나갔어요. 전투가 끝나고 제 새장에 총탄 흔적이 남은 걸 발견한 병사들은 모두들 제 새장을 돌려보며 그게 자기들 생각처럼, 제게 마법이 있고 절 죽일 수 있는 건 아무것도 없다는 분명한 증거라고 여겼어요. 정말 이상한 사람들이었어요. 그들은 거칠고 울퉁불퉁한 손으로 제 새장을 들고 마치 교회 신자들 마냥 부서진 횃대와 깨진 물그릇 그리고 아무 데도 다친 곳 없이 날아다니는 절 경이롭게 바라보며 소곤댔어요.

그날 밤, 그들은 빗발치는 총탄 속에서 빛나는 무공을 세운 저를 위해 훈장 수여식을 열었어요. 소대 전원이 받들어 총을 했고 노 중사가 제 새장 가장자리에 훈장을 달아 주었어요. 다음 날, 사령관이 이 소식을 듣고 저를 장교식당으로 데려오라고 했어요. 그곳은 모든 것이 다 정말 웅장하고도 우아한 곳이었어요. 중사는

58

"노 중사가 제 새장 가장자리에 훈장을 달아 주었어요."

그곳에서 연대장, 대위, 부관 등에게 제 군대 경력에 대해 보고했어요. 그러다 저를 도대체 어디서 데려왔냐는 질문을 받자, 중사는 갑자기 얼굴이 빨개지며 당황한 기색을 내비쳤어요. 결국 후작의 성이 불탈 때 구출했다고 솔직하게 이야기했어요. 연대장은 그건 약탈이라고 말하며 얼굴을 찌푸렸어요. 하지만 후작 부인에게 편지를 써 양해를 얻는다면 계속 저를 곁에 둘 수 있게 해 주겠다고 했어요. 물론 나중에 부인은 기꺼이 양해한다는 편지를 보내주었어요. 부관이 제 새장에 달린 훈장을 가리키자 한바탕 웃음이 터져 나왔어요. 대위는 훔쳐 온 것이기는 하지만, 총탄 속에서 이런 훌륭한 무공을 세운 카나리아는 저밖에 없고 게다가 그런 새를 가진 연대라면 마땅히 그 새를 마스코트로 삼아 자랑할 만하다고 말했어요.

그런데 군 생활이라는 건 정말 우스꽝스러운 것이었어요. 그동안 저는 군인은 대부분의 시간을 전투를 하며 보낸다고 생각해 왔어요. 그런데 그렇지 않다는 걸 알고 많이 놀랐어요. 오히려 총을 닦는 데 더 많은 시간을 썼어요. 군인들은 단추를 닦는 일에 대단한 열정을 보였어요. 단추뿐만이 아니었어요. 벨트 버클이건, 총검이건, 총신이건, 군화건 뭐든 열심히 윤을 내고 닦고 또 닦았어요. 심지어는 제 새장에서도 닦을 곳을 찾아낼 정도였어요. 북을 치는 임무를 지닌 소년이 내 새장 바닥에 붙어 있는 작은 청동 다리들을 매일 닦는 임무를 맡았어요. 느긋이 아침 식사를 하고 싶은데 소년이 나타나 새장을 이리저리 돌리며 흔들어 대는 통에 정말 진절머리가 날 정도였어요.

저는 행진이 정말 좋았어요. 그리고 나팔수가 정렬 나팔을 불면 흥분에 휩싸였어요. 왜냐하면 그 나팔 소리는 대개 새로운 장소로 이동하는 것을 뜻했고 그러면 뭔가 새로운 일이나 모험이 기다리고 있었기 때문이에요. 저는 취사도구나 일용품들을 싣는 작은 마차에 실려 부대 후미를 따라갔어요. 게다가 제 새장을 다른 물건들 맨 위에 실었기 때문에 앞에서 벌어지는 일들을 높은 곳에서 한눈에 볼 수 있었어요. 긴 행진을 할 때 생기는 지루함을 달래기 위해 군인들은 노래를 부르곤 했어요. 저도 행진곡을 작곡해 군인들이 더위에 시달리거나 피곤해 보일 때마다 불러 주었어요.

오! 나는 작은 마스코트
나는 깃털 달린 퓨질리어!

노래는 이렇게 시작되었어요. 전 거기에 복잡한 꾸밈음이나 화려한 마디를 더해 북이나 고적대의 음색을 흉내 냈어요. 이 행진곡은 제가 작곡한 많은 노래 중에서도 손에 꼽힐 정도로 멋진 곡이었어요. 아무튼 이 곡은 군대 행진곡이니만큼 긴 행군 동안 내내 계속 이어질 수 있도록 425개나 되는 마디로 되어 있어요. 군인들은 이 곡을 아주 좋아했어요. 그래서 앞에 힘겹게 걸어가는 군인이 보일 때마다 저는 그래도 제가 그들의 생활에 작지만 뭔가 기여를 하고 있다는 느낌을 받곤 했어요.

전쟁은 그중에서도 가장 어리석고도 우스꽝스러운 일이었어요. 제 군인 동료들이 하는 일 중에서 제가 가장 공감하기 어려운 일이기도 했고요. 게다가 그때 당시에는 외국의 적군과 싸우는 것도 아니었고요. 앞서 이야기했듯 당시에는 공장에 기계를 도입하는 문제로 노동자들이 온 나라에서 폭동을 일으키고 있었어요. 그래서 퓨질리어 연대뿐만 아니라 다른 군대들도 파업을 벌이며 무법천지 상황을 만들며 폭동을 벌이는 노동자들을 진압하기 위해 이 도시 저 도시로 옮겨 다니느라 정신이 없었어요.

제가 퓨질리어에 합류하고 나서 얼마 지나지 않아 연대는 북부에 있는 한 도시에서 발생한 폭동을 진압하라는 출동 명령을 받았어요. 목적지로 향해 가는 도중에 우리는 여관이나 마을에서 우리가 곧 도착할 공장 도시가 파업 노동자들에게 완전히 점령되었다는 말을 들었어요. 우리가 온다는 걸 알게 된 그들은 우리를 뜨겁게 맞이할 준비를 하고 있었어요. 하지만 다행히도 그 도시에는 성벽도 요새도 없었어요. 덕분에 아직 대비가 취약한 곳을 발견한 군인들은 집들 사이로 몰래 잠입할 수 있었어요. 그리고 도시로 통하는 길을 점령하자마자 군인들은 성 안에서 대포를 맡은 노동자들을 몰래 기습했어요. 전투가 시작되고 나서 한 시간도 되지 않아 성 안 대포의 절반 이상을 손에 넣는 데 성공했어요. 나머지 포수들이 대포를 계속 발포하기는 했지만, 밭에서 어슬렁거리는 소나 개들을 멀리 숨어서 대기하는 보병들로 착각해 쏘아 대는 바람에 우리 군에는 아무런 피해도 입히지 못했어요. 연대 군인들에게 대포를 빼앗긴 노동자들은 대부분 도망을 갔어요. 군인들은 도 망치는 노동자들이 저항하지 않으면 발포하지 않고 도망가게 내 버려두는 식으로 인명 피해를 최소화했어요.

전투가 끝났을 때 노동자들은 대부분 도시 서쪽에 있는 커다란 탄광으로 후퇴했어요. 하지만 탄광 안 건물에서, 그리고 탄광 주 변의 큰 공장들 안에서 그들은 사로잡히느니 죽겠다는 각오로 마 지막 저항을 준비했어요. 하지만 그런 일은 실제로 벌어지지 않았 어요. 건물을 향해 발포하라는 명령이 우리 퓨질리어 연대에 떨어 지자 군인들은 일부러 빗나가게 겨냥해 포탄이 지붕 위로 아슬아 슬하게 날아가도록 해 아무도 다치지 않게 했어요. 이런 일이 계 속되자 장군이 화를 냈어요.

이때 건물들 안에 있던 노동자들이 작은 창문으로 이 광경을 보 고 군인들이 자기들 편을 들고 있다는 걸 알게 되었어요. 그러다 장군이 다시 불같이 화를 내는 바람에 병사들이 허둥거리는 모습 이 보이자 노동자들은 갑자기 건물 문을 열고 광장으로 뛰쳐나왔 어요.

그런데 멋진 제 퓨질리어 연대의 군인들은 누더기 차림의 노동 자들, 게다가 그중 절반은 그 어떤 무기조차 가지고 있지 않은 그 노동자들에게 패배했어요. 아니 자신들이 패배하기를 원했던 거 였어요. 군인들은 자신들의 친구들과 마찬가지 처지인 사람들이 꽉 들어차 있는, 게다가 방어시설조차 없는 건물들에 대포를 쏘느 니 차라리 명령 불복종으로 한 번쯤 감옥에 가는 게 더 나을 거라고 생각했던 거예요. 훗날 들은 얘기로는 퓨질리어 연대 군인들은 다시는 적에게 동정심을 보이는 일이 생기지 않도록, 나라 밖에서 벌어진 본격적인 전투에 파견되었다고 해요.

한편 제 새장이 실린 짐마차는 노동자들의 전리품이 되었어요. 내가 이 사실을 눈치챈 것은 마차가 더러운 옷차림을 한 두 사람에게 넘겨져 광장을 벗어나 구불구불한 골목길을 지나고 있을 때였어요. 노동자들이 사는 구역으로 이어진 골목이었어요.

짧았지만 빛나는 제 군대 생활은 이렇게 끝을 맺었습니다."

피피넬라의 말이 끝나자 대브대브는 부산스럽게 침대를 정리하며 잘 준비를 시작했다. 카나리아가 하는 말을 한마디도 빼놓지 않고 즐겁게 들었지만 대브대브는 역시 매우 현실적인 오리였다. 대브대브로서는 박사님이나 그 밖의 가족이 밤을 꼬박 새우는 일만큼은 막아야 했다.

"이제 잘 시간이야!" 대브대브가 단호하게 말했다. "내일도 바쁜 날이 될 거야."

동물들과 박사님 모두 잠을 자러 들어갔다. 투투는 캐러밴의 어두운 구석에 있는 선반 꼭대기에, 화이티는 박사님의 낡은 재킷 주머니 속에, 지프는 박사님 침대 옆에 깔린 양탄자 위에 자리를 잡았다. 물론 피피넬라는 마차 창문에 걸린 새장 속으로 돌아갔다. 대브대브는 모두 편안하게 잠자리에 들었는지 그리고 불은 다 꺼졌는지 확인한 후에 박사님이 빈 나무 상자로 만들어 준 작지만 안락한 침대 쪽으로 뒤뚱뒤뚱 걸어갔다.

64

"배고파!" 거브거브가 채소 통 옆 자기 자리에서 툴툴거렸다. "맛있는 순무 냄새가 나서 잠잘 수가 없어!"

"쉿!" 대브대브가 조용히 말했다. "내일 아침까지는 아무것도 먹으면 안 돼!

→ 6장 ←

전리품

"저를 차지한 두 남자는 서두르는 기색이 역력했어요." 다음날 밤, 박사님과 그의 동물들이 이야기를 계속 듣기 위해 각자 자리를 잡자 피피넬라가 이야기를 시작했다. "두 사람은 짐차를 밀고 울퉁불퉁한 길 위를 달려갔어요. 이미 어두워져 가고 있었기 때문에 저는 제가 어디로 실려 가고 있는지 알 수가 없었어요. 짐차에 연결되어 있던 말은 이미 누군가 떼내 어딘가로 데려가고 없었어요.

제 생각에 이 두 남자는 자신들이 훔친 이 짐차에 식량이 실려 있다고 여긴 것 같아요. 골목 으슥한 곳이 나오자 짐차를 멈추고 짐의 내용물을 손으로 더듬기 시작한 거로 봐서 말이에요. 하지만 아무리 더듬어 봐도 손에 닿는 것은 냄비나 주전자, 여분의 마구뿐

"두 사람은 짐차를 끌고 울퉁불퉁한 길 위를 달려갔어요."

이자 그들이 저주를 내뱉었어요. 그들은 나를 다시 제자리에 놓고 다시 급히 뛰기 시작했는데 그때 희미한 가로등 불빛 아래 이 가난한 사람들의 끔찍하게 초췌하고 마른 몸이 얼핏얼핏 보였어요.

저는 이들이 먹을 걸 살 돈을 마련하기 위해 저와 짐차를 팔아치울 거라고 여겼어요. 제 추측은 빗나가지 않았어요. 좀 더 간 다음 방향을 틀자 좁은 길이 나왔고 그 길을 지나자, 이윽고 큰 건물이 하나 나왔어요. 그 건물은 공장의 작업장처럼 보였는데 노동자들로 북적거리는 곳이었어요. 조명이라고는 촛불과 횃불 몇 개가 다여서 건물 안은 꽤 어두웠어요. 사람들은 그룹을 이룬 채 머리를 맞대고 나지막한 소리로 이야기를 하고 있었어요. 짐차를 훔친 사람들이 문을 열고 안으로 들어가자 소리가 일시에 그쳤어요. 안에 있던 남자들이 모두 고개를 돌려 우리를 보며 뚫어져라 바라봤어요.

우리가 안으로 들어가자 누군가 조심스럽게 문을 닫고 걸쇠를 걸었어요. 밖에서는 절대 보이지 않게 창문이라는 창문은 죄다 나무판으로 가려져 있었어요. 전 제가 탄광, 그게 아니면 탄광에 딸린 공장 건물 중 하나에 들어와 있다는 걸 알게 되었어요. 장군이 퓨질리어 연대에게 발포를 명령했던 바로 그 공장 중 하나였어요. 저는 사람들로 가득 찬 공장에 대포를 쏘는 일을 일말의 주저함 없이 할 수 있는 다른 군인들을 사령관이 이 도시에 데려올 때까지 얼마나 시간이 남아 있을지 궁금해졌어요.

문이 잠기자마자 사람들이 짐차 주위에 모여 안에 뭐가 실려 있는지 알아보려고 짐들을 헤집어댔어요. 그때 갑자기 대장처럼 보이는 키 큰 남자 하나가 나타나 거친 목소리로 그만두라고 말했어요. 주춤주춤 뒤로 물러서는 거로 봐서 사람들은 이 남자를 무서워하는 것 같았어요. 이 사람의 얼굴을 본 순간, 저는 어쩐지 낯이 익은 사람이라는 생각이 들었고 그래서 전에 어디서 봤는지 생각해 내느라 머리를 쥐어짰어요. 그때 뭔가가 번개처럼 스치고 지나갔어요. 이 남자는 노동자들이 후작의 성을 공격했을 때 그들을 지휘하던 사람이었어요.

이 남자가 직접 짐차의 짐을 살펴보고 음식이 하나도 실려 있지 않다고 하자 모두 실망했어요.

사람들이 말했어요. '그럼 이 짐차를 팔아 먹을 걸 삽시다.'

하지만 이 짐차를 판다고 해도 모두가 골고루 먹을 만큼의 식량은 살 수가 없었어요. 그래서 제비뽑기를 해서 뽑힌 사람이 마차를 가지기로 했어요.

'그럼 카나리아는 어떻게 하죠?' 누군가가 물었어요. '이 카나리아를 팔면, 이 고물 짐차랑 여기 실린 냄비 따위를 전부 합친 것만큼 받을 수 있을 거요.'

'그렇소.' 대장이 말했어요. '그럼 이 새의 주인은 따로 제비뽑기로 결정합시다. 종이 두 장에 표시해서 그것들을 모자 안에 집어넣을 거요. 하나는 짐차, 하나는 카나리아요. 첫 번째 당첨자가 둘 중 마음에 드는 걸 먼저 고르고 그 다음 당첨자가 남은 걸 갖는 거요. 나머지는 아무것도 가질 수 없소.'

'찬성이요. 찬성' 사람들이 외쳤어요. '공평해요.'

'쉿!' 대장이 말했어요. '조용히! 밖에서 누가 몰래 엿보고 있는지도 모르오. 난 그 멍청한 퓨질리어 부대의 군인들을 믿지 않습니다. 그자들이 너무 쉽게 항복했을지라도 말이오. 목소리 낮춰요. 낮추라고요.'

이제 앞으로의 제 운명은 누더기 차림 노동자들의 제비뽑기에 달린 신세가 되었어요. 그들이 제비가 든 모자 주위로 모이는 모습을 보며 저는 저를 차지할 남자가 누굴지 초조해졌어요. 그들 중에는 너무 굶주려 정신줄을 놓고 당장에라도 절 요리해서 먹을 것처럼 보이는 사람들도 있어 보였거든요. 제 운명은 아무리 보아도 밝아 보이지 않았어요.

한 명씩 차례로 제비를 뽑았어요. 다섯 명, 열 명, 열다섯 명이… 종잇조각을 펼쳐 보았어요. 하지만 모두들 몹시 못마땅한 소리를 내며 종이를 바닥에 내팽개쳤어요. 저로서는 시간이 아주 오래 지난 것 같았지만, 사실은 불과 5~6분 사이의 일이었어요.

마침내 행운의 당첨자가 나왔어요. 그 남자는 싱글거리며 대장 앞으로 나와 연필로 아무렇게나 십자표를 그려 놓은 종이를 펴 보였어요.

'좋소, 당신이 먼저 고르시오.' 대장이 말했어요. '어느 걸 갖겠소? 짐차요, 아니면 카나리아요?'

몸이 비쩍 마르고 다리를 저는 남자가 저와 짐차를 번갈아 봤어요. 전 그 사람의 얼굴이 맘에 들지 않았어요.

'짐차를 갖겠습니다.' 천만다행이었어요.

다시 함성이 터져 나왔어요. 두 번째 행운의 당첨자가 나온 거예요. 저는 사람들 속에서 그 남자의 얼굴을 찾아보기 위해 목을 학처럼 빼고 주위를 살펴봤어요. 그러다 그 남자의 얼굴이 눈에 들어오자 전 마음이 놓였어요. 물론 그 남자도 굶주려 비쩍 마르고 뺨에 주름이 많이 나 있었지만 얼굴만큼은 좋은 사람처럼 보였거든요.

'카나리아는 자네 것이네.' 큰 몸집의 대장이 새장을 그 남자에게 건네며 말했어요. '자 이제 다 끝났소.'

저를 차지한 남자는 손에 새장을 들고 건물 밖으로 나갔어요. 이때 이 남자와 저 모두 최대 관심사는 먹을 것이었어요. 이 남자가 먹을 걸 제대로 먹지 못하고 얼마나 지냈는지 그런 건 저도 모르겠지만 아무튼 저도 아침부터 내내 한 줌의 모이도 물도 먹지 못한 상태였으니까요. 가는 길에 저는 가을이 되어 씨를 맺은 길가의 잡초와 꽃을 많이 보았어요. 모두 제가 먹을 수 있는 것들이었지만… 새장 속 저로서는 그걸 먹을 방법이 없었어요. 물론 이 남자는 야생의 씨앗을 카나리아가 먹을 수 있다는 사실을 몰랐으니까 절 도울 생각을 하지 못했겠지요. 하지만 그는 개울이 보이자 내 물 접시에 물을 채워 주었어요. 전 기뻤어요. 아직 여물지 않은 옥수수밭에서 개쑥갓을 보고는 그것도 제게 주었어요. 여전히 배가 고프기는 했지만 그래도 전보다는 훨씬 나았어요.

그러다 농가 한 채가 보이자 남자는 새장을 생울타리 사이에 감추고 그 집 문 앞으로 가 먹을 걸 좀 줄 수 있냐고 부탁했어요. 그 집 안주인은 굶주려 초췌한 이 남자의 행색을 보고 불쌍하게 여겨 빵과 고기를 듬뿍 가져다주었어요. 남자는 빵 조각을 가지고 와 새장 틈 사이로 넣어 주었어요. 집에서 만든 맛있는 빵이라 같은 크기를 두 개는 더 먹을 수 있겠다는 생각이 들었어요.

어쨌든 이제 배도 든든히 채운 우리는 다음 탄광 도시까지 15킬로를 더 걸어갔어요. 맑고 쾌적한 아침이었어요. 남자가 새장을 겨드랑이에 끼고 아침의 신선한 공기 속을 걸어가자 밤새 저를 짓누르고 있던 뭔지 모를 비참한 기분이 쏙 사라지는 느낌이 들었어요. 남자도 좀 기분이 나아진 모양이었어요. 우리는 남북으로 이어지는 큰길로 나갔어요. 남쪽으로 가거나 북쪽으로 가는 마차들이 가끔씩 눈에 띄었어요. 전 그중에 어떤 누구라도 혹시 우리를 태워 주었으면 좋겠다고 생각했어요. 남자의 겨드랑이에 낑겨진 새장 안에서 여행을 하는 건 아무래도 그다지 유쾌한 일은 아니었으니까요. 그런데 30분 정도 걸었을 때쯤 식료품을 실은 포장마차 한 대가 멈춰 섰고, 마부는 우리에게 타지 않겠냐고 물었어요. 우리가 가는 곳과 같은 방향으로 가는 마차 같았어요. 저는 저를 고른 남자가 새장을 마차 뒤 식료품들 사이에 싣고 자신은 마부 옆에 앉자 정말 기분이 좋아졌어요.

그런데 제 새장이 놓인 곳은 귀리가루 자루 옆이었어요. 그건 포장지 밖으로 풍겨 나오는 냄새로 금방 알 수 있었어요. 전 단 1분도 참지 못하고 부리로 포장에 작은 구멍을 뚫은 다음 식료품을 조금

실례했어요. 물론 우리를 공짜로 마차에 태워 준 사람에게 그런 짓을 한다는 게 미안하기는 했어요. 하지만 제가 먹은 건 정말정말 조금이었어요. 귀리를 사는 사람이 손해 봤다는 생각이 들 정도는 절대 아니었어요. 게다가 전 지난 스물네 시간 동안 곡물이라고는 한 줌도 먹지 못했거든요.

제 주인이 된 남자는 가는 내내 마부와 이야기를 나누었어요. 두 사람의 말을 듣는 동안 저는 그 남자에게 형이 있고 형도 우리가 가려는 마을에 사는 광부라는 걸 알게 되었어요. 남자는 만약 형 집에 빈 방이 있으면 그곳에 머물며 탄광 일을 찾아볼 생각이었어요."

이 대목에서 피피넬라는 약간 슬픈 추억에 잠긴 목소리로 말했다. "앞으로 어떤 생활을 하게 될지 알았다면, 아무리 상쾌한 아침 공기를 마시며 여행을 하고 있었다고 해도 즐겁지가 않았을 거예요. 저는 한동안은 광부들하고 함께 지내야 했어요. 하지만 그들이 어떤 집에 살고 있고, 어떤 생활을 하고, 어떤 일을 하는지 당시에는 전혀 알지 못했어요."

"저는 단 1분도 참지 못하고 부리로 포장에 작은 구멍을 뚫었어요."

7장

탄광

"도시가 가까워졌을 때 제가 받은 첫인상은 실망이었다고밖에는 말할 수가 없어요. 제가 전에 말했듯이 이 도시에는 폭동도 일어나지 않았고 일도 평상시처럼 진행되고 있었어요. 하지만 동네에서 아직 몇 킬로미터나 떨어져 있었는데도 벌써 주변의 나무와 풀이 죄다 병이라도 든 것처럼 지저분하고 더러웠어요. 도시에 있는 높은 굴뚝과 주조공장이 내뿜는 연기 때문에 하늘도 뿌옇게 변해 있었어요. 공터에는 조각상도 분수도 마당도 없었고 대신 석탄재, 고철 조각, 쇳가루 같은 것들만 어수선하게 쌓여 있었어요. 전 사람들이 왜 이렇게 하고 사는지 의아했어요. 이걸 보자 저는 세상의 어떤 석탄도 어떤 강철도 값어치 없게 보였어요. 풍경을 이런 식으로 망쳐 놓으니 말이에요.

그렇다고 이 동네 사람들이 이렇게 더럽게 해 놓고 사는 걸 좋아하는 것처럼 보이지도 않았어요. 아침 일찍부터 일을 하러 터벅터벅 걸어 일터로 가는 광부들이 보였어요. 그들이 입은 옷은 검댕으로 찌들어 있었고 창백한 얼굴에는 생기라고는 전혀 없었어요. 손에는 탄광 안이나 공장 벤치에 앉아 먹을 작은 점심이 담긴 양철통이 들려 있었어요. 시내 한복판에 도착하자 남자는 마차에서 내려 나를 꺼낸 다음 마부에게 태워 줘서 고맙다고 인사를 했어요. 그런 다음 좁은 길을 몇 개 지나갔는데 길가의 집들이 죄다 같은 모양이었어요. 빨간 벽돌로 지은 소박한 집들이었어요. 그리고 어느 집 앞에 서서 문을 두드렸어요.

얼굴빛이 창백하고 단정하지 못한 옷차림을 한 여자가 집 안에서 나왔어요. 꼬질꼬질한 옷차림의 아이 셋이 엄마 치맛자락을 잡고 서 있었어요. 여자는 남자에게 인사를 하고 안으로 들어오라고 말했어요. 우리는 집안을 통과해 집 뒤편에 있는 작은 부엌으로 갔어요. 부엌 안은 딱히 뭐라고 할 수 없는 고약한 음식 냄새로 가득 차 있었어요. 여자는 하고 있던 빨래를 계속했고 남자는 그 옆에 걸터앉아 이야기를 시작했어요. 그러자 아이들이 더러운 그릇들이 어지럽게 널려 있는 탁자 위에 놓인 제 새장 옆에 와서 틈새에 끈끈한 손가락을 넣어 저를 찔러 댔어요. 남자가 이야기에 열중해 있는 사이에 새장이 뒤집히기라도 하면 큰일이라고 생각한 저는 조심하라는 의미로 한 아이의 손가락을 부리로 아주 조금 쪼

"여자는 남자에게 인사를 하고 안으로 들어오라고 말했어요."

앉어요. 그러자 아이가 엉엉 울기 시작했어요. 남자는 새장을 탁자 위에서 들어 올려 창문에 걸었어요. 그곳에서 저는 재를 담는 통 두 개와 벽돌로 된 벽이 있는 우아한 경치를 마음껏 감상할 수 있었어요.

저는 마음속으로 생각했어요. '맙소사, 내가 이런 곳에 오다니! 이게 무슨 집이야! 사는 게 뭐 이래!'

저녁이 되자 남자의 형이 일을 마치고 돌아왔어요. 몸에는 석탄 가루가 잔뜩 묻어 있었고 얼굴에는 피곤에 찌든 기색이 역력해 보였어요. 형이 부엌 개수대에서 얼굴을 씻는 동안 남자는 자기가 일하던 탄광을 떠나 여기에 온 사연, 그리고 새로운 일거리를 찾고 있다는 사실 등을 말했어요. 형은 자기가 일하는 탄광의 감독에게 부탁해서 일거리를 알아봐 주겠다고 했어요.

그리고 그들은 저녁을 먹었어요. 평소처럼 칼과 포크와 접시에서 나는 소리로 즐거운 기분이 되었다면, 아마도 전 노래를 부르고 싶어졌을 거예요. 그건 제가 탑에 있는 작은 방에서 후작 부인과 함께 식사할 때 늘 하던 습관이었어요. 그리고 연대에서도 병사들이 제 짐차 옆에 앉아 작은 양철통에 담긴 식사를 하며 달그락 소리를 낼 때도 전 항상 노래를 했어요. 하지만 지저분하고 냄새나는 이 방에서 더럽고 피곤에 찌든 사람들 틈에 끼어 노래를 부르지는 못하겠더라구요. 앞으로 다시는 노래를 부르지 못할지도 모른다는 생각까지 들 정도였어요.

아주머니가 바스러진 쌀알이랑 빵 부스러기를 내 모이 그릇에

넣어 줘 조금 먹었어요. 그리고 이 서글픈 방의 모습이 보이지 않
도록 머리를 날개 밑에 박고 잠을 청했어요.

저를 데려온 남자는 일을 구했어요. 여기에 온 지 이틀째 되는
날부터 남자는 형과 함께 일을 하러 나가기 시작했어요. 그리고
저녁때 형하고 같이 돌아왔어요.

한편 저는 한동안 이곳에 계속 있어야 할 것 같은 생각이 들어
마음을 진정시키고 여기 식구들에게 관심을 가지려고 노력했어
요. 하지만 그건 아주 어려운 일이었어요. 식구들이 어쩌다 말을
하더라도 대부분은 정말 지루하기 짝이 없는 얘기들뿐이었거든
요. 남자들은 아침에 눈을 뜨자마자 대충 밥만 챙겨 먹고 허겁지
겁 일하러 나갔어요. 그리고 저녁이 되면 가엾게도 그들은 둘 다
식사가 끝나자마자 거의 동시에 침대로 기어들어 갈 정도로 피곤
에 쩔어 있었어요. 그 사이에 제 귀에 들리는 소리라고는 아이들
이 고함치는 소리랑 그럴 때마다 아주머니가 퍼붓는 잔소리뿐이
었어요.

저는 혼자 수도 없이 말했어요. '자, 이러면 안 돼. 기운을 내야
해. 힘든 일이 생기면 웃어 넘기고 노래를 불러!'

그런 다음, 머리를 뒤로 젖히고 내가 지금 즐겁고 기쁜 일만 있
는 푸른 숲에 나가 있다고 저 자신을 속였어요. 하지만 노래를 두
소절도 부르기 전에 아이 하나가 울기 시작했고 그러자 짜증이 잔
뜩 난 아주머니가 또 푸념을 늘어놓기 시작했어요. 노래 따위는
아무런 쓸모가 없었어요. 저는 그 집에서 노래를 부를 수가 없었

어요.

그곳에 온 지 일주일쯤 지난 어느 날 밤, 저는 두 사람이 나누는 말을 듣고 그들이 다음 날 절 어디로 데려가려 한다는 걸 알게 되었어요. 저는 기뻤어요. 저는 속으로 생각했어요. 어디가 되었든 지금보다 더 나빠질 건 없다고 말이에요.

그런데 그건 제가 잘못 생각한 것이었어요. 제가 어디로 끌려갔는지 아세요? 아마 상상도 못 하실 거예요. 그들은 저를 탄광 갱도 안으로 데리고 갔어요. 당시만 해도 저는 갱도에 카나리아를 두는 게 관행이라는 걸 몰랐어요. 지하에서 발생하는 아주 유독한 가스가 갱도 안으로 스며 나오는 일이 있는데 그걸 알아차리지 못하고 탈출할 시간을 벌지 못해 광부들이 목숨을 잃는 사고가 가끔 벌어진다고 해요. 카나리아를 갱도 안에 두는 건 새를 광부들이 작업하는 곳보다 더 높은 곳… 그러니까 새장을 통로 벽에 걸어 두면, 가스가 새어 나왔을 때 새가 먼저 알아차릴 수 있기 때문이었어요. 그래서 만약 새가 숨 가빠 하기 시작하면 광부들은 위험이 임박했다는 걸 알고 갱 밖으로 나갈 시간을 벌 수 있는 거예요. 카나리아들이 쌩쌩하게 날아다니는 동안에는 적어도 안전하다는 거지요.

그런데 전 아직 탄광 갱도 안에 가 본 적이 없었어요. 하지만 앞으로 두 번 다시는 가 보고 싶지 않아요. 거긴 사람들이 살거나 일하는 장소 중에서 가장 끔찍한 곳이에요. 다음날 두 사람은 제 새장을 가지고 꽤 먼 거리를 걸어 탄광 입구에 도착했어요. 우리는 밧줄이 달린 커다란 상자 안으로 들어갔어요. 톱니바퀴 같은 게 돌기 시작하면서 아래로, 아래로, 아래로 계속해서 내려갔어요. 햇빛이 전혀 들지 않는 곳이었어요. 광부들이 쓴 모자에는 작은 램프가 달려 있었어요. 상자가 멈추자 우리는 밖으로 나와 석탄차가 달리는 작은 레일이 깔린 좁고 기다란 통로를 따라 걸어갔어요. 광부들이 석탄을 실으면 석탄차는 천천히 레일 위를 달려 탄광 갱도가 시작되는 곳까지 석탄을 날라 주었어요. 그러면 그곳에서 승강기가 석탄차를 꼭대기까지 실어 날랐어요.

지하로 꽤 먼 거리를 내려간 후 광부들이 멈춰 섰어요. 그리고 제 주인이 새장을 벽 높은 곳에 박힌 못 위에 걸었어요. 그들은 저를 혼자 놔 둔 채 일을 시작했어요. 온종일 석탄차의 출발과 도착을 관리하는 일을 했어요. 한편 다른 광부들은 곡괭이로 석탄을 판 다음, 그걸 삽으로 떠서 석탄차에 싣는 일을 했어요. 이번에도 다시 한 번 저는 남자들의 세계에 들어가 한몫하게 된 셈이에요. 가여운 남자들의 삶을 위해 말이에요. 제 일은 가스를 기다리는 일이었어요. 기침을 하거나, 숨을 가쁘게 쉬거나, 죽거나 함으로써 유독 가스가 갱 안으로 들어오고 있다는 걸 알려주는 일 말이에요.

처음에 저는 남자들이 집으로 돌아가면 밤새 혼자 있어야 될까봐 걱정했어요. 다행히 그런 일은 벌어지지 않았어요. 호루라기 소리와 함께 일이 끝나자 남자들은 제 새장을 벽의 못에서 떼어 미끄럼 상자로 가 바깥 세계로 데리고 나온 다음 또 그 지저분한 부엌과 박박 악을 쓰며 울어 대는 아이들이 있는 집으로 돌아갔어요.

이제 가을도 끝자락에 접어들면서 해도 짧아졌어요. 아침에 일을 나서면 아직 날이 채 밝지 않았고, 돌아올 때도 어둑어둑했어요. 우리가 해를 볼 수 있는 시간은 토요일 오후와 일요일뿐이었어요. 예전에 제 임무는 여관에 마차가 도착했다는 것을 알리는 것이었어요. 은제 새장에 든 후작 부인의 애완 새였을 때도 있었고요. 그리고 한때는 정예 부대의 마스코트 역할도 했었죠. 그런데 전 이제 하루에 아홉 시간 일하는 광부가 되어 있었어요… 가스 냄새를 맡는 게 제 일이었죠! 정말 이상한 세상이에요.

저는 이 시절이 제게 가장 불행한 때였다고 생각해요. 제 운명은 천천히 내리막길을 걷고 있었어요. 탄광 밑바닥 생활보다 더 아래로 떨어질 수는 없는 거 아닌가요? 아무튼 저는 그런 결론을 내렸어요. 운명에 어떤 변화가 닥치더라도 분명 개선의 여지는 있는 법이니까요. 게다가 이상하게 들릴지도 모르지만 전 광부의 집에서 이른바 휴식을 취하고 있을 때보다 오히려 탄광에서 일하고 있을 때가 더 좋았어요. 갱도로 내려가 있으면 어쨌든 뭔가 하고 있다는 느낌이 들었으니까요. 석탄차가 승강기로 가기 위해 제 새장 근처를 지나갈 때마다 전 여기에서 뭔가가 이루어지고 있다는 생각이 들었어요. 게다가 전 제 나름의 역할을 하며 도움을 주고 있었고요. 그런데 그 더럽고 누추한 집에서는 아무것도 느낄 수 없었어요. 제가 왜 이렇게 되었는지 생각하는 게 다였어요. 정말로 그게 다였어요."

이때 대브대브가 끼어들었다. "하지만 탄광에 있을 때 무시무시한 가스에 새어 나올까 봐 무섭지는 않았니?"

"그래, 처음에는 그랬어." 피피넬라가 대답했다. "하지만 한번 독가스를 맡아 본 다음부터는 그렇게 무섭지는 않았어요. 물론 처음에는 갱도 안에 있는 동안 가스가 새어 들어오면 끝장일 거라고 생각했어요. 하지만 틀렸어요. 탄광에 있을 때 대여섯 번인가 가스가 새어 들어왔는데 치명적인 사고는 없었어요. 처음 가스가 들어왔을 때가 특히 기억에 남아요. 정오가 조금 지나서… 그러니까 사람들이 점심을 먹고 나서 30분쯤 지나 일을 막 시작했을 때였어요. 그때 전 뭔가 이상한 냄새를 맡았어요. 하지만 저는 그때만 해도 아직 유독 가스 냄새가 어떤지 알지 못했기 때문에 그게 무슨 냄새인지 알 수 없었어요. 냄새는 점점 더 심해졌어요. 그러다 갑자기 머리가 어질어질해졌어요. 저는 '큰일이야. 그래, 유독 가스가 분명해!'라고 생각했어요. 그래서 저는 새장 안에서 미친 듯이 날개를 퍼덕이며 날뛰었어요. 제가 있는 새장에서 2~3미터밖에 떨어지지 않은 곳에 사람들이 있었어요. 하지만 삽과 곡괭이 소리 때문에 내가 푸드덕거리는 소리가 들리지 않았나 봐요. 게다가 광부들의 머리는 나보다 훨씬 아래쪽에 있었기 때문에 위쪽에 떠다니는 가스 냄새를 광부들은 아직 맡지 못했어요.

저를 보지 못하고 그렇게 2~3분만 더 있었어도 정말 위험천만한 일이 벌어졌을 거예요. 유독 가스가 제 코와 목으로 들어오자 숨이 막혀 전 끽끽 소리조차 제대로 못 낼 정도가 되었어요. 그래도 전 새장 안에서 미친 듯이 계속 날개를 퍼덕였어요. 내가 어디로 나는지 알지도 못하면서요. 그런데 이제 글렀다는 생각이 들 무렵 광부들이 휴식을 취하려고 삽과 곡괭이를 내려놓았어요. 그러자 저 멀리 어디선가 무슨 소리가 들리는 것 같았어요. 광부 중에 한 사람이 이렇게 외치고 있었어요.

'빌, 새를 봐! 가스야!'

그리고 갱도 여기저기에서도 '가스다!'라고 짧게 외치는 소리가 들려왔어요. 도구를 바닥에 내던지는 소리도 들려왔어요. 광부들은 머리를 숙이고 승강기 쪽으로 내달렸어요. 저의 주인인 빌도 뛰어와 새장을 벽에서 떼어낸 다음 다른 사람들을 따라 도망쳤어요. 승강기 앞에는 이미 수백 명의 광부가 몰려와 차례를 기다리고 있었어요. 아직도 갱도 통로에서 어슬렁거리고 있을지도 모르는 광부들을 위해 머리 위로 경적이 요란하게 울려 댔어요.

광부들이 전부 신선한 공기가 있는 밖으로 나오자 대형 송풍기가 회전하며 가스를 갱도 밖으로 배출시켰어요. 갱도에서 유독 가스를 모두 빼내는 데는 여러 시간이 걸렸어요. 결국 그날 우리는 다시 갱도로 내려가지 않았어요.

저는 이 일을 계기로 광부들도 저와 같은 위험을 무릅쓰고 일하고 있다는 걸 알게 되었어요. 질식해 죽을 뻔한 경험을 한 광부들은 이제 더 조심하게 되었어요. 적어도 한 명은 반드시 새장을 지켜봐야 한다는 규정도 생겼고요. 제가 조금이라도 숨 가빠 하거나 이상한 행동을 하면 동료들에게 위험을 경고해 주고 갱도 안에서 나와야 했어요.

겨울이 깊어 가고 있었어요. 도대체 언제까지 광부 일을 해야만 하는 걸까 하는 생각이 들 때마다 저는 슬퍼졌어요. 둥지에서 나와 날기 시작한 이후 저는 처음으로 야생 새들이 부러워졌어요. 매나 독수리나 때까치나 고양이 같은 적이 아무리 많이 있더라도 자유롭게 살 수만 있다면 그게 뭐 대수겠어요? 야생 새들은 하늘을 하늘을 자유롭게 날아다녀요. 하지만 저는 지하 갱도 안 새장에 갇혀 지내는 신세였어요.

저는 어릴 때 어머니가 말씀해 주신 외국의 새들이 가끔 생각났어요. 그러니까 저 멀리 열대섬의 밀림 속을 날아다니는 천국의 새들이나 마코앵무새 같은 새들 말이에요. 하지만 제 눈에 비치는 것은 온통 지하 굴 속의 검은 석탄 벽, 어둠 속에 번쩍거리는 광부들의 모자에 붙인 램프뿐이었어요. 갱도 안에서 평생 이런 비참한 생활을 하느니 차라리 이제 인도나 아프리카나 베네수엘라 같은 곳에서 단 하루만이라도 자유를 만끽하며 살다 죽는 게 낫겠다는 생각도 들었어요. 여기서 남은 평생을 보내야 하는 걸까? 아홉 시간 동안 일을 하고 집으로 가서 잠을 자다 다시 또 일하러 나오는 이 생활을… 끝나는 날이 과연 오기는 올 건가?

그런데 마침내 이런 생활도 끝을 고하는 날이 왔어요. 여러분이 아시는 것처럼 카나리아는 인간보다 작은 동물이에요. 하지만 카나리아의 일생은, 그리고 살아가면서 어떤 일이 일어나냐는 것은 인간의 삶과 마찬가지로 카나리아에게도 중요한 일이에요. 다만 인간과 카나리아에게는 서로 다른 점이 하나 있어요. 그것은 인간보다 카나리아가 더 철학적이라는 거예요. 만약 사람이 제가 갱도 안에서 하는 일을 했다면 남자건 여자건 지루함과 비참한 느낌을 버리지 못하고 슬픔에 젖어 죽어 버리고 말 거라고 저는 생각했어요. 제가 이런 생활을 견딜 수 있었던 건 생각을 많이 하지 않았기 때문이에요. 저는 제 자신에게 항상 이렇게 말하곤 했어요. '언젠가는 무슨 일이건 생길 거야. 그게 뭐건 새로운 일일 게 분명해.'

어느 날 아침 11시에 어떤 사람들이 탄광을 보러 왔어요. 만약 여러분이 탄광에서 일해 본 경험이 단 한 번이라도 있다면 탄광을 보러 가겠다는 생각은 결코 하지 않으실 거예요. 하지만 인간은 원래 호기심이 많은 존재예요. 이 방문객들도 마치 동물원에라도 가는 것 같은 들뜬 마음으로 우리나 광산을 보러 왔을 거예요.

탄광 감독이 손님들이 온 것을 알리기 위해 갱도 안으로 먼저 내려왔어요. 감독은 제 주인이 일하고 있는 곳에 와서 손님들이 보고 싶어 하는 게 있으면 다 보여드리고 예의바르게 대하라고 지시했어요. 잠시후 일행이 도착했어요. 모두 여섯 명이었는데 여자도 있었고 남자도 있었어요. 그들은 모두 긴 덧옷을 입고 있었는데, 그건 그들의 좋은 옷에 석탄 먼지가 묻는 걸 막기 위해 지배인이 빌려준 옷이었다. 우리 광부들에게는 그저 늘 보는 평범한 것에도 손님들은 놀라워 했어요. 꼼꼼한 손님들이 코를 들이밀고 멍청한 질문을 해댈 때마다 광부들은 조곤조곤 답을 해 주기는 했지만 대개는 은연중에 비꼬는 말이 섞여 있었어요.

일행 중에 까탈스럽고 익살맞은 할머니가 한 분 있었어요. 평범하지만 친절하게 생긴 노부인이었어요. 일행 중에 저에게 가장 먼저 관심을 보인 분이기도 했어요.

'어머,' 노부인이 큰 소리로 말했어요. '카나리아네! 애는 여기서 무슨 일을 하나요?'

'가스 냄새를 맡는 일을 합니다.' 조장이 말했어요.

물론 노부인은 그게 무슨 말인지 알고 싶어 했고 조장은 대답해 주었어요.

'멋지군요!' 노부인의 수다는 계속 이어졌어요. '탄광에 카나리아를 둔다는 말은 들어 본 적이 없어요. 정말 흥미롭군요. 하지만 이 불쌍한 새들은 정말 고역일 거예요! 내가 이 새를 살 수 있나요? 탄광에서 일하던 새를 집에서 키우면 좋을 것 같아요.'

전 가슴이 두근거렸어요. 드디어 기회가 온 거예요. 지상의 확 트인 공기 속으로 나갈 기회가… 누구도 부럽지 않은 삶을 살 수 있게 된 거예요!

노부인과 조장 그리고 제 주인 사이에 긴 대화가 오가기 시작했어요. 제 주인은 제가 가스 냄새에 민감해 조금이라도 가스가 새어 나오면 바로 광부들에게 경고해 주는 특별한 새라고 말했어요. 하지만 노부인은 이미 마음을 굳힌 것 같았어요. 더 나은 생활을 할 수 있도록 저를 진정으로 도와주고 싶어 하는 것 같았어요. 물론 진짜 탄광에 살던 새를 가질 수 있다는 기대에 푹 빠져 있는 것도 사실이었어요. 그리고 그건 마치 기념품을 사는 것과 같은 일

"그 노부인은 일행 중에 저에게 가장 먼저 관심을 보인 분이기도 했어요."

일지도 몰라요. 게다가 이 노부인은 돈도 아주 많아 보였어요. 제 주인이 고개를 저을 때마다 값을 계속해서 올렸거든요. 노부인이 제시한 금액은 10기니까지 올라갔어요. 하지만 주인은 여전히 거절했고, 그러자 노부인은 더 많은 금액을 제시했어요. 광부들은 두 사람 주위에 모여 입을 떡 벌린 채 그들의 말을 들었어요. 하지만 광부들의 관심은 제 관심의 반의 반도 되지 않았을 거예요. 이 거래의 결과에 따라 제 삶, 그게 아니라도 행복과 불행이 갈리는 거였거든요.

값이 12기니까지 오르자 결국 제 주인이 포기했어요. 저는 이렇게 엄청난 가격에 제가 팔렸다는 사실이 자랑할 만한 일이라고 생각했어요. 하지만 너무 기쁜 나머지 다른 감정을 느낄 겨를도 없었어요.

제 주인은 새장을 노부인에게 건네주었어요. 노부인은 주소를 적어 주었어요. 다음날 돈을 받아 갈 수 있도록 말이에요.

'이 카나리아는 수컷인가요? 울기는 하겠죠?' 노부인이 물었어요.

그러자 제 주인이 대답했어요. '부인, 전 잘 모릅니다. 수컷일 거라고 생각하지만, 저랑 있을 때 운 적은 한 번도 없었습니다.'

'도대체 울지도 않는 새를 누가⋯?' 한 광부가 끼어들었어요.

'어쨌든 이 새를 살게요.' 노부인이 말했어요. '바깥 공기를 마시고 햇빛을 보면 요 녀석도 아마 울 거예요.'

이렇게 해서 제 모험 이야기의 또 다른 장이 막을 내렸어요. 노부인이 제 새장을 들고 다른 방문객들과 함께 미끄럼 상자에 올라

탔을 때 저는 광부 생활과 영원히 작별한 것이었어요. 그 후로 전지하에서 고되게 일을 하는 가엾은 광부들이 요즘은 어떻게 지낼지, 그리고 저를 대신한 카나리아는 구했는지 궁금해하곤 했어요. 하지만 저는 이제 딱한 인생이 끝나고 새로운 생활이 펼쳐질 거라는 생각에 정말 기뻤어요."

"나라도 그렇게 생각했을 거야!" 박사님이 말했다. "그런 싫은 일을 하는 해야만 하는 카나리아들이 나도 전부터 불쌍했었거든."

"왜 꼭 새여야만 하죠?" 화이티가 물었다. "고양이한테 맡겨도 되지 않을까요? 탄광 안에 고양이가 몇 마리쯤 갇혀 있다고 생각하면 꽤 안심될 텐데."

박사님은 화이티의 말을 듣고 웃음을 터뜨렸다.

"그래, 화이티." 박사님이 말했다. "고양이들이 그 일을 하러 탄광에 들어가면 너희 쥐나 새들은 안심되겠지. 하지만 새들, 특히 카나리아들은 호흡 기관이 아주 예민해. 그래서 다른 동물들은 절대로 알아채지 못할 정도로 가스 냄새가 아주 조금밖에는 나지 않는다고 해도 금방 알아차릴 수 있어."

박사님은 공책을 덮는 것으로 오늘 밤의 일을 끝냈다.

박사님이 말했다. "대브대브, 잠자러 가기 전에 코코아랑 토스트 좀 먹을 수 있겠니? 좀 배가 고프구나. 너희들은 어때?"

"좋죠!" 거브거브가 외쳤다. "코코아랑 토스트는 내가 제일 좋아하는 거예요…. 꽃양배추만 빼면요."

"꽃양배추라니." 지프가 투덜댔다. "끔찍도 해라! 그걸 먹느니

난 차라리 고추냉이를 먹겠어!"

"그것도 맛있어!" 거브거브가 입맛을 다시며 말했다.

대브대브가 끼어들었다 ."오늘 밤에는 꽃양배추도 없고, 고추냉이도 없습니다. 있는 거라고는 코코아랑 토스트뿐입니다. 박사님이 주문하신 겁니다. 다른 건 전혀 없습니다."

모두들 김이 모락모락 나는 코코아 컵과 버터를 듬뿍 바른 토스트가 놓인 접시 주위에 앉아 마지막 한 방울, 마지막 빵조각까지 남김없이 마시고 먹었다. 피피넬라는 탄광에서 보냈던 비참한 생활 다음에 이어진 즐거운 생활을 떠올리며 자장가를 불러 주었다. 그 노래는 로지 이모 집에서 살 때 작곡한 곡이었다.

8장

로지 이모의 집

다음 날 저녁, 피피넬라가 이야기를 시작했다. "탄광 입구에는 일종의 전세 마차 한 대가 노부인을 기다리고 있었어요. 노부인은 제 새장을 먼저 실은 다음 자신도 마차에 올라탔어요. 우리는 먼 길을 달려갔어요. 노부인이 착한 사람이라는 건 금방 알 수 있었지만, 좀 까탈스럽고 작은 일에도 안달복달하는 사람이었어요. 제 새장을 왼쪽에서 오른쪽으로, 다시 오른쪽에서 왼쪽으로 수도 없이 바꿔 댔거든요.

'이렇게 작은 새에게 바람은 쥐약이야.' 노부인은 좌석에서 새장을 들어 바닥에 내려놓았어요. 그러다가 금방 자기 무릎에 다시 올려놓았어요.

"그러다가 금방 자기 무릎에 다시 올려놓았어요."

'몸이 작으니 아래쪽에 두어도 숨 쉬는 데 문제없겠지?' 노부인은 말했어요. '쩍쩍! 로지 이모 무릎 위에 앉아 창밖 좀 보지 않을래? 옥수수밭 풍경 멋지지 않니? 탄광에서 살 때보다 경치가 정말 좋지?'

주책 때문에 좀 피곤하기는 했지만, 바깥 경치만큼은 아름다웠어요. 그리고 로지 이모도 제게 악의는 없었어요. 그날 아침 풍경은 정말 아무 생각이 안 들 정도로 아름다웠어요. 봄기운이 완연했어요. 겨우내 땅밑에서 보냈는데, 저는 이제 거기서 해방되어 싹이 올라오는 생울타리, 밭이랑 사이로 곡식이 초록색으로 변한 모습도 보고 있었어요. 둥지 틀 곳을 찾아 새들이 이리저리 분주히 날아다니는 모습도 보였어요. 근 몇 달 동안 전 다른 새들하고 얘기할 기회가 한 번도 없었어요. 부모님 곁을 떠난 후 거의 처음으로 제 동족을 보고 싶은 마음이 들기도 했어요. 전 다른 새랑 마지막으로 얘기해 본 게 정확히 언제인지 생각해 보기 시작했어요. 하지만 로지 이모가 훼방 놓았어요.

"노래해 보지 않을래?… 쩍쩍?"

문득, 퓨질리어 연대를 떠난 후 제가 노래를 한번도 하지 않았다는 게 생각났어요. 군인들이 전쟁하러 도시로 행군할 때 행진곡을 불러 준 게 마지막이었어요. 노래를 너무 오래 안 불러 목소리나 제대로 나올지 걱정되었어요.

'노래 안 불러 줄래?' 로지 이모가 재촉했어요. 저는 날개를 으쓱 펴며 횃대 위로 날아올라 '작은 마스코트'를 부르려고 고개를 돌렸는데, 바로 그때 새 두 마리가 마른 풀을 입에 물고 마차 창문을 스치고 지나갔어요. 지빠귀 부부였어요.

저는 속으로 생각했어요. '둥지를 만든 적이 한 번도 없네. 봄인데, 혼자 있는 것도 이제 지쳤어. 귀여운 아이들을 키우며 가족을 이루고 사는 것도 재미있을 거야.' 로지 이모는 제가 수컷인지 암컷인지 아직 모르고 있었어요. '여기서 노래를 부르면 이모는 날 분명 수컷이라고 생각할 거야. 하지만 노래를 부르지 않으면 암컷이라고 생각하고 짝을 구해 줄지도 몰라. 그러면 나도 부모님처럼 둥지를 만들 거야. 한번 해볼 만한 일이잖아. 됐어. 한동안 노래는 부르지 말아야겠어.'

노부인이 저를 마차에 태워 데려온 곳은 제가 살던 곳과는 전혀 다른 곳이었어요. 성당 도시라고 불리는 곳이었어요. 연기를 뿜어대 하늘을 뿌옇게 만들고 그 때문에 나무에도 해를 입히는 공장 같은 건 하나도 없었어요. 꼭두새벽부터 서둘러 땅밑으로 일하러 갔다가 밤이 다 되어서야 지친 몸을 질질 끌며 돌아오는 노동자들도 볼 수 없었어요. 이 도시의 생활은 평화롭고 느긋하고 쾌적했어요. 시내 한복판에는 아주 오래된 회색 성당이 하늘 높이 솟아 있었고, 성당 종탑에 둥지를 튼 까마귀들이 주위를 날아다니고 있었어요. 한 시간에 한 번씩 성당 종에서 울려 나오는 은은하고 깊은 소리가 들렸고, 15분마다 작은 종에서 나는 사랑스러운 소리가 들려왔어요. 튼튼하게 잘 지어진 오래된 집들도 많이 있었는데 그런 집에는 예쁜 정원이 딸려 있었어요. 지어진 모양도 다 달랐어요.

노부인의 집은 큰길 옆에 있었는데 뒤쪽 오른편에 멋진 뜰이 있었어요. 집도 거리도 이 노부인에게 딱 어울리는 곳이었어요. 노부인은 제 새장을 창문에 매달았는데 특이한 게 두 가지 있었어요. 하나는 방 안 다른 창문 바깥에 받침대가 있고 그 위에 거울이 붙어 있다는 거였어요. 처음 이걸 보고 전 용도가 뭔지 궁금했었는데, 나중에 노부인이 안락의자에 앉아 뜨개질을 하고 있을 때 알았어요. 노부인은 그 거울로 집 밖 사람들의 모습을 보고 있었어요. 그 거울 덕분에 의자에 앉아서도 누가 이쪽으로 오는지 훤히 알 수 있었던 거예요. 건너편 집들에도 노부인 집과 마찬가지로 거울이 설치되어 있었어요. 이 마을에서는 뜨개질을 하면서 지나가는 이웃 사람들을 보는 게 유행이었던 모양이에요. 창가에 앉아 여가를 보낼 만큼 넉넉한 마을이었던 거예요.

제 눈길을 끈 또 다른 하나는 로지 이모 집 외벽 근처에 있는 가로등이었어요. 가로등이랑 제 새장 사이의 거리는 1미터도 채 되지 않았어요. 해가 질 무렵이면 매일 한 할아버지가 사다리를 들고 다리를 절뚝거리며 와서 가로등에 불을 붙인 다음, 아침 일찍 다시 와서 등을 껐어요. 가로등 빛은 방안으로 곧장 들어왔어요. 처음 며칠은 너무 환해서 쉽게 잠도 들지 못할 정도였어요. 하지만 등불 때문에 제가 잠도 제대로 못 이룬다는 걸 노부인도 알게 되었어요. 노부인은 가로등이 켜지면 곧바로 제 새장을 천으로 덮어 주었어요. 두꺼운 천에 직접 자수를 놓은 천으로 말이에요. 덕분에 빛이 하나도 새어 들어오지 않았어요.

"노부인은 제 새장을 창문에 매달았어요."

로지 이모 집에 사는 동안 전 재미있는 친구 몇을 사귀게 되었어요. 다리를 저시는 점등원 할아버지도 그중 하나였어요. 그 할아버지랑 말을 나눈 적은 한 번도 없었어요. 하지만 아침저녁으로 매일 규칙적으로 오니까 어느 틈엔가 전 그 시간만 되면 할아버지가 오는 걸 은근히 기다리게 되었어요. 그곳 생활은 대체로 규칙적이고 편안하게 흘러갔어요.

로지 이모는 친구가 많았어요. 물론 다 여자였지만요. 그들은 일주일에 대여섯 번은 뜨개질할 것을 들고 집으로 놀러 와 함께 차를 마셨어요. 저를 아직 모르는 친구가 올 때마다 로지 이모는 저를 탄광에서 집으로 데려온 이야기를 해 주었어요. 그러면 친구들은 제 새장 주위에 모여 신기해하며 절 봤어요.

그래도 전 입을 꾹 다물고 한 번도 노래를 부르지 않았어요. 물론 가로수가 날마다 푸르름을 뽐내는 봄이 되자 노래를 부르고 싶은 마음이 굴뚝같았어요. 그곳은 정말 멋진 곳이었어요. 하지만 제게는 저와 같은 카나리아 친구가 필요했어요. 그래서 이모가 제 짝을 찾아 줄 때까지는 절대로 노래를 부르지 않기로 마음먹었어요.

그러다 예의 그 바느질 친구들이 이모 집에 모였을 때 특이한 일이 생겼어요. 그때도 이모는 절 모르는 친구들에게 제 이야기를 들려주고 있었는데, 한 여자가 제 앞으로 천천히 걸어와 새장 창살 사이로 저를 찬찬히 쳐다봤어요. 어디선가 본 적이 있는 얼굴이었는데 누군지 좀처럼 생각이 나지 않았어요. 그러다 한쪽 눈을 특이하게 껌뻑이는 걸 보고 갑자기 기억이 났어요.

용맹스러운 퓨질리어 연대에서 만난 한 군인의 아내였어요!

그 순간 제 다짐이 깨지면서 얼결에 '작은 마스코트' 노래가 입 밖으로 터져 나왔어요.

로지 이모는 제가 노래 부르는 걸 보고 너무 놀라 이런 말밖에는 하지 못했어요.

'맙소사! 내 새가 지금 노래를 부르고 있어!'

'당연히 노래를 부를 수 있죠!' 군인의 아내가 단정적으로 말했어요. '우리나라에서 노래 잘 부르기로 2등이라면 서러워할 새인 걸요!'

'그걸 어떻게 아시죠?' 로지 이모는 무척이나 놀란 표정으로 물었어요.

'제 남편 부대의 마스코트였으니까요.' 그 여자가 말했어요. '제 남편이 인도로 떠나기 전에 말해 줬어요. 탄광에 폭동이 났을 때 이 새가 사라졌고 그 후로 다시는 본 적이 없었다고요. 부대원들 다 이 새가 죽었다고 생각했는데… 정말 그 새야!' 그러고는 혼잣말을 했어요 '태어나서 이런 이상한 일은 처음이야.'

로지 이모도 군인 아내 못지않게 놀랐어요.

'정말 같은 새예요?' 이모가 물었어요. '제가 이 녀석을 처음 본 건 비참한 탄광에서였어요. 그곳 광부에게 12기니를 주고 겨우 설득해 여기 데려왔는걸요.'

그러자 군인 아내가 웃으면서 말했어요. '녀석이 아니라 암컷이에요. 이름은 피피넬라고요.'

'피피넬라!' 로지 이모는 큰 소리로 말했어요. '이름도 정말 예쁘네요. 그런데 암컷이 어떻게 노래를 부르죠? 전 암컷은 노래를 부르지 못한다고 알고 있는데.'

'천만에요!' 군인 아내가 말했어요. '암컷도 수컷이랑 똑같이 노래를 불러요. 특히 애는.'"

피피넬라는 이야기를 계속했다. "흠, 이제라도 제가 암컷이란 걸 로지 이모가 알게 된 게 기뻤어요. 이 집에 오고 나서 전 딕이나 버디 같은 수컷 이름으로 불렸거든요. 그냥 '이 녀석'이라고 불리기도 했고요. 물론 제가 노래를 부를 수 있다는 걸 이모가 알게 된 게 마냥 기쁘기만 한 건 아니었어요. 제가 저랑 같은 종인 카나리아 친구와 함께 살고 싶다는 걸 이모에게 어떻게 하면 알려줄 수 있을까 속이 탔어요.

하지만 이 일은 쉽게 해결되었어요. 한동안 제 모습이 꽤 슬프거나 울적하게 보였나 봐요. 물론 일부러 그렇게 한 건 아니었지만, 로지 이모 눈에는 그렇게 보였나 봐요. 어느 날, 로지 이모가 제 새장에 덮인 천을 벗기고 씨앗과 물을 주며 하는 말을 듣고 전 무척 기뻤어요.

'아이고, 쯧쯧! 오늘따라 더 슬퍼 보이는구나. 그래, 어쩜 피피넬라는 짝이 필요할지도 모르겠어. 정말 그러니? 알겠다. 이모가 가서 귀여운 수컷 새를 사 올게!'

로지 이모는 보닛을 쓰고 제 짝을 구하러 애완동물 가게에 갔어요. 그런데 로지 이모가 내 짝이라고 사온 새를 여러분도 보실 수 있다면 원이 없을 정도였어요."

피피넬라는 눈을 감은 채 날갯죽지를 축 늘어뜨렸다. "바보였어요. 바보 멍청이였다고요. 그렇게 어리석은 새는 평생 한 번도 본 적이 없었어요. 로지 이모는 우리가 둥지를 만드는 데 쓰라며 탈지면 같은 재료들을 넣어 주었어요. 새장 안에 둥지를 만드는 건 쉬운 일이었어요. 새장도 충분히 컸고요. 제 짝은… 이름이 트윙크였는데…. 아무튼 자긴 모르는 게 없다고 했어요. 우리는 둥지를 짓기 시작했어요. 그런데 제 짝은 내가 하는 일마다 일일이 트집을 잡았어요. 그리고 저 역시 짝이 하는 일이 마음에 들지 않았어요. 짝은 그럴 때마다 토를 달았어요. 맙소사… 얼마나 토를 달던지! 그리고 잘난 체는 얼마나 하던지! 제일 먼저 문제가 된 건 둥지를 어디에다 짓느냐였어요. 새장 귀퉁이에다 둥지를 이미 절반이나 만들었는데, 글쎄, 그 돌머리가 반대쪽에서 이렇게 얘기하는 거 있죠.

'내 생각에는 거긴 별로인걸. 아이들 눈에 햇빛이 너무 많이 비칠 거잖아. 이쪽으로 옮겨 봐.'

그걸 전부 다 그쪽으로 옮겨서 다시 짓자는 거예요. 그리고 나서 이번에는 또 둥지 안쪽을 문제 삼았어요. 심지어는 제가 둥지 안에 앉아 있었는데 둥지를 부리로 물어 호들갑스럽게 이리저리 옮기기도 했어요. 제 바로 밑에서 말이에요.

결국 전 해가 가기 전에 새끼를 낳고 기르려면 제 남편을 둥지 짓는 일에서 완전히 배제해야겠다고 마음먹었어요. 덕분에 우리 둘은 심하게 다퉜어요. 남편은 제 머리를 마구 쪼아 댔고 저도 지지 않고 짝을 횃대에서 떨어뜨렸어요. 하지만 결국은 제가 이겼어요. 저는 다시 한 번 둥지에 손을 대면 알을 단 한 개도 낳지 않겠다고 했어요.

하지만 제 남편을 위해서 한 가지는 말해 두어야겠어요. 제 남편 트윙크는 목소리 하나만큼은 끝내줬어요."

"너보다도 더 좋았니?" 박사님이 물었다.

피피넬라가 말했다. "훨씬 더요. 비교도 못 할 정도로요. 가끔은 도대체 낼 수 없는 음색이 있기는 할까 하는 생각이 들 정도였어요. 심지어 낮은 음조로 부를 때조차 청아하고 힘찰 정도였다니까요. 물론 다른 남편들처럼 제 남편도 자기 아내가 부르는 노래 따위에는 전혀 관심이 없었어요. 하지만 사실 저도 알을 낳고 새끼들 뒤치다꺼리하느라 시간이 없어 남편과 노래로 대적할 생각을 품을 여력도 없었고요.

로지 이모는 카나리아에 대해 아는 게 별로 없기는 했지만, 그래도 알을 품는 동안에는 조용하고 편안하게 해 주어야 한다는 것 정도는 알고 있었어요. 그래서 낮에도 새장을 절반 정도는 늘 천으로 가려 주었고, 덕분에 저는 방에서 벌어지는 일로 방해받지 않고 잘 지낼 수 있었어요. 우리 안에서 밖이 보이는 건 창문 방향뿐이었어요. 아무튼 이 마을은 알을 품기에는 이상적인 곳이었어요. 정말 조용한 곳이었거든요. 다리를 저는 점등원이 규칙적으로 오가는 것 말고는 기껏해야 빵장수가 접시랑 종을 들고 지나가거나, 수동식 아코디언 연주자가 우리 집 앞에 서서 쌕쌕거리는 이상한 소리로 연주하는 것 말고는 거리에서는 아무 일도 일어나지 않았어요. 그나마 그 이상한 아코디언 소리도 제 남편이 부르는 노랫소리에 묻혔어요.

로지 이모가 창가에 앉아 뜨개질을 하며 거리를 지나가는 사람들의 모습을 보는 동안 저는 둥지 안에서 알을 품은 채 나뭇잎들이 초록빛을 더해 가는 모습을 바라보았어요. 그러는 사이 계절은 봄을 지나 여름이 되었어요. 아침이 되어 점등원 할아버지가 가로등 불을 끌 때마다 저는 이렇게 혼잣말을 했어요. '또 이렇게 하루가 갔구나. 이제 며칠만 지나면 아기들이 알 껍질을 깨고 나올 거야.'

우리의 새 가족이 알에서 처음으로 얼굴을 드러낸 날의 흥분은 정말 대단한 것이었어요. 다섯 모두 튼튼하고 건강했어요. 로지 이모는 우리보다 더 감격했어요. 로지 이모는 하루에 열 번도 넘게 둥지로 와 안을 들여다보았어요. 친구가 올 때마다 매번 새끼들을 구경시켜 주었어요. 친구들은 매번 똑같은 말을 했어요. '오, 생각보다 못생기지 않았네.' 맙소사! 그 사람들은 도대체 갓 태어난 새가 어떤 모양이어야 한다고 생각한 걸까요? 저는 도저히 모르겠어요. 어쩌면 알에서 나올 때 보닛을 쓰고 망토라도 걸치고 나올 거라고 생각했을지도 모르죠.

저랑 남편은 본격적으로 바빠졌어요. 늘 배고파하는 새끼 새 다섯 마리에게 때마다 먹을 걸 주는 것만도 정말 대단한 일이었어요. 둘이 다 매달린다고 해도요.

"로지 이모는 하루에 열 번이 넘게 둥지로 와 안을 들여다보았어요."

로지 이모는 다진 달걀이랑 과자 부스러기를 하루에 여섯 번이나 가져다 주었어요. 하지만 매번 1시간 15분 만에 떨어졌어요. 배고픈 새끼들 입에 먹이를 30분마다 넣어 주어야 했거든요. 그리고 상추, 사과, 초록색 채소 같은 것들도 먹였어요.

힘들기는 했지만 한편으로는 대단히 즐거운 일이기도 했어요. 저는 남편인 트윙크가 둥지를 만들며 다툴 때 생각했던 것만큼 바보도 짜증 나는 새도 아니라는 걸 알게 되었어요. 우리는 함께 잘 대처해 나갔어요. 밥 주는 사이 사이 제가 아이들을 포근히 안아 줄 때면, 남편은 둥지 가장자리에 앉아 제게 노래를 불러 주었는데, 대부분은 남편이 직접 작곡한 아름다운 자장가였어요.

둥지 밖으로 나갈 정도로 몸에 힘이 붙고 살도 포동포동 찐 새끼들이 횃대 위에 옹기종기 모여 앉아 있는 아이들을 옆에서 지켜볼 때마다 우리는 엄청난 자부심을 느꼈어요. 물론 애들이 원래 그렇듯, 우리 아이들도 툭하면 싸웠어요. 특히 그중에서도 몸집이 유달리 큰 두 마리는 다른 아이들을 많이 괴롭혔어요. 걔들을 말리느라 남편이랑 저, 둘 다 정말 힘들었어요. 아이들 몸집이 커지자 새장은 우리까지 모두 일곱이 있기에는 비좁았어요.

결국 로지 이모는 우리 가족을 떼어 놓기로 했어요. 친구 중에 카나리아를 갖고 싶어 하는 사람이 많았기 때문에, 로지 이모는 새끼들을 친구들에게 한 마리씩 나눠 주었어요. 새끼들이 차례로 모두 새로운 집으로 보내지고, 결국 남편이랑 저랑 둘만 남게 되었어요. 그런데 로지 이모가 한 친구에게 수컷은 혼자 있을 때 노래를 더 잘 부른다는 말을 들었어요… 그래요. 그건 완전히 맞는 말이에요… 아무튼 그 말을 들은 로지 이모가 남편을 다른 새장에 넣어 다른 방으로 데리고 갔어요.

여름이 끝나갈 무렵 저는 이렇게 해서 다시 혼자가 되어, 가로수 잎이 갈색으로 변해 가는 모습을 지켜보며 지내게 되었어요. 점등원 할아버지도 저녁때는 더 일찍, 아침에는 더 늦게 오기 시작했어요. 해는 점점 빨리 지고 밤은 오래가는 계절이 온 거죠. 제 창문 바로 위 지붕 틈새에는 제비가 둥지를 틀고 있었어요. 여름 동안 저는 새끼 두 마리가 알에서 깨어나는 모습과 어미 제비가 그들에게 나는 법을 가르치는 모습을 봤어요. 그런데 이제 그 제비의 친구들이 몰려와 수다를 떨기도 하고 집 주변을 스치듯이 날아가기도 하고 있었어요. 제비들은 이제 곧 다가올 추운 겨울을 대비해 남쪽으로 날아갈 준비를 하고 있었어요. 전 그들이 긴 여행을 하는 동안 어떤 모험을 하고 어떤 신기한 일을 경험할지 궁금해졌어요. 가고 싶은 곳에 언제든 날아갈 수 있는 자유로운 생활에 저는 다시 막연한 동경을 가지게 되었어요.

저는 제비들이 모여드는 모습을 하루 종일 지켜보았는데, 제비들의 수는 시간이 갈수록 점점 늘어났어요. 제가 있는 창문 쪽에서는 제비들이 지붕 홈통에 앉아 있는 모습은 보이지 않았지만, 그래도 그들이 찍찍거리며 끝없이 수다를 떠는 소리는 들렸어요. 가로등 꼭대기에도 제비들이 앉아 있었어요. 가슴이 하얀 제비들이 빼곡히 앉아 있는 가로등의 모습은 그림처럼 아름다웠어요. 그 모습을 보고 있노라니, 전 여행을 떠나고 싶어졌어요. 그건 사람들도 마찬가지일 거예요.

드디어 제비들은 마지막으로 쩍쩍거리고 날갯짓을 하며 작별 인사를 하고 일제히 공중으로 솟아올라 긴 여행을 떠났어요. 제비들이 모두 떠나고 주변에 적막이 감돌자 저는 좀 서글퍼졌어요. 그런데 바로 그때, 로지 이모의 흰 페르시아고양이가 새 한 마리를 입에 물고 몰래 길을 지나가는 모습이 창문 밖으로 보였어요. 그러자 새장의 새로 사는 게 얼마나 안전하고 안락한 삶인지를 새삼스레 절감하게 되었어요. 그리고 할아버지가 가로등을 켜러 왔을 때도 집 밖으로 나가지 않고 조용히 일상적인 생활을 유지하며 사는 것도 나름의 장점이 있다고 제 자신을 위로했어요. 만약 트윙크와 제가 어느 숲 속 혹은 생울타리에 둥지를 틀었다면, 우리 아이들을 건강하게 키우지 못했을지도 몰라요. 심지어는 호시탐탐 우리를 노리는 고양이에게 우리 아이들이 잡혀가는 모습을 바로 눈앞에서 목격하는 일이 벌어지지 않는다고 누가 장담할 수 있겠어요?"

↘ 9장 ↙

오래된 풍차

"로지 이모 집에 있을 때 제가 좀 특이한 친구 몇 명을 사귀었다는 건 전에 말했었죠?" 피피넬라가 이야기를 계속했다. "그중 한 명이 창문 청소부였어요. 이모는 창문의 청소상태에 유난히 집착했어요. 창밖을 보는 시간이 많은 사람이라면 누구라도 그럴 거라고 저도 이해해요. 이모는 창을 닦는 일을 하녀에게 맡기지 않고 창문 닦는 일을 직업으로 하는 청소부에게 정기적으로 맡겼어요.

그 사람은 제가 여태껏 본 사람 중에 얼굴이 가장 우스꽝스럽게 생긴 사람이었어요. 보자마자 누구든 웃음이 터져 나올 그런 얼굴이었어요. 그는 언제나 흥겨운 휘파람을 불며 일했어요. 창문을 더 깨끗하게 닦기 위해 그 큰 입을 유리에 대고 입김을 부는 모습을 볼 때마다 전 웃음이 터져 나오는 걸 도저히 참을 수 없었어요. 저는 창문 청소부가 오는 날을 고대했어요. 그리고 그 사람도 저를 많이 좋아했어요. 그는 내가 있는 창문 쪽에서 특히 오래 머물며 붉은색과 흰색이 섞인 청소용 천으로 유리를 공들여 닦았어요. 그리고 창 너머로 저를 보고 휘파람을 불면서 온갖 표정을 다 지어 보였고 그러면 저도 답례로 휘파람을 불어 주었어요. 전 이런 사람이 제 주인이면 얼마나 재미있을까 하고 생각하곤 했어요. 그가 로지 이모보다 훨씬 재미있는 사람이란 건 분명하죠.

그가 일을 마치고 가면 끔찍할 정도로 따분했어요. 그래서 전 제 목욕용 물을 날개로 세차게 튀겨 창을 온통 더럽히곤 했어요. 로지 이모는 창을 닦는 데 돈을 아끼지 않아도 될 정도로 돈이 정말 많은 사람이라는 걸 알고 있었거든요. 이런 식으로라도 제 친구의 일감을 늘려 주는 게 나쁜 일은 아니라는 데서 오는 으쓱함도 있었고요. 그가 몹시 가난하다는 건 입고 있는 것만으로도 충분히 알 수 있었거든요. 덕분에 그는 한 달에 한 번이 아니라 일주일에 한 번씩 오게 되었어요.

어느 날, 그가 창 안쪽을 닦는 동안 로지 이모와 이야기를 하다 화제가 카나리아로 흘러갔어요. 그는 입에 침이 마르도록 절 칭찬했는데 그러자 기쁘게도 이모는 그에게 저를 기를 의향이 있냐고 물었어요. 로지 이모는 나 말고도 다른 새도 키우고 있었고, 게다가 그 새는 하루종일 노래를 불렀어요. 그리고 처음 절 보았을 때의 신선함도 사라졌기 때문에 절 떠나보내도 상관없다는 생각이

든 거예요.

　로지 이모가 그런 마음을 먹게 된 데에는 제가 창문을 더럽히는 바람에 매주 창을 닦아야만 하게 된 것도 한몫했을 거예요. 이모도 역시 가사를 책임지는 주부였으니까요. 어찌 되었건 창문 청소부에게 가게 된다는 게 전 정말 기뻤어요.

　저를 가져가도 좋다고 로지 이모가 말했을 때 제 친구인 창문 청소부 역시 기쁨을 감추지 못했어요. 그날 밤 그는 제 새장을 싸서 집으로 돌아갔어요.

　그의 집은 대단히 이상한 곳이었어요. 그는 낡은 풍차에서 살았어요. 풍차는 몇 년 동안 방치된 탓에 상태가 엉망이었어요. 분명히 아주 싸게 빌렸을 거예요. 만약 월세로 빌렸다면 말이에요. 하지만 그는 풍차 안을 매우 살기 좋게 꾸며 놓았어요. 다른 보통의 풍차처럼 그곳 역시 둥근 탑 형태로 되어 있었지만, 단단한 석재로 튼튼하게 지어져 있었어요. 그는 바닥에 있는 작은 방에서 살았는데 거기에는 그가 직접 만든 의자, 탁자, 책장 등의 가구가 있었어요. 작은 난로도 하나 있었는데 굴뚝이 천정까지 뻗어 탑 꼭대기 밖으로 나가 있었어요. 그에게는 가족이 없었어요. 혼자 살며 밥도 자신이 직접 해 먹었어요. 그는 헌 책이 엄청나게 많았어요. 표지가 떨어져 나간 것들을 아주 싸게 산 것 같아요.

　그는 매일 밤 책을 읽고 글을 썼어요. 아마도 뭔가 비밀스러운 책을 쓰는 것 같아 보였어요. 원고를 쓰고 나면 꼭 그 종이들을 마루 밑 구멍 안에 둔 양철 상자 안에 넣었거든요. 정말 특이한 사람

"창 너머로 저를 보고 휘파람을 불면서 온갖 표정을 다 지어 보였어요."

이었지만 그래도 제가 만난 사람 중에 가장 좋은 사람이었어요. 그가 창문을 닦는 일을 하는 건 오직 먹고살 돈을 벌기 위해서였어요. 그의 집 창문 유리들이 눈 뜨고 볼 수 없을 정도로 더러운 걸 보면 창 닦는 일을 그가 좋아해서 하는 건 절대 아니었어요.

아무튼 이렇게 해서 저는 재미있는 새 주인과 함께 살게 되었어요. 그는 정말로 특이한 사람이었어요. 제 생각에는 그는 그럴 수만 있다면 하루 종일 책을 읽거나 쓰기만 하면서 시간을 보냈을 게 분명해요. 하지만 그는 아침 일찍 집을 나가 차를 마시는 시간까지 일을 해야 했어요. 저는 일요일이 오기만을 고대했어요. 일요일에는 하루 종일 집에 있었기 때문이에요. 다른 날에는 전 좀 외로웠어요. 그가 아침에 직접 만든 자물쇠로 낡은 풍차 오두막을 잠그고 나가면 저는 그가 만든 가구들 위로 쥐들이 서로 뒤쫓아 다니는 모습을 보거나 더러운 창문을 통해 바깥 경치를 보는 것 말고는 달리 할 수 있는 일이 아무것도 없었어요. 풍차 오두막은 도시 교외의 언덕 위에 있었고 덕분에 경치는 꽤 좋았어요. 하지만 그것도 하루 이틀이지… 그리고 쥐들에 관해서라면, 전 예전부터 쥐들을 천박한 짐승이라고 여겨 왔기 때문에, 걔들의 수다나 시시한 놀이에는 거의 아무런 흥미도 느끼지 못했어요.

하지만 밤에는 정말 재미있게 지냈어요. 제 친구는 집에 돌아와 저녁 식사를 준비하면서 끊임없이 제게 이야기를 했어요. 물론 그는 제가 자신의 말을 알아들을 수 있으리라고는 상상도 하지 못했어요. 그래도 이야기 상대가 생겨서 좋았을 거예요. 그도 외롭게 살고 있었거든요… 그리고 저도 그렇지만 그도 외로움에 익숙하지 않았거든요. 그래요. 그는 달걀부침을 하는 동안에도, 수프를 젓는 동안에도 쉬지 않고 제게 그날 있었던 일을 얘기해 주었어요. 어느 집에 갔었는지, 어떤 집 창문이 끔찍하게 더러웠는지, 그 집에 새장이 있었는지 없었는지… 가끔은 로지 이모와 제 남편 트윙크, 심지어는 제 아이들 소식도 전해 주었어요. 그는 제 아이들이 간 집들의 창들도 청소했거든요.

저는 이 이상한 제 친구에 대해 궁금한 게 아주 많았어요. 창문을 닦는 일을 하기 전에는 무슨 일을 했을까… 혹시 친척이 있다 해도 근처에 사는 사람은 없는 것 같았어요. 편지가 오는 일도, 편지를 쓰는 일도 없었어요. 그는 친구들과 완전히 떨어져 사는 사람이었어요. 전 그가 연구하고 책을 쓰는 데 방해받지 않으려고 일부러 이런 삶을 선택했을지도, 아니면 뭔가 지켜야 할 비밀이 있어서 이런 삶을 선택했을지도 모른다고 생각했어요. 그래요. 뭔가 꼭꼭 숨어야 할 이유가 있었을 수도 있겠죠.

겨울이 즐겁게 지나가고 봄이 눈앞이었어요. 그맘때가 제 주인에게는 특히 바쁜 때였어요. 사람들이 봄맞이 대청소를 하는 때거든요. 그건 창문 닦는 일이 몰려든다는 뜻도 되고요. 한밤중에야 돌아온 적도 몇 번 있었어요. 날이 따뜻해지자 그는 제 새장을 벽 밖에 걸어 두기도 했어요. 어느 날 아침, 그는 일을 하러 나가면서 절 바깥에 두었어요.

'피프, 날씨가 좋구나.' 그가 말했어요. '내가 여기 없다고 해서

"그는 수프를 젓는 동안에도 쉬지 않고 제게 그날 있었던 일을 얘기해 주었어요."

널 집안에 가두어야 한다는 법은 없단다. 오늘은 일찍 돌아올게. 점심 먹으러… 토요일이고 하니 반나절은 쉬려고. 창 닦아 달라는 주부들이 아무리 많아도 말이다.'

그는 제 새장을 풍차 오두막 탑 꼭대기로 가져갔는데, 거기에는 낡아서 비가 줄줄 새고 금방이라도 무너져 버릴 듯해서 아무도 사용하지 않는 방이 하나 있었어요. 그는 창문 밖에 박힌 못에 제 새장을 걸었어요. 계단이 하나도 없어서 올라오는 것도 만만치 않았어요. 기둥이나 사다리를 타고 올라가야만 했어요.

'피프, 자… 여기야.' 그가 말했어요. '여기라면 그럭저럭 안전할 게다. 떨어지면 목뼈 부러질 각오는 해야 하는 곳이지만, 난 이보다 훨씬 위험한 창문턱에서도 일하기도 해. 여기 있으면 내가 집에 없어도 고양이 걱정은 하지 않아도 될 거야. 그럼 난 간다. 이따 보자.'

그런 다음 그는 다시 탑을 내려갔고, 저는 그가 문을 열고 마을 쪽으로 빠르게 걸어나가는 모습을 내려다봤어요.

밖에 있기에 정말 좋은 날씨였어요. 제 새집이 바깥으로 나온 건 그 해에는 처음이었어요. 따뜻한 봄볕을 받으니 활력도 생기고 기분도 상쾌해졌어요. 높은 곳에 올라가 주위를 보니 온갖 야생 새들이 이리저리 날아다니는 모습이 눈에 들어왔어요.

그런데 점심시간이 되었는데도 제 친구가 돌아오지 않았어요.

전 생각했어요. '흠, 일이 늦어지는 거야. 고객을 실망시킬 수 없었을 거야. 어떤 할머니가 좀 더 남아서 창을 더 닦아 달라고 했을

수도 있잖아. 곧 돌아오겠지.'

　그는 차를 마실 시간이 되었는데도 돌아오지 않았고, 저는 뭔가 이유가 있을 거라고 생각했어요. 하지만 해가 지고 어두워진 하늘에 별들이 빛나기 시작했는데도 제 새장은 여전히 밖에 그대로 걸려 있었어요. 그러자 전 정말로 걱정이 되기 시작했어요.

　제 새장 주위가 어둠에 잠기면서 추위에 몸도 떨려왔어요. 아직 초봄이라 전 방 안에 있을 때도 덮개 천을 걸치고 있었는데 말이에요.

　한숨도 자지 못했어요. 전 제 주인에게 무슨 일이 생긴 건 아닐까 밤새도록 걱정했어요. 창문을 닦다 높은 곳에서 떨어진 건 아닐까? 마차에 치이기라도 한 걸까? 뭔가 일이 생긴 건 분명했어요. 언제나 절 극진히 보살펴 주었던 그가 절 밖에 놓아 둔 걸 까먹었을 리가 없기 때문이에요. 설사 그걸 깜빡했다고 하더라도 제게 모이와 물을 주어야 한다는 걸 하루가 다 가도록 까먹을 수는 없는 법이고요.

　그러다 새벽이 되었어요. 제게는 영원히 계속될 것같이 긴 밤이었어요. 해가 점점 더 높이 떠오르면서 온기로 몸이 따뜻해지자 저도 기운을 좀 차렸어요. 모이통에 씨앗이 조금 남아 있었고, 단지에 물도 좀 있었어요. 전 아침을 먹기 시작했어요. 전 늘 해가 뜰 무렵에 아침을 먹었어요. 그러다 문득 먹을 걸 최대로 아껴야 할 것 같다는 생각이 들었어요. 생각을 하면 할수록 창문 청소부인 제 친구를 이제 더 이상 보지 못하게 될지도 모른다는 생각이 더 짙어져 갔거든요.

만약 그가 보통 사람들처럼 가족과 함께 살거나, 집에 찾아오는 친구가 있거나, 일용품을 배달받거나 한다면 조만간 도움을 받을 수 있겠죠. 하지만 그에게는 1년이 다 가도록 찾아오는 이가 한 사람도 없었어요. 그래서 전 두 가지 가능성을 염두에 두었어요. 첫째, 그에게 뭔가 심각한 일이 생겼다. 둘째, 누군가 우연히 찾아오는 경우가 아니라면 난 도움을 받거나 먹을 걸 구할 수 없다. 그러고 보니 정말 절망적이었어요.

하지만 삶이 있는 곳에는 반드시 희망이 있는 법이에요. 저는 아침을 아주 조금만 먹었어요… 겨우 움직일 수 있을 정도만요. 점심도 딱 그만큼만 먹었어요. 그리고 다시 어둠이 찾아왔어요. 또다시 춥고 비참한 밤이었어요. 그리고 떨면서 맞이한 새벽. 이제 먹을 거라고는 낟알 몇 개뿐이었어요. 저는 완전히 기운을 잃었어요. 마침내 마지막 남은 낟알까지 다 먹었어요. 해가 떠오를 무렵 저는 탈진해 잠들고 말았어요.

얼마나 오래 잤는지는 저도 잘 모르겠어요. 아마 한두 시간… 정오는 지나 있었을 거예요. 전 큰 소리에 놀라 눈을 떴어요. 하늘이 어두워지면서 먹구름이 몰려오고 있었어요. 폭풍이 올 모양이었어요. 우르르 쾅쾅, 귀를 찢을 듯한 굉음과 함께 어두운 하늘에 번개가 몇 초에 한 번씩 번쩍였어요.

소낙비가 새장 바닥을 치기 시작했을 때 전 목욕이라도 하면 좋겠다고 생각했어요. 하지만 폭풍이 가져다준 기쁨은 그 한순간뿐

"어두운 하늘에 번개가 번쩍였어요."

이었어요. 엄청난 폭풍이었어요! 그런 폭풍은 한 번도 본 적이 없었어요. 풍차 오두막은 사방이 탁 트인 곳에 있어 폭풍의 위력에 고스란히 노출될 수밖에 없었어요. 잠에서 깬 지 채 5분도 지나기 전에 전 온몸이 흠뻑 젖고 뼛속까지 으슬으슬해졌어요. 전 물 단지 아래로 들어가 비를 피해 봤어요. 하지만 아무 소용이 없었어요. 돌풍 때문에 비가 사방에서 내리쳤기 때문에 도저히 피할 수 없었거든요. 새장은 들어찬 물로 마치 수영장처럼 변해 버렸어요.

그때 갑자기 갈라지는 소리가 요란하게 들리며 지붕 일부가 공중으로 솟구쳐 동쪽으로 날아갔어요. 엄청나게 강한 바람에 탑에서 찢겨 나간 거예요. 천둥과 천둥 사이에 아래쪽에서 뭔가 부서지는 소리들도 들렸어요. 폭풍 때문에 온갖 것들이 날아올라 바닥에 떨어지는 소리였어요.

핑! 누군가가 손바닥으로 아래에서 바닥을 쳐올리기라도 하는 것처럼 제 새장이 위로 솟구쳤어요. 다음 순간 제 새장도 동쪽으로 날려갔어요. 바람에 날려 못에서 떨어져 나온 거예요.

못에서 떨어져 나온 제 새장은 하늘을 이리저리 날아다니기 시작했는데, 그때 일은 자세히 기억나지 않아요. 제가 기억하는 건 새장이 공중에서 미친 듯이 도는 바람에 머리가 어지러웠었고, 그러다 지붕인지 아니면 뭔가 다른 것에 부딪혀 크게 튀어 올랐다는 것뿐이에요. 저는 발톱으로 횃대에 꼭 매달려 있었어요. 정말이지 너무 무서웠어요. 새장은 공중에서 제멋대로 돌았고 그에 따라 제 몸도 함께 돌았어요.

그러다 와장창 깨지는 소리가 들렸어요. 바닥에 생긴 웅덩이 속이었어요. 몸이 흠뻑 젖었지만 다행히 다친 곳은 없었어요. 새장은 정확히 반으로 두 동강 난 채 제 양쪽으로 흩어져 있었어요. 비는 여전히 억수처럼 내리고 있었어요. 제가 떨어진 곳은 풍차 바로 앞의 자갈 포장길이었어요. 그런데 계단 아래 돌과 돌 사이에 구멍이 하나 보였어요. 저는 그 구멍으로 들어가 비가 그치기를 기다리며 생각을 정리하려고 노력했어요.

저는 생각했어요. '이제, 드디어 자유의 몸이야! 폭풍이 불어 새장이 바람에 날리는 일이 일어나지 않았다면, 난 2~3일도 못 버티고 굶어죽었을 게 분명해. 잘된 거야. 잘된 거고말고! 새장에서 나가면 어떤 느낌일지 그동안 얼마나 생각을 많이 했는데… 이제… 자유다! 그런데 너무 춥고 배고픈 걸. 몸도 다 젖었고.'

그래서 전….”

“그런데 창문 청소부 아저씨는 어떻게 된 거야?” 거브거브가 끼어들었다. “왜 안 돌아온 거야?”

“그건 나중에 이야기해 줄게요.” 피피넬라가 단호하게 말했다.

“거기서 내 삶의 다른 장이 펼쳐지거든요. 새장에 갇혀 사는 새로 태어나고 자란 제가 운명의 장난으로 갑자기 야생 새가 되어 버린 거잖아요. 물론 제 친구인 창문 청소부 아저씨 일을 생각하면 마음이 너무 불편하고 아팠지만, 제 머릿속에는 두 가지 생각밖에 없었어요… 몸을 말리는 것하고 뭔가를 먹는 것 말이에요. 금방이라도 굶어죽을 것 같았거든요.”

2부

1장

초록 카나리아,
하늘을 나는 법을 배우다

"폭풍이 가라앉고 30분가량 지나자 비가 그치고 해가 비치기 시작했어요. 전 그 즉시 쥐구멍에서 나와 날개를 털어 물을 말렸어요.

저는 제가 제대로 날지 못한다는 걸 알고 놀라 자빠질 뻔했어요. 전 몸이 물에 흠뻑 젖어 있어서 그렇다고 생각했어요. 어쩌면 제대로 먹지 못해 기운이 없어서일지도 모르고요. 하지만 계속해서 날개를 퍼덕여 물기를 완전히 말렸는데도 정말 코딱지만큼의 거리밖에는 날 수 없었어요. 아무리 안간힘을 써 봐도 오히려 지치기만 할 뿐이었어요. 새장에서만 생활한 저는 고작해야 횃대에서 새장 안 다른 곳으로 나는 걸 배운 게 다였어요. 난다는 말이 무색할 정도죠. 공중으로 날아오르려면, 저도 다른 보통의 야생 새들처럼 연습을 해야만 했어요. 태어나서 처음 둥지를 떠나는 아기 새처럼 말이에요.

한편 주변에는 먹을 게 하나도 없었어요. 먹을 걸 찾으려면 먼저 나는 법을 빨리 배워야 했어요. 그래서 전 곧바로 나는 훈련에 돌입했어요. 풍차 문 근처에는 오래된 포장 상자가 있었어요. 전 그 위로 뛰어올랐다 뛰어내리는 걸 반복했어요. 그런데 훈련을 하다가 저는 배를 곯아 비쩍 마른 고양이 한 마리가 절 보고 있는 걸 눈치챘어요.

'하, 하, 하.' 저는 마음속으로 생각했어요. '내 비록 새장에 사는 풋내기 새이기는 하지만 니들이 어떤 짐승인지 정도는 나도 알아.'

저는 풍차 근처 다 허물어져 가는 오두막집 지붕 위로 천천히 날아올라 갔어요. 고양이는 거기까지 쫓아 왔어요. 그래서 전 다시 마당 쪽으로 되돌아왔어요. 물론 전 잘 날지는 못했지만 고양이가 있는 곳을 알고 있기 때문에 녀석의 발톱에 채이는 일 따위는 벌어지지 않았어요. 전 고양이가 숨어 있을 만한 곳 근처에는 얼씬도 하지 않았어요. 그런 곳에 갔다가는 갑작스러운 공격을 받을 수도 있을 테니까 말이에요.

그사이에도 저는 연습을 계속했어요. 아주 피곤했지만, 실력이 쑥쑥 늘어나는 걸 느낄 수 있었고 곧 탑 꼭대기까지도 날아갈 수 있겠다는 생각도 들었어요. 그리고 어쩌면 탑 지붕에 뚫린 구멍을

"고양이 한 마리가 절 보고 있는 걸 눈치챘어요."

통해 건물 내부로 들어가 부엌으로 내려가면, 그곳에 뭐든 먹을 게 있을 거라는 기대도 했어요.

한편 제 비행 실력이 형편없는 걸 본 그 암컷 고양이는 고양이 특유의 본능이 작동해 제가 다쳤거나 병에 걸린 게 틀림없으니 쉽게 잡아먹을 수 있다고 판단했어요. 그래서 그 고양이는 제 근처에 앉아 절 감시하며 기다렸어요. 저를 꼭 잡겠다고 단단히 마음먹은 모양이었어요. 하지만 저 역시 절대 잡히지 않을 거라고 확신하고 있었어요.

제 생각에 사람 중에는 새장에 살던 새가 어느 순간 야생 새로 돌아가는 게 아주 간단한 일이라고 여기는 이들도 많을 거예요. 하지만 그건 쉬운 일이 아니에요. 여러분도 아시다시피 야생 새들은 아주 어릴 때부터 자기 몸을 스스로 지킬 줄 알아요. 새끼 야생 새들은 물이 어디 있는지, 씨앗은 어느 계절에 많은지, 특정한 열매를 먹으려면 언제 어디로 가야 하는지, 바람을 막거나 족제비 같은 짐승의 공격을 받지 않으려면 밤에 어디다 보금자리를 만들어야 하는지 같은 것들을 부모에게 직접 배우거나 다른 새들을 보고 흉내 내거나 하는 방식으로 몸에 익힌답니다. 그런 것 말고도 수백, 수천 가지 것들을 배워요. 전 그런 교육을 하나도 받지 못했어요. 제가 얻은 자유라는 건 예를 들자면, 지금까지 우리에서 아무 걱정 없이 편안하게 살아온 거브거브가 멧돼지, 호랑이, 뱀 따위가 우글거리는 정글에 갑자기 내팽개쳐지는 것 같은 상황이랑 비슷할 거예요."

"잠깐!" 거브거브가 코끝을 들어 올리며 말했다. "하지만 난 정글에 살아 본 적이 있는걸. 게다가 난 그 시절을 즐기기까지 했어."

"그래, 맞아, 거기서 미아가 되었었지." 지프가 비웃었다. "그 입 좀 다물어!"

"흠," 피피넬라가 이야기를 이어갔다. "저는 금방 깨달았어요. 만약 저를 위협하는 이 위험에서 벗어나 야생에서 살아남고 싶다면, 매사에 조심하고, 상식에 따라 행동하고, 위험해 보이는 일은 절대 하지 말아야 한다는 걸 말이에요. 풍차 오두막 안으로 들어가기로 마음먹은 것도 그 때문이었어요. 벽이 있으니까 안전할 거라고 생각한 거죠. 그 언덕 주변에는 잡아먹을 만한 작은 동물을 호시탐탐 노리는 올빼미, 매, 때까치들이 가끔씩 출몰했어요. 먹이를 노리는 새에게 발견되어 쫓기게 되면 지금의 비행 실력으로는 도망은 꿈도 꾸지 못할 것 같다는 생각이 들었어요.

저는 탑 꼭대기에 구멍이 있는 걸 보고 어두컴컴한 연통과 통로들을 따라 내려가 부엌문 앞에 도달했어요. 문은 잠겨 있었어요. 하지만 다행히도 문은 너무 오래되어 여기저기 휘거나 뒤틀려 있었어요. 덕분에 문 위쪽에 제가 지나갈 수 있을 정도의 빈틈이 있었어요.

저는 그 부엌에서 일주일 정도 있었어요. 친구인 창문 청소부 아저씨가 씨앗을 늘 선반 위에 둔다는 걸 알고 있었기 때문에 저는 금방 찾을 수 있었어요. 씨앗은 종이봉투 안에 들어 있었어요.

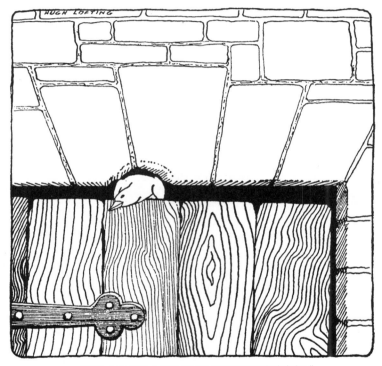

"덕분에 문 위쪽에 제가 지나갈 정도의 빈틈이 있었어요."

화로 옆 귀퉁이에 있는 양동이에는 물이 들어 있었어요. 이제 식량도 충분했고, 무엇보다도 단단한 돌벽에 둘러싸여 있어서 자연의 적과 바깥 추위로부터 잘 보호받을 수 있었어요. 거기서 전 나는 연습을 계속했어요. 전 부엌 안을 빙빙 돌며 날아다니며 돈 횟수를 셌어요. 천 번 정도 돌자 '흠, 직선으로는 거리가 얼마나 되는지 모르겠지만, 아무튼 이제 꽤 먼 거리를 날 수 있게 된 것 같아'라는 생각이 들었어요.

하지만 아직은 만족스럽지 않았어요. 밖에 나가면 빠른 속도로 몇 킬로미터나 계속 날아야 할 일이 생길 수도 있다는 걸 알고 있었으니까요. 전 부엌 안을 한 시간도 넘게 계속 빙글빙글 날았어요. 어느 날 아침, 두 시간 동안 연습을 한 후 선반 위에서 쉬고 있는데 그 가련한 고양이가 화로 뒤쪽에 웅크리고 앉아 절 지켜보고 있는 게 보였어요. 고양이가 여길 어떻게 들어온 건지는 저도 몰랐어요. 하지만 저랑은 다른 방법으로 들어온 건 확실해요. 고양이들은 불가사의한 동물이라 가고 싶은 곳이 있으면 아무리 작은 틈새라도 비집고 들어갈 수 있어요.

어찌 되었건 부엌 안에 고양이가 있었어요. 살기 좋았던 부엌도 이제 더는 안전하지 않게 되었어요. 하지만 밤을 보낼 곳은 찾아냈어요. 여러분이 여태껏 본 것 중에 가장 우스꽝스러운 둥지일 거긴 하지만요. 천장에 매달아 놓은 말린 양파 더미 위요. 전 거기까지는 고양이가 올 수 없으니 안심하고 잘 수 있을 거라고 생각했어요.

하지만 저는 잠을 제대로 잘 수 없었어요. 고양이가 있다는 걸 머릿속에서 지울 수가 없었던 거예요. 양파 더미가 고양이가 뛰어오를 수 없을 정도로 높은 곳에 있다는 건 알고 있었지만, 어쨌든 고양이들은 무시무시할 정도로 똑똑한 짐승이니까요. 저는 고양이가 움직일 때마다 잠에서 깨서, 고양이가 악마처럼 교묘한 방법이라도 알아내 제게 달려들까 봐 노심초사했어요.

그러다 전 혼잣말을 했어요. '내일은 풍차를 떠나 밖으로 나가야겠어. 생각보다 좀 이르긴 하지만, 여기서는 마음을 놓을 수 없으니… 어쨌든 고양이가 여기까지 들어오는 방법을 알아낸 건 사실이잖아. 내일은 여길 떠나서 내 운을 알아보는 거야.'

전 부엌에 올 때와는 반대로 문 위에 난 작은 틈새를 통해 어둡고 더럽고 먼지투성이인 데다 다 허물어져 가는 탑 속으로 들어가 탑 꼭대기의 돌에 난 구멍까지 올라갔어요. 아름다운 아침이었어요. 제 눈앞에 아름다운 풍경이 펼쳐져 있었어요. 저는…"

"창문 청소부 아저씨는 언제 돌아오는 거야?" 거브거브가 말했다. "난 아저씨가 어떻게 되었는지 궁금해 죽겠어."

"좀 참아," 둘리틀 박사님이 말했다. "피피넬라가 좀 기다려 보라고 말하지 않았니?"

"제 눈앞에," 피피넬라가 반복해서 말했다. "아름다운 시골 풍경이 펼쳐져 있었어요. 저는 저 멀리 펼쳐진 풍경을 바라보았어요. 그러다 이렇게 높은 곳에서 하늘에 몸을 날려야 한다는 사실에 잠시 겁이 났어요. 그래서 동쪽으로 눈을 돌려보니 작은 숲이 보였어요. '저기라면 여기서 거리가 1킬로도 되지 않겠는걸.' 저는 혼자 중얼거렸어요. '이 정도 거리라면 날아갈 수 있어. 좋아, 한번 해 보는 거야!'

저는 탑 꼭대기에서 작은 숲을 향하여 날아 올랐어요. 저는 또 경험 부족을 절감했어요. 전 그렇게 높이 난 건 처음이었거든요. 사방에서 밀려드는 바람과 공기의 흐름에 어떻게 대처해야 하는지 저는 하나도 몰랐어요. 보통 새라면 그렇게 힘겹게 날개를 퍼덕일 필요도 없었을 거예요. 그저 날개를 활짝 편 채로 조용히 공기를 타고 내려가면 되는 거였을 텐데 말이에요. 하지만 저는… 짐은 산더미처럼 실렸는데 키도 없이 강풍을 만난 배 같았어요. 저는 상하좌우로 비틀거리며 허둥댔어요. 까마귀들이 제 옆을 지나가며 쯧쯧거리며 비웃는 소리가 들렸어요.

'크쿡!' 그들은 비웃었어요. '깃털먼지털이가 바람에 날리고 있는 거 좀 봐! 이봐, 어린 친구, 꼬리를 내리라구! 포기하지 마! 정신 차리라구…! 아이구'

까마귀들은 정말 상스럽고 저속한 새예요. 물론 걔들 눈에는 제가 정말 우스꽝스럽게 보였겠죠. 변덕스러운 바람에 허둥대며 날갯짓만 해대는 제 꼴이 말이에요. 어찌어찌 숲에 다다른 저는 독수리처럼 날개를 펴고 떡갈나무 가지 위에 내려앉았어요. 저는 완전히 기진맥진한 상태였어요. 그래도 어쨌든 용기를 얻었어요. 바람의 저항을 조금 받더라도 원하는 곳에 갈 수 있다는 걸 증명했으니 말이에요.

저는 한숨을 돌린 후 숲 속을 날아 돌아다녔어요. 저는 다른 새들처럼 덤불을 들락날락하며 날아다니느니 차라리 가시 많은 블랙베리들 사이에 숨어 날개를 쉬게 해 주는 게 낫다는 걸 알았어요. 하지만 저는 포기하지 말라는 까마귀들의 충고를 받아들이기로 했어요. 나는 법을 제대로 익히려면 연습 말고는 다른 방법이 없다는 걸 알고 있었거든요.

주변을 날아다니며 경험을 쌓고 새로운 걸 알아가던 저는 적이 저를 노리고 있다는 걸 알게 되었어요. 이번 적은 커다란 새매였어요. 수풀 밖으로 나갈 때마다, 어깨가 둥근 그 새가 높다란 나무 꼭대기에 꼼짝도 하지 않고 앉아 있는 게 보였어요. 녀석은 햇볕을 쬐며 졸고 있는 척했어요. 하지만 전 녀석이 제가 비행이 어설프고 서투르다는 걸 눈치채고 언제든 절 덮칠 기회만 노리고 있다는 걸 눈치챘어요. 전 블랙베리 덤불 근처만 떠나지 않으면 그런대로 안전하다는 걸 알고 있었어요. 녀석은 날개가 너무 커서 가시 많은 블랙베리 덤불 속까지 절 쫓아올 수 없었거든요.

얼마 후, 그 새매는 절 잡는 걸 포기한 것 같았어요. 녀석은 나무에서 훌쩍 날아올라 숲에는 이제 영영 다시 안 오기로 결정이라도 한 듯 날개를 편 채 미끄러지듯이 날아가 버렸어요. 다시 안전해졌다고 느낀 저는 주변을 좀 더 돌아다녀 봤어요. 그러다 다시 하늘로 날아오르기로 결심했어요.

이번에는 바람 아래로 날아 보겠다고 생각했어요. 그래서 전 숲으로 날아올 때랑 반대 방향으로 되돌아가기로 했어요. 이번에는 훨씬 쉬웠지만, 그래도 뒷바람을 맞으며 곧바로 날아가기에는 아직은 역부족이었어요.

잡목림 주변에 펼쳐진 들판과 언덕 위 풍차 사이의 중간쯤 갔을 때, 제 아래쪽 풀숲에서 참새 떼가 뭔가에 크게 놀란 듯 날아올랐어요. 참새들은 재잘거리며 사방으로 흩어져 날며 하늘 쪽을 쳐다보았어요. 무서워하는 게 분명했어요. 순간 머릿속에 뭔가 떠오르는 게 있었어요. 그래요. 새매를 까맣게 잊고 있었던 거예요. 돌아보자 매가 보였어요. 녀석은 불과 150미터도 떨어지지 않은 곳에서 절 향해 총알처럼 날아오고 있었어요. 제 평생 그때처럼 무서웠던 적은 없었어요. 들판에는 몸을 숨길 곳이 아무 데도 없었거든요.

'탑 구멍,' 전 생각했어요. '거기까지만 가면 안전할 거야. 녀석 몸집으로는 지붕에 난 구멍 안까지 날 쫓아오지 못할 거야.'

저는 부리를 꽉 다물고 풍차를 향해 전속력으로 날아갔어요."

"정말 무서운 경주였어요." 피피넬라는 고개를 절레절레 흔들며 말을 이어 갔다. "매는 바람처럼 빠르게 절 쫓아왔고, 이제 더 이상 도망칠 수 없다는 생각이 들 때도 몇 번 있었어요. 뒤를 돌아다 볼 수도 없었어요. 머리를 돌리는 만큼 나는 속도가 떨어질 게 분명했으니까요. 쉬익, 쉬익, 쉬익, 제 뒤에서 커다란 날개가 공기를 가르는 소리가 들렸어요.

하지만 참새들이 날아오르며 경고를 해 준 덕분에 전 다행히도 비교적 빨리 도망칠 수 있었어요. 풍차 오두막까지는 거리가 너무 짧아서 아무리 빠른 매라도 절 따라잡을 여지가 없었어요. 하지만 매는 저를 당장에라도 잡을 정도까지 따라붙었어요. 저는 풍차 지붕으로 돌진해 구멍 안에 나뒹굴며 거미줄 사이에서 숨을 헐떡였어요. 그때 제가 있는 곳에서 30센티도 떨어지지 않은 곳에 매의 커다란 그림자가 지나가는 게 보였어요.

'기다려!' 전 녀석이 풍차 지붕 위쪽으로 방향을 확 틀며 씩씩거리는 소리를 들었어요. '꼭 잡고 말 거야!'"

"너 설마, 창문 청소부 아저씨 이야기를 해 주겠다는 걸 잊은 건 아니겠지?" 거브거브가 물었다. "이럴 때 도대체 뭘 하고 있었던 거야?"

"조용히 좀 해." 지프가 쏘아붙였다.

"전 탑 안에서 밤을 보냈어요." 피피넬라는 이야기를 계속했다. "고양이는 제가 그곳에 온 걸 아직 몰랐기 때문에 걱정할 필요가 없었어요. 하지만 전 뭔지 모르게 비참한 기분에 젖은 채 잠잘 준비를 했어요. 보통의 들새라면 매에게 쫓겼다고 그런 비참한 기분이 들지는 않았을 거예요… 일단 도망치는 데는 성공했으니까요. 하지만 저는 들새가 된 후 처음 겪은 경험이었어요. 저를 노리는 적이 사방천지에 가득한 것처럼 느껴졌어요. 전 친구 하나 없는 외로운 처지였어요.

가위에 눌려 깨다 자다를 반복하다 아침이 되었을 때, 전 방울새가 부르는 달콤한 사랑 노래를 듣고 깨어났어요. 구멍 바로 바깥 바위 어딘가에서 수컷 새 한 마리가 노래를 부르고 있었던 거예요. 게다가 그 노래는 제게 불러 주는 노래였어요. 자리에서 일어난 저는 꼬리에 붙은 거미줄을 털어 내고 깃털을 단장한 다음 밖으로 나가 방문자를 맞을 준비를 했어요.

구멍에서 살며시 밖을 내다보자 새 한 마리가 보였어요. 한 번도 본 적이 없는 아름다운 수컷 새였어요. 그 새는 머리를 뒤로 젖히고 날개를 조금 든 채 목을 한껏 부풀리고 있었어요. 그 새는 온 힘을 다해 노래를 부르고 있었어요. 봄날에 방울새가 불러 주는 사랑의 노래만큼 좋은 노래를 저는 알지 못해요. 그 어떤 새도 부르지 못할 꿈결 같고 시적인 멜로디였어요. 그날 아침 그 노래가 제게 어떤 것이었는지 여러분은 상상도 하지 못하실 거예요. 매에 대한 걱정도 고양이에 대한 걱정도 한순간에 날아가 버렸어요. 한순간에 온 세상이 다정하고 즐거운 일로 가득 찬 곳으로 바뀐 느낌이었어요. 저는 어두운 구멍 안에서 노래가 끝나기를 기다리며 귀를 기울였어요. 노래가 끝나자 저는 구멍에서 나와 지붕 위로 올라갔어요.

'안녕,' 방울새가 수줍은 미소를 지으며 물었어요. '제가 너무 일찍 깨운 거 아니에요?'

저는 대답했어요. '전혀요. 정말 반가워요!'

방울새가 말했어요. '그런데, 사실 어젯밤 전 당신이 무시무시한 매에게 쫓기는 걸 봤어요. 그전에 잡목림에 있었던 것도 알고 있었고요. 저는 당신이 힘이 잔뜩 들어간 채 나는 모습을 보고 새장에서 나온 지 얼마 되지 않았다고 생각했어요. 당신이 그 무시무시한 매를 피할 수 있어서 정말 다행이에요. 잡히는 줄 알고 정말 걱정했어요. 당신도 반쯤은 저랑 같은 방울새죠?'

'맞아요.' 저는 대답했어요. '어머니가 방울새고 아버지는 카나리아예요.'

'깃털을 보고 그럴 줄 알았어요.' 방울새가 말했어요. '정말 예쁘시네요… 날개에 노란색 선명한 선도 그렇고…'

'저랑 숲 언저리를 날아 보지 않으실래요?' 그 새로운 친구가 말했어요. '정말 좋은 아침이잖아요.'

'고마워요.' 저는 말했어요. '저도 정말 그러고 싶어요. 하지만 배가 많이 고파요. 그런데 전 밖에서 먹이를 찾는 방법을 아직 잘 몰라요.'

'그렇군요. 그러면 같이 가 봐요.' 방울새가 말했어요. '혹시 주변에서 매가 우릴 노리고 있을지 모르니 제가 주위를 살펴볼 때까지 기다려 줘요. 그런 다음 이스트데일 농장으로 가요. 거기 곡물 창고에는 수수 씨앗이 든 부대가 많이 있어요. 인부들이 나르다 흘린 수수가 문 앞에 많이 떨어져 있어요. 하나도 위험하지 않아요! 절 따라와요.'

우리는 행복에 가득 차 날아갔어요. 마치 아이 둘이 즐겁게 뛰어노는 걸 온 세상이 환영해 주는 것 같았어요. 거기로 가는 동안 제 친구가… 이름이 닙핏이었는데… 어떻게 하면 잘 날 수 있는지 제게 끝없이 가르쳐 주었어요. 빙빙 돌려 몰아치는 바람이 불 때 날개를 어떻게 해야 하는지, 바람이 뒤에서 불 때 꼬리를 부채

136

처럼 펴면 어떤 효과가 있는지, 날개를 퍼덕이지 않고 뛰어오르는 법, 넘어지지 않고 바닥으로 뛰어내리는 방법….

우리는 방울새가 말한 농장에 도착했어요. 크고 멋진 데다, 고풍스럽기까지 한 농장이 그것도 아침 햇살을 받고 있으니 정말 매력적이었어요.

'아직 아무도 오지 않은 것 같아요.' 닙핏이 말했어요. '뭐, 와 있더라도 방해 따위는 하지 않겠지만요. 하지만 아무도 없는 게 그래도 아침 식사를 하는 데 더 편하겠지요. 저기 느릅나무 아래 있는 커다란 벽돌 건물이 곡물 창고예요.'

닙핏은 저를 뒤쪽에 있는 문으로 데려다주었어요. 닙핏의 말대로 거기에는 수수 씨앗이 많이 떨어져 있었어요. 창고 안으로 옮길 때 자루에서 떨어진 것들이었어요.

둘이 정신없이 수수를 먹고 있을 때, 갑자기 닙핏이 '조심해요!'라고 큰소리로 외쳤어요. 우리는 순식간에 하늘로 날아올랐어요. 농장의 사냥개인 스패니얼 한 마리가 뒤에서 우리를 덮치고 있었던 거예요. 전 녀석이 오는 걸 전혀 눈치채지 못했어요. 하지만 제 친구의 눈은 저보다 두 배는 더 날카로운 것 같았어요. 닙핏은 바닥에 떨어진 먹이를 먹으면서도 한쪽 눈으로 끊임없이 주변을 살피고 있었던 거예요. 닙핏의 경계심 덕분에 전 목숨을 건질 수 있었어요."

2장

방울새 닙핏

"닙핏과 저는 점점 친해졌어요. 만약 닙핏이 없었다면 저는 야생 생활을 하다 목숨을 잃었을 게 분명하다는 생각이 가끔씩 들어요. 그리고 그랬다면 이렇게 여러분에게 제 이야기를 해 드릴 수도 없었겠지요. 경험이 풍부한 닙핏은 적으로부터 저를 지켜주었어요. 그뿐만 아니라 제게 먹을 걸 구해 줄 정도로 머리도 좋았어요. 닙핏은 저를 보호하며 야생 새가 반드시 알아야 할 것들을 대단한 인내심을 발휘하며 가르쳐 주었어요."

항상 놀라울 정도로 냉정함을 잃지 않던 피피넬라가 이 대목에서 갑자기 감정에 복받친 듯 훌쩍거리기 시작하자 동물들은 깜짝 놀랐다.

피피넬라는 숨을 크게 들이쉰 다음 말했다. "이해해 주세요. 저도 제가 유치한 건 알지만, 닙핏을 생각하면 전 항상 감정적이 되고 목이 막혀요… 어쨌든 전 지금 닙핏이 아니라 제 이야기를 해야 한다는 걸 알고 있지만… 저는 닙핏을 정말 사랑했어요… 그 누구보다도, 전 닙핏을 깊이 사랑했어요. 달이 밝게 뜬 어느 날, 우리 둘은 죽을 때까지 서로에게 진실하기로 다짐하고, 둥지를 틀고 새끼들을 낳아 기를 곳을 찾아 나섰어요. 우리는 어떤 곳이 좋을지 의논했어요. 우리는 사소한 것 하나 놓치지 않고 의논했어요. 우리는 진짜 사랑을 했어요.

당장 다음날부터 우리는 둥지 찾는 일을 시작했어요. 우리는 아주 멀리까지 돌아다녔어요. 하지만 우리가 마음에 드는 장소는 쉽게 찾을 수가 없었어요. 결국 우리는 해변까지 갔어요. 우리는 작은 만을 샅샅이 돌아다녔어요. 더 이상의 장소를 찾을 수 없을 정도로 경치가 아름다운 곳이었어요. 암벽에는 커다란 수양버들이 푸른 바닷물에 닿을 정도로 가지를 늘어뜨린 채 자라고 있었어요. 아름다운 야생화와 색색의 이끼들이 마치 양탄자처럼 해안을 따라 펼쳐져 있었고요. 게다가 사람이라고는 절대 찾아올 리 없을 정도로 후미진 곳이었어요. 안전한 데다 아름답기까지 한 곳이었어요. 그리고 산에서 흘러내리는 물이 바다로 흘러들어 가고 있었어요. 정말이지 우리가 찾던 바로 그곳이었어요…. 하나부터 열까지 모든 게 만족스러웠어요."

"창문 청소부 아저씨는 발목이라도 삔 거겠지." 거브거브가 투덜댔다. "아니면 뭔가 자기한테 맞지 않는 걸 잘못 먹어 병원에 입원했거나… 아니라면 어떻게 해서든 카나리아를 데려오라고 누군가에게 부탁했을 수도 있었을 텐데."

"제발, 제발 좀 기다려 줄 수 없니?" 지프가 소리를 꽥 질렀다. "조용히 해! 어떤 일이 생기는지 좀 기다리며 들어보자구!"

"난 기다리는 건 딱 질색이야." 거브거브가 말했다. "나한테 기다리는 건 쥐약이라고. 왜 빨리 이야기를 하지 않는 거지? 자기 친구에게 무슨 일이 일어났는지 자기는 알 거 아니야."

"곧바로…." 피피넬라가 이야기를 이어갔다. "우리는 둥지를 짓는 데 필요한 재료를 찾아 나섰어요. 여러분도 아시겠지만, 새들은 둥지를 지을 때 특별히 좋아하는 재료가 각자 다 따로 있어요. 방울새의 둥지 재료는 다른 새들에 비해 그다지 특이한 게 없었어요. 그래도 그중에는 쉽게 찾을 수 없는 것들도 있었어요. 그런데 이곳에서는 특히 찾기 힘들었어요. 우리는 각자 다른 방향으로 날아간 다음 만약 거기서 적당한 것을 발견하면 바로 상대에게 알려 주기로 했어요.

전 해변에서 멀리 떨어진 곳까지 날아가 한 시간을 헤맨 끝에 결국 우리가 원하던 재료를 찾았어요. 그건 특별한 종류의 마른 풀이었어요. 저는 위치를 잘 기억해 둔 다음 제 짝에게 날아가 말해 주려 했어요. 찾느라 좀 힘들었어요. 결국 찾았지만요. 그런데…." 이 대목에서 피피넬라는 또다시 울먹울먹거렸다. "제 짝이 다른 암컷 방울새랑 얘기하고 있는 거예요. 그 암컷 새는 아주 아

140

름다웠고 저나 제 짝보다 조금 어려 보였어요. 그들이 얘기하는 걸 보자마자 저는 우리의 사랑이 끝났다는 걸 직감했어요.

닙핏은 그 암컷 새에게 저를 소개했어요. 조금 어색했어요. 그 암컷은 뻔뻔하게도 저를 보고 히쭉히쭉 웃었어요. 이미 저녁때라 둥지 짓는 일을 계속하기에는 늦었어요. 물론 마음에 드는 상황은 아니었어요. 그래도 우리는 함께 저녁을 먹고 시냇가로 가서 물을 마신 다음 꽃이 핀 산사나무 덤불에 들어가 쉬었어요.

전 이게 다 닙핏의 잘못이라고 생각하지는 않았어요. 하지만 아침이 되자 전 어떻게 할지 결정했어요. 신의 없는 닙핏과 닮고 닮은 위선쟁이 암컷이 아직 잠들어 있는 동안 저는 조용히 산사나무 덤불의 낮은 가지로 내려와 해변으로 갔어요."

구슬이 굴러가는 듯이 낭랑한 피피넬라의 목소리를 듣다 보니 둘리틀 박사님은 피피넬라를 처음 집에 데리고 왔을 때가 떠올랐다. 종이로 싼 새장을 선반 위에 놓았을 때 피피넬라가 박사님을 위해 부른 노랫소리가 종이 사이로 들려온 순간을 여러분도 기억할 것이다.

이야기 도중에 말을 멈춘 피피넬라의 눈에서 당장에라도 눈물이 뚝뚝 떨어질 것 같던 바로 그 순간, 다행히 박사님에게 누군가 찾아와 피피넬라가 창피해할 수 있는 상황을 모면할 수 있게 해주었다. 뱀이 쓸 천막을 새로 구입하는 문제를 상의하기 위해 서커스단의 장비 담당자가 찾아온 것이다. 박사님 말로는 나이가 다소 든 그 담당자는 천막이 그동안 땜질을 너무 많이 해 누더기가 되었으니 이제는 새로 사는 게 경제적일 거라고 했다고 한다. 게다가 이제 런던 공연도 앞두고 있으니 가급적이면 말쑥한 최신식 천막을 마련하자고도 했다.

상의가 끝나고 담당자가 자리를 뜨자 피피넬라가 목을 좀 축인 후 이야기를 계속했다.

"동쪽부터 날이 밝아 왔어요. 회색과 분홍이 섞인 새벽하늘이 잔잔한 바닷물에 비치고 저 멀리 수평선도 여기저기 금빛으로 물들었어요. 이제 곧 해가 얼굴을 내밀 참이었어요.

정말 사랑스러운 풍경이었어요. 하지만 제게는 그걸 감상할 여력이 없었어요. 그곳에 있는 모든 게 다 싫어졌거든요. 아늑한 해변, 흐늘거리는 수양버들, 산에서 흘러내리는 물의 속삭임… 전부 다.

근처에서 새들이 아침 노래를 부르기 시작했어요. 방울새 한 마리가 제 옆을 지나가며 인사를 했어요. 하지만 전 여전히 모래밭에 앉아 바다를 물끄러미 바라보고 있었어요. 파도가 서서히 밀려왔다 밀려 나가는 모습이 마치 바다가 하품을 하며 눈을 비비는 것처럼 보였어요. 바다의 얼굴에서부터 밤이 물러나자 해의 가장자리에서 빛이 비치기 시작했어요. 그 신비로움과 광활함은 저를 동정하며 손짓하는 것처럼 보였어요.

'바다야!' 저는 중얼거렸어요. 전 아직 한 번도 바다를 건너 본 적이 없었어요. 다른 모든 야생 새들이 외국 땅에 가 본 적이 있는데 저는 한 번도 그런 적이 없었어요. 어머니가 제게 말해 준 정글은 푸르고 노란 마코앵무새가 진홍빛 꽃이 핀 덩굴 사이를 날아다니는 곳이었어요. 정글은 정말 멋지고 새로운 곳일 거예요. 새로운 풍경과 새로운 동료와 마주하면 전 과거를 잊을 수 있을 것 같았어요. 여기 있는 모든 게 다 싫어졌어요. 그것들을 보노라면 신의를 저버린 제 짝과 버림받은 제 사랑이 떠올랐으니까요.

그래요. 제 첫사랑이었으니 그만큼 더 감상적이 되었겠죠. 저는 말했어요. '좋아, 이 땅을 떠나 바다를 건너는 거야.'

저는 파도가 들이칠 정도로 바다에 가까이 다가가 단단하고 부드럽고 빽빽한 해변의 모래 위에 섰어요. 그때 작은 황금방울새 한 마리가 육지 쪽으로 날아왔어요. 먼 거리를 여행한 것처럼 보였어요. 저는 그 새를 불렀어요.

그리고 물었어요. '이 바다 건너에는 어떤 나라가 있는 거니?'

황금방울새는 매끈한 곡선을 그리며 제 옆 모래 위로 내려앉았어요. 황금방울새는 잡종처럼 보이는 제 깃털을 신기한 듯 훑어보았어요.

'아주 많아,' 황금방울새가 대답했어요. '어디로 가고 싶은데?'

'어디든,' 저는 대답했어요. '여기만 벗어날 수 있다면 어디든.'

'거참 이상하네,' 황금방울새가 말했어요. '거의 모든 새가 지금은 이쪽으로 오는데. 여기는 봄하고 여름이잖아. 나도 다른 황금방울새들하고 함께 여기로 날아 온 거야. 본진은 어젯밤에 도착했고. 난 늦어서 뒤를 쫓아왔지만 말이야. 그런데 바다를 건너 본 적은 있니? 길은 알고?'

'아니,' 나는 울음을 터뜨리며 말했어요. '난 지리도 모르고 바다

"이 바다 건너에는 어떤 나라가 있는 거니?"

를 건넌 적도 없어. 난 새장 안에서 살았어. 그런데 지금 심장이 부서지는 것 같아. 내가 가고 싶은 땅은 진홍색 난초가 우거지고, 파랗고 노란 마코앵무새들이 날아다니는 곳이야.'

'음, 그런 곳이라면 열대 지방에 가면 널려 있어. 하지만 바다를 건너는 건 너도 알겠지만 상당히 위험해. 게다가 경험도 없으면 더 그래.'

'위험 따위는 신경 쓰지 않아.' 전 큰 소리로 말했어요. '난 새로운 땅으로 가서 삶을 다시 시작하고 싶어. 여긴 안녕!'

저는 하늘로 날아올라, 떠오르는 해가 내뿜는 눈부신 빛을 받아 반짝이는 광활한 푸른 바다 저 너머로 향했어요."

↳ 3장 ↵

에보니 섬

존 둘리틀 박사님은 어이없다는 표정으로 피피넬라를 쳐다보았다.

"그건 네가 하기에는 엄청나게 위험한 일이야." 박사님이 말했다. "난 네가 지금 여기서 이렇게 이야기를 하고 있다는 게 놀라울 정도야."

피피넬라는 박사님의 말에 고개를 끄덕이며 슬프게 미소 지었다. "그래요. 박사님." 피피넬라가 말했다. "하지만 전 제게 닥칠 위험 따위에는 전혀 신경이 쓰이지 않았어요. 제가 원하는 건 어디로든 가 버리는 거였어요. 제 날개 힘이 허락하는 한 더 먼, 더 먼 곳으로요.

제가 보통의 야생 새였다면, 지리도 조금은 알고 있었을 거예요. 그리고 그런 여행도 아주 특별히 위험한 것도 아니었을 거예요. 황금방울새나 제비 같은 철새들은 1년에 두 번씩이나 이 땅에서 저 땅으로 여행하잖아요. 한 번은 봄에 한 번은 가을에요. 그런 새들은 길을 잃는 법도 없고 나는 법을 잊지도 않아요. 일단 한 번이라도 무리와 함께 여행을 하고 나면, 걔들은 그 후로는 식은 죽 먹기라 눈을 감고도 해낼 수 있을 거예요.

그런데 저는 어떨까요? 슬픔 때문에 자포자기하지 않았다면 제가 어떻게 감히 그런 미친 짓을 시도했겠어요. 저는 쉬지 않고 두 시간 정도 바다 위를 날아가다 문득 뒤를 돌아보았어요. 그런데 이제 육지가 하나도 보이지 않았어요. 그때 전 제가 무슨 짓을 벌이고 있는지 알게 되었어요. 동서남북 그 어느 쪽에도 보이는 거라고는 하늘과 맞닿은 바다뿐이었어요. 하늘에는 구름 한 점 없이 온통 한 가지 색이었고, 바다 역시 녹청색만 끝없이 이어졌어요. 뒤를 돌아보았을 때 저도 모르게 방향이 바뀌었어요. 저는 이제 제가 처음 날던 방향하고 같은 방향으로 날고 있는지조차 모르게 되었어요. 전 제가 떠나왔을 때 바람이 어느 쪽에서 불고 있었는지 기억해 내려 했어요. 하지만 도무지 생각이 나지 않았어요. 게다가 이제는 바람 한 점 불지 않았어요. 저는 이제 아무것에도 의존하지 못하게 되었어요.

아래쪽을 내려다보자 견딜 수 없을 정도의 불안감이 엄습했어요. 저는 너무 높이 날고 있었어요. 아래쪽에는 망망대해만이 펼쳐져 있었고요. 지금 어디 있는 거지? 도대체 어디로 가고 있는 걸까?

그때 뭔가가 떠올랐어요. 자유를 얻고 나서 온갖 어려움에 부닥쳤었는데 그때마다 제가 뭔가를 배워 그 어려움을 헤쳐 나갔다는 게 생각난 거예요. 그래요. 배워야 했어요. 배우지 않으면 죽을 수밖에 없는 거였어요. 저는 생각했어요. '그래, 더 아래로 내려가 물 표면을 가까이서 봐야겠어. 이렇게 높이 날면 아무것도 보이지 않잖아. 뭔가 알아낼 수 있을 거야.'

그래서 전 날개를 접고 600미터 정도를 빠르게 내려갔어요. 아래로 내려가자 작은 갈색 점 같은 것들이 보였어요. 수천 개는 될 것 같았어요. 전 그게 해초가 분명하다고 생각했어요. 그것들은 사슬이 풀려 제멋대로 바다 위에 떠돌아 다니는 것처럼 보였어요. 마치 엄청나게 많은 거북이나 게들이 떼로 행진하는 것처럼 말이에요. 하지만 이 사슬은 모두 일정한 방향을 따라 흩어져 있었어요.

'그래!' 저는 생각했어요. '이건 조류야.' 저는 언젠가 이거랑 같은 걸 본 적이 있어요. 호수에서였지만, 나뭇잎이나 풀잎이 물살에 떠내려가는 모습을요. 저는 바닷물 표면에도 그거랑 같은 흐름이 있고 그 힘에 밀려 해초가 같은 방향으로 움직인다는 걸 알게 되었어요.

'해초들이 떠밀려 가는 방향을 따라가야 해.' 저는 생각했어요. '그러면 어쨌든 똑바로 갈 수 있고 아마도 결국에는 조류가 시작되는 강 입구에 도달할 거야.'

그래요. 만약 힘만 다 떨어지지 않는다면 제 생각대로 될 수 있을 것 같았어요. 여러분은 제가 새장 밖으로 나와 본격적으로 하늘을 날기 시작한 지 아직 한 달밖에는 되지 않았다는 걸 아셔야 해요. 해초 사슬 위를 스치듯 날아가고 있을 때 갑자기 왼쪽 어깨 근육에 심한 경련이 생겼어요. 나는 걸 멈추고 이제 날개를 쉬게 해 주어야 한다고 느꼈어요. 그런데 어디서요? 저는 오리처럼 수면에 앉아 있을 수가 없어요. 저는 계속 나는 수밖에 없었어요. 저는 벌써 세 시간도 넘게 시간당 100킬로의 속도로 날고 있었어요. 300킬로나 말이에요. 전 그때까지 그렇게 멀리 난 적이 없었어요. 지금까지 날고 있는 게 신기할 정도였어요.

상황은 안 좋았어요. 높이를 유지하며 날려고 온 힘을 다했지만 시시각각 바닷물에 더 가까이 떨어져 가고 있었어요. 마침내 물결치는 바다와 저 사이의 거리가 1미터 남짓까지 가까워졌어요. 이제 해초 덩어리에 바다곤충이 매달려 있는 게 보일 정도로 가까워졌어요. 해초 덩어리들 사이의 수면에 비친 제 모습도 보였어요. 끝없이 펼쳐진 바다를 건너려고 날개를 펼치고 마구 퍼덕여 보지만 길을 잃고 힘이 빠져 시시각각 물속 무덤으로 추락해 가는 작고 멍청한 육지 새의 모습 말이에요.

그런데 저를 구해 준 것은 바다 위에 떠다니는 해초에 달라붙어 있던 작은 바다곤충들이었어요. 녀석들 덕분에 전 좋은 수가 떠올랐어요. 해초 조각이 바다곤충을 실어나를 수 있다면, 더 큰 해초 덩어리는 저도 실어 나를 수 있겠다는 생각이 떠오른 거예요.

구불구불 돌며 떠다니는 해초 사슬이 제 앞쪽에 보였어요. 그리고 100미터 앞쪽에 큰 해초 덩어리가 있었어요. 있는 힘을 다 짜낸 저는 그 해초 덩어리를 간신히 따라잡을 수 있었어요. 완전히 기진맥진한 상태였지만 그래도 저는 최대한 조심스럽게 그 해초 덩어리 위에 내렸어요. 정말 기쁘게도 그 덩어리는 잠깐이나마 제 무게를 지탱해 주었어요. 제 지친 근육을 쉬게 해 줄 수 있다는 데서 오는 안도감은 정말 대단했어요. 비록 작은 물결에 출렁거리는 작은 해초 배 위에 서 있는 셈이지만, 잠시나마 아무데도 신경을 쓰지 않아도 되었거든요.

하지만 곧 발이 점점 젖어 왔어요. 바닷물은 이제 발목까지 차올랐어요. 배는 제 무게를 고작 1~2분밖에는 지탱하지 못했던 거예요. 배는 서서히 가라앉기 시작했어요. 이렇게 지쳐 있을 때는 무슨 일이 있어도 날개를 물에 젖게 해서는 안 돼요. 저는 주위를 둘러보았어요. 2미터쯤 떨어진 곳에 또 다른 해초 덩어리가 떠 있었는데, 크기는 찻쟁반 정도였어요. 저는 그 해초 덩어리로 훌쩍 뛰어올라 자리를 옮겼어요. 이번 것은 전의 것보다 조금 더 저를 지탱시켜 주었어요. 하지만 이것도 시간이 지나자 가라앉기 시작했고 발이 젖어오자 저는 다시 다른 피난처로 옮겨 갔어요.

이런 식의 휴식은 그다지 좋은 방법은 아니었어요. 한 섬이 가라앉으면 다른 섬으로 끊임없이 옮겨 가야 했으니까요. 그래도 쉴 곳이 아예 없는 것보다는 나았어요. 날개를 거의 쓸 필요 없이 조금 뛰어올라 옮겨 다니기만 해도 되니 벌써 어깨가 나아지는 게

150

느껴졌어요. 저는 이런 식으로 계속해도 되겠다는 생각이 들었어요. 날개를 가끔만 사용해도 된다면 그렇게 지칠 일도 없을 거고요. 큰 해초 덩어리가 계속 있고 태풍만 불지 않는다면 전 안전할 것 같았어요.

하지만 그게 다였어요. 저는 앞으로 가는 게 아니었어요. 조류가 너무 느렸어요. 게다가 방향도 맞지 않았고요. 배도 고프고 목도 말랐어요. 먹을 것도 없었고, 그렇다고 앞으로 생길 가능성도 없었어요. 사실 해초 위를 기어 다니는 작은 바다곤충들이 있기는 했어요. 하지만 그걸 먹는 건 겁이 났어요. 바닷물에 흠뻑 젖은 그 곤충들을 먹었다가는 오히려 지금보다 갈증이 더 심해질 것 같거든요. 그때 제가 할 수 있는 거라고는 그나마 해초 위에서라도 쉴 수 있고 어쨌든 다시 가고 있다는 데 감사하는 일뿐이었어요.

그러다 문득 태양의 움직임이 눈에 들어왔어요. 제가 육지를 떠날 때는 해가 점점 높아지고 있었는데 지금은 태양이 멈춰 있는 것처럼 보였어요. 그러다 아래로 내려가고 있었어요. 이미 정오가 지났다는 뜻이에요. 저는 밤이 되기 전에 얼마나 더 갈 수 있을지 생각해 보았어요. 달은 새벽이 되기 전에는 뜨지 않을 것 같고 그러면 어두워서 해류의 움직임도 보이지 않을 테니 앞으로 전 날지도 못하게 될 게 뻔했어요.

이런 고민에 빠져 있었을 때 제가 움직이고 있는 반대쪽에서 한 무리의 새가 저를 향해 날아오는 게 보였어요. 육지 새가 분명했어요. 거리가 점점 가까워지자, 녀석들이 방울새의 일종이라는 걸 분명하게 알 수 있었어요. 비록 한 번도 실제로 본 적은 없는 종류였지만요. 녀석들은 굉장히 빠른 속도로 날고 있었어요. 지치지 않고 엄청난 속도로 나는 그 새들을 보니 해초 덩어리 위에 마치 거북이처럼 너부죽하게 쭈그리고 앉아 있는 제 모습이 정말 멍청하고 약해 보였어요. 저는 좋은 조언을 들을 수 있는 절호의 기회라는 생각이 들었어요. 그런 기회를 놓치면 얼마나 더 오래 기다려야 찾아올지도 몰랐고요. 그래서 전 그들을 만나기 위해 있는 힘을 다해 하늘로 솟아올랐어요. 그 무리의 지도자들은 제가 소리쳐 부르자마자 친절하게도 속도를 늦춰 주었어요.

'이 조류를 쭉 따라가면 어디가 나오나요?' 제가 물었어요.

'맙소사!' 그들이 말했어요. '아무렇게나 정처 없이 흘러가다 결국 북극이 나올 거야. 어딜 가고 싶은데?'

'어디든 제일 가까운 섬이요.' 저는 대답했어요. '지금은… 지쳐 죽을 지경이라 뭐라도 좀 먹고 쉬지 않으면 앞으로 한 시간도 날 수 없을 것 같아요.'

'그렇다면, 방향을 틀어서 이 조류를 가로지른 다음,' 그들이 말했어요. '지금 날고 있는 위치에서 왼쪽으로 날아가야 해. 그럼 에보니 섬이 나올 거야. 높이 날지 않으면 섬을 놓칠지도 몰라. 산이 보일 거야. 그게 제일 가까운 육지야. 두 시간쯤 날아가면 될 거다. 그럼 잘 가고!'

햇빛을 조금이라도 허비하면 안 되었어요. 이미 늦은 오후였거든요. 저는 방울새들의 충고대로 조류가 흐르는 왼쪽으로 방향을

"해초 덩어리 위에 마치 거북이처럼 너부죽하게 쭈그리고 앉아 있었어요."

틀어 에보니 섬을 찾아 나섰어요. 이번에는 조류가 흐르는 방향이
아니라 직각 방향으로 날았어요.

방울새들은 두 시간 거리라고 말했지만, 사실 제게는 완전히 다
른 문제였어요. 한 번도 쉬지 않고 세 시간을 날아가자 날개가 또
아파 왔어요. 커다란 접시 같은 태양은 이미 수평선 아래로 잠기
기 시작했고요. 두 시간 정도만 지나면 어두워질 것 같았어요. 이
제 해초도 보이지 않았어요. 해초가 흘러가는 것과 다른 방향으로
아주 멀리 난 모양이었어요. 저는 태양의 위치를 보고 방향을 확
인한 후 계속 날아갔어요.

밤이 되었고, 별 하나가 보였어요. 해가 저물어 주위가 어두워
지자 그 별은 바로 제 위에서 반짝였어요. 별이 하늘에 정지해 있
는 게 아니라는 건 알고 있었지만, 그래도 이 별은 두 시간이 지났
는데도 위치가 거의 변하지 않았어요. 그러니 비틀비틀이라도 날
갯짓을 계속할 수 있는 동안에는 이 별을 기준으로 날아도 되겠다
는 생각이 들었어요. 그래서 전 어둠의 세계를 밝히는 이 은빛 별
을 안내자 삼아 계속 날아갔어요.

또 한 시간이 지났어요. 숨도 차고 지친 저는 방울새 지도자가
잘못 가르쳐 준 게 아닌가 하는 걱정이 들기 시작했어요. 방울새
는 섬에 산이 있다고 했어요. 어두운 밤하늘에 별이 늘면서 주위
가 더 밝아져 왔어요. 달은 뜨지 않았지만, 안개가 없어서 주변의
수평선이 잘 보였어요. 하지만 섬은 보이지 않았어요!

'내가 너무 낮게 나는 걸지도 몰라.' 저는 생각했어요. 저는 죽

을힘을 다해 고개를 위로 든 다음 계속해서 제 안내자 별 쪽으로 300미터쯤 더 높이 올라갔어요. 그러자 조금 왼쪽에 뭔가 하얀 양털 같은 게 바다랑 하늘 사이에 떠오르는 게 보였어요.

'저게 섬일 리는 없어!' 저는 생각했어요. '색이 너무 하얘! 구름 같아.'

지치고 목도 탄 저는 바보처럼 말도 못 하고 기계처럼 그냥 날갯짓만 계속했어요. 그런데 아주 희미하지만 분명 뭔가 냄새가 나기 시작했어요. 이상한 냄새였어요. 한 번도 맡아 본 적이 없는 냄새였지만 바다에서 나는 냄새는 절대 아니었어요. 저 앞에 보이는 구름의 크기가 점점 커졌어요. 이렇게 하늘 높이 날면서 보니 그건 분명 흰 구름이나 안개가 틀림없어 보였어요. 그때 갑자기 공기 온도가 변하는 게 느껴졌어요. 약하지만 따뜻한 바람이 불면서 추위를 녹이며 제 얼굴을 부드럽게 스치고 지나갔어요.

바로 그때였어요! 제가 본 구름들이 사실은 하늘에 떠 있는 게 아니라는 걸 알게 되었어요. 그것들은 바다와 맞닿아 있었어요. 하지만 그것들이 어디 위에 서 있는 건지는 색이 짙어서 좀 더 가까이 가서야 보였어요. 흰 눈이 덮인 산봉우리가 희미한 별빛을 받아 희미하게 빛나며 제게 손짓하고 있었어요. 눈 덮인 산봉우리 근처에서는 얼음처럼 차가운 바람이 불어왔어요. 하지만 고도를 낮추자 제 바로 아래로 진녹색을 띠고 잠들어 있는 정글이 보였어요. 향료와 열대 과일 냄새도 났어요. 전 에보니 섬 상공을 날고 있었어요.

"흰 눈이 덮인 산봉우리가 제게 손짓하고 있었어요."

저는 기뻐서 큰 소리를 내며 아픈 날개를 접고 2500미터 상공에서 곧장 아래로 마치 돌처럼 빠르게 하강했어요. 아래로 내려가니 공기는 점점 더 따뜻해졌어요.

저는 졸졸 흐르는 개울가에 내려앉았어요. 그 개울은 산꼭대기의 눈이 녹아 생긴 물을 숲을 거쳐 바다로 흘러 보내고 있었어요. 저는 무릎까지 차오르는 그 시리도록 차가운 물에 지친 날개를 씻은 다음 물을 끝없이 들이켰어요. 벌컥벌컥!

푹 자고 일어난 다음 날 아침, 저는 먹이를 찾고 새 보금자리를 구하러 나갔어요. 견과류도 씨앗도 과일도 넘쳐나도록 있었어요. 공기도 상쾌하고 바다 근처라 열기로 이글거리지도 않았어요. 물론 꽤 덥기는 했어요. 하지만 산으로 높이 올라가면 온갖 기후대를 만날 수 있었어요. 이 섬은 무인도였고 게다가 무서운 새도 없었어요. 물수리들이 살기는 했지만 녀석들은 저에게 위협이 되지 않았어요. 올빼미가 두 종류 살기는 했는데 녀석들은 저 같은 작은 새보다는 쥐를 더 좋아했어요. 오길 정말 잘했다는 생각이 들 정도로 이상적인 곳이었어요.

'그래!' 저는 말했어요. '여기 정착해 평생 독신으로 사는 거야. 변덕스러운 짝 때문에 머리 싸매는 일 없이 말이야. 어쨌든 난 잡종 새야. 난 이제 그 위선쟁이 순종 암컷 때문에 마음 상할 일 없을 거야. 나는 로지 이모처럼 살 거야. 세월은 평화롭게 흘러갈 거고 난 그런 세상을 지켜보며 혼자 살면 돼. 꺼져! 수컷 짝이 뭐 대수라고! 이 아름다운 섬이 내 건데. 나는 이곳에서 죽을 때까지 살

거야. 잡종 새로. 하지만 은둔자로.'

제 섬은 크기도 크고 풍경도 다채로웠어요. 가 볼 만한 곳도 참 많았어요. 산도, 계곡도, 언덕도, 늪도 있었고, 정글도, 사초가 무성한 습지도, 황금빛 모래사장도, 파도가 미소 짓는 해변도, 작은 호수도 있었어요. 어느 날, 반대쪽 해변에 갔을 때 멀리 또 다른 땅이 있는 게 보였어요. 저는 제가 온 곳과 같은 섬인 줄 알았어요.

하지만 나중에 찾아가 보았더니 그건 사슬처럼 연결된 열도 중 하나였어요. 그곳도 다채로운 풍경이 펼쳐지고 온갖 꽃이 피는 아름다운 곳이었어요. 전 사슬처럼 연결된 이 모든 섬이 다 제 것 같은 기분이 들었어요. 전 아름다운 시를 몇 개 지어 그걸 멋진 노래로 만든 다음 매일 세 시간씩 연습해 제 목에 익혀 두었어요.

그런데 제가 작곡한 노래에는 전부 슬픔이 배어 있었어요. 이렇게 혼자서 사는 게 가장 행복한 삶이라고 확신했었는데 그렇지 않았던 모양이에요.

'생각해봐,' 저는 말했어요. '이대로는 안 되겠어. 짝 없이 나이 들어 간다고 해도 까탈스럽게 나이 들 일은 없잖아. 이곳은 아름답고 즐거운 곳이야. 그런데 난 왜 슬픈 거지?'

그래서 전 즐거운 노래를 작곡해 보기로 마음먹었어요. 하지만 처음 두세 소절은 잘 나갔지만, 결국에는 다른 노래들처럼 슬픈 노래가 되어 버렸어요.

전 이 섬에 사는 방울새나 아니면 다른 작은 새들이랑 친구로 지내 보려 노력했어요. 그들은 저를 친절하고 따뜻하게 대해 줬어요. 수컷들은 제게 잘 보이려고 경쟁하기까지 했어요. 물론 그들에게 저는 외지에서 온 새였어요. 저는 그때까지 제가 어디서 왔는지도 그리고 제가 어떤 사랑을 했는지 일절 말하지 않았어요. 하지만 오히려 신비한 과거를 지닌 새로 여겨져 모두의 관심을 끄는 결과를 낳았어요. 하지만 그건 그들 쪽에서 보면 막연한 호기심에 불과했어요. 저는 그런 그들이 덜떨어지고 좀 멍청해 보였어요.

저는 그런 느낌을 떨치고 그들과 수다를 떨며 공동생활을 하기 위해 엄청난 노력을 했어요. 하지만 그렇게 되지 못했어요.

그리고 이해 못 할 일이 하나 더 있었어요. 창문 청소부 아저씨가 시도 때도 없이 생각나는 거였어요."

"와우!" 거브거브가 소리를 질렀다. 하지만 지프가 큰 앞발로 곧바로 거브거브의 입을 막는 바람에 피피넬라는 이야기를 계속할 수 있었다.

"어째서 풍차에서 함께 살던 제 친구가… 글쎄요. 전 제대로 설명할 수 없었어요. 때때로 전 그가 근처 어딘가로 오고 있다는 생각이 들곤 했어요. 저는 그에게 무슨 일이 생긴 걸까를 몇 시간 동안이나 계속 생각하기도 했어요. 그가 내 새장을 바깥에 걸고 떠나는 바람에 무시무시한 폭풍을 겪은 그 날 밤 그가 돌아오지 못한 이유가 뭐였을까?

그러다 문득 제가 풍차 오두막 주변을 떠나지 말았어야 한다는 생각이 들었어요. 그가 죽지 않았다고 누군가가 제게 말해 주는 것 같은 느낌이 들었어요. 만약 죽지 않고 살아 있다면 언젠가는 반드

시 돌아올 거라고 말이에요. 여건이 되면 가장 먼저요. 전 그곳에
남아, 돌아오는 그를 환영해 주어야 했어요. 그가 일을 마치고 돌
아올 때마다 늘 그랬듯이 말이에요. 저는 자책하기 시작했어요.

　저는 혼잣말을 했어요. '만약 네가 개라면, 넌 결코 그 사람을 떠
나지 않았을 거야. 넌 계속 그곳에 남아 있었을 거야. 그 사람을 신
뢰하고… 살아 있다면 결국 언젠가는 돌아올 거라고 믿으면서 말
이야.'"

↘ 4장 ↙

피피넬라, 단서를 찾아내다

다음 날 저녁, 둘리틀 박사님 식구가 카나리아의 다음 이야기를 듣기 위해 마차 안 작은 탁자 주위에 모였다. 거브거브는 매우 들떠 보였다. 가장 먼저 자리를 잡고 앉은 것도 거브거브였다. 그는 여분의 두꺼운 쿠션을 가져와 앉은 다음 옆에 앉은 식구에게 속삭였다.

"이번에는 창문 청소부 아저씨가 나오겠지. 반드시 나올 거야. 아저씨도 나이가 더 들었을 텐데, 그렇지 않아? 하지만, 그게 뭐 대수겠어? 살아만 있으면 돼. 오늘 밤 이야기에는 나올 거야. 분명해."

"쉿!" 둘리틀 박사님이 연필로 공책을 두드리며 말했다.

식구들이 다 자리에 앉자 피피넬라가 담배 상자 위로 날아와 이야기를 시작했다. "어느 날, 그러니까 제가 다른 새들을 떠나 다시 은둔 생활을 시작한 지 일주일쯤 지난 뒤 전 에보니 섬 남쪽에 있는 작은 섬에 가 보겠다고 마음먹었어요. 그러면 외로움에서 좀 헤어날 수 있을지도 모른다는 생각이 들었거든요. 제 친구 창문 청소부 아저씨 생각이 아직도 머리에서 떠나지 않았거든요. 그날은 몇 주 만에 처음 찾아온 맑은 날이었고, 덕분에 에보니 섬에서도 그 섬의 해안을 볼 수 있었어요. 저는 커다란 바위들이 바다 쪽으로 돌출된 곳으로 갔어요. 그런 장소에는 산딸기들이 작은 덤불을 이뤄 자라곤 해요. 저는 과일을 찾기 위해 바위 위로 날아갔어요. 그 바위의 평평한 곳으로 옮겨 가자 바다가 한눈에 들어왔어요. 그리고 뒤쪽으로는 산 하나가 마치 벽처럼 똑바로 솟아올라 있었어요. 그리고 그 암벽 앞쪽으로 동굴 구멍이 보였어요.

호기심이 발동한 저는 동굴 안쪽을 탐험해 보았어요. 아주 깊지는 않았어요. 저는 잠시 동굴 바닥을 뛰어다니다 다시 밖으로 나오려 했어요. 그러다 전 갑자기 온몸이 얼어붙은 듯 그 자리에서 꼼짝도 하지 못했어요. 마치 마법에라도 걸린 듯 제 눈은 입구 근처 동굴 벽에 걸쳐 서 있는 막대기 하나에 완전히 고정되었어요. 2미터쯤 되어 보이는 그 막대기 위쪽에 네모난 형겊이 마치 깃발처럼 묶여 있었어요. 그것뿐이었다면 제가 놀랄 이유가 별로 없었을 거예요. 이 섬에 지금 사람이 살지 않는다고 확신하고 있었지만, 과거에도 그랬다고는 자신할 수 없는 거니까요. 난파선의 뱃사람들이 이 동굴을 피난처로 삼았을 수도 있는 거고요. 하지만 제가 이렇게 꼼짝도 하지 못할 정도로 놀라 부리도 다물지 못하고 눈도 떼지 못한 것은 막대기에 달린 헝겊 때문이었어요. 전 그 헝겊을 제 깃털만큼이나 잘 알고 있었어요. 그건 제 친구인 창문 청소부 아저씨가 창을 닦을 때 쓰던 헝겊이었거든요!

로지 이모 집에 있을 때, 아저씨가 제 코끝에서 10센티도 떨어지지 않은 곳에서 헝겊으로 창을 닦고 있는 걸 수도 없이 봤다고요! 그리고 아저씨가 일을 마치고 돌아와 부엌 개수대에서 그걸 빤 다음 말리기 위해 화로 위 제 새장 옆에 거는 것도 수도 없이 봤고요! 찢어진 부분을 굵은 실로 아무렇게나 기운 자국이 귀퉁이에 있던 것도 기억하고 있고요. 전 막대기 위로 날아가 부리로 천을 펼쳐 보았어요. 그래요. 기운 자국이 있었어요. 틀릴 리가 절대 없었어요. 제 친구 창문 청소부 아저씨였어요.

갑자기 눈물이 나기 시작했어요. 왜 그런지는 저도 몰랐어요. 하지만 한 가지만큼은 분명해졌어요. 제가 왜 짝 없는 새로 행복하게 살 수 없는지, 왜 제가 작곡한 노래는 죄다 슬픈 것인지, 왜 섬의 다른 새들에게 만족하지 못하는지… 이제 전 전부 다 알아 버렸어요. 전 사람이 그리웠던 거예요. 그리고 그건 지극히 자연스러운 일이었어요. 저는 새장의 새로 태어나 새장에서 자랐으니까요. 저는 사람이 있는 곳을 좋아하도록 길러졌던 거예요. 그래서 이번에도 사람들이 있는 곳으로 돌아가기를 갈망했던 거고요. 저는 제가 아는 좋은 사람들을 모두 떠올려 봤어요. 북쪽에서 오는 밤 마차를 몰던 쾌활한 마부 잭 아저씨, 성에 살던 친절한 후작부인, 얼굴에 상처 자국이 있는 상사와 퓨질리어 연대의 동료들, 그리고 마지막으로… 그중에서도 제가 가장 좋아했던 사람… 그래요. 풍차에서 책을 쓰던 그 특이한 학구파 창문 청소부를요. 화려한 정글에 사는 파랗고 노란 마코앵무새가 도대체 저랑 무슨 상관이 있었을까요? 제가 원하는 건 사람들이었어요. 그중에서도 제가 가장 만나고 싶어 한 그 사람이 여기서 지내고 있을 수도 있는 거예요. 바로 이 동굴에서! 하지만 섬을 샅샅이 뒤져 보았지만, 그는 더 이상 이곳에 없었어요. 어디에… 지금 도대체 어디에 있는 걸까?

이 일이 있고 난 뒤 저는 여기서 나가는 일만 생각했어요. 문명 세계로 돌아가 사람들 곁으로 가는 일만요. 저는 풍차로 돌아가 제 친구 창문 청소부가 집으로 돌아올 때까지 거기서 기다리겠다고 결심했어요.

저는 원래 섬으로 돌아와 풍차로 돌아갈 준비를 했어요. 하지만 섬을 떠나는 일은 쉽지 않았어요. 추분이 막 시작되고 있었어요. 하루도 빼놓지 않고 강풍이 섬에 불어닥쳤고 바다도 잔잔한 날이 하루도 없었어요. 제 섬을 지나가는 철새들은 모두 제가 가려는 방향과는 반대 방향으로 날아가고 있었어요. 철새들이 돌아오는 시기였거든요. 그런데 유배된 새장 새인 저는 그들과는 정반대로 가려 하는 거였어요.

혼자서, 그것도 경험도 없고 힘도 약한 제가 폭풍우에 맞서 바다를 날아 건너간다는 게 전 정말이지 두려웠어요. 저는 닙핏과 헤어졌을 때만큼이나 절망적이지도 않았고, 그때처럼 앞뒤 분간도 못 하고 행동에 나설 만큼 무모하지도 않았어요. 이제 살아야 할 더 많은 이유가 생겼어요. 미래에 대한 희망도 생겼고요. 그리고 정말 제 친구 창문 청소부 철학자에게 돌아가고 싶다면 경솔한 짓은 절대 하면 안 되는 거였고요.

저는 며칠 동안 바다를 보며 날씨가 좋아지기만을 기다렸어요. 하지만 세차게 몰아치는 바람은 조금도 잦아들지 않았어요. 전 이 바람을 가르고 나갈 수 있는지 시험 삼아 섬 위를 날아 보았어요. 그러자 몸이 깃털이나 되는 양 바람에 마구 날렸어요.

어느 날 오후, 해안에 있는 바위에 서서 바다를 보고 있는데 수평선 위로 커다란 배가 오고 있는 게 보였어요. 아침 사이에 바람의 방향이 바뀌어 있었고 그래서 그 배는 강한 뒷바람을 받으며 꽤 빠른 속도로 달리고 있었어요. 그리고 제가 가려는 쪽과 대체로 비슷한 방향으로 가고 있었어요. 그때 이 배를 따라가면 제가 떠나온 섬에 의외로 쉽게 갈 수 있을지도 모른다는 생각이 머릿속을 스치고 지나갔어요. 최악의 경우라도, 그러니까 힘이 빠지는 일이 생기더라도 배 위에 올라탈 힘 정도는 남아 있을 거고요.

배는 점점 더 가까이 다가왔어요. 배가 정말로 제 섬들을 들를지도 모른다는 생각이 들었어요. 하지만 제 생각이 틀렸어요. 배는 가파른 산들로 이루어진 곳에서 1킬로도 안 되는 거리까지 접근한 후 방향을 약간 틀어 해안에서 멀어져 갔어요. 하지만 배가 가까이 다가왔을 때 저는 갑판 위에서 사람들이 움직이는 걸 봤어요. 그들의 모습을 보자 사람에 대한 그리움이 더 커졌어요. 배가 제게서 멀어지며 점점 더 작아지자 저는 결심했어요. 저는 바위에서 날아올라 배를 향해 쏜살같이 바다 위를 날아갔어요.

그래요. 저는 항해에는 아직 익숙하지 않았어요. 아주 간단하다고 여겼던 제 계획은 들어맞지 않았어요. 무엇보다도 제가 섬에서 바다를 바라보던 장소는 바람이 강하지 않은 곳이었던 거예요. 해안을 벗어나자마자 바로 세찬 바람이 저를 덮쳤어요. 바람이 부는 방향도 제게 불리한 쪽으로 바뀌었어요. 게다가 점점 더 강해져만 갔어요. 하늘에는 먹구름이 몰려오고 있었어요. 우르르 쾅쾅, 천둥소리를 들으며 저는 이런 여행은 애초부터 시작해서는 안 될 거였다는 생각을 했어요.

게다가 더 가까이 가서 보자, 배는 뒷바람을 받는데도 속도가 엄청 느렸어요. 파도가 칠 때마다 볼품없이 흔들렸고, 화물도 많이 실려 있는 것 같았어요. 제가 한 시간에 100킬로의 속도로 하루면 갈 거리를 이 배로는 일주일이 넘게 걸릴 것 같았어요. 그사이에 전 아마도 굶어 죽을지 모른다는 생각이 들었어요. 저는 제 계획이 실패했다는 걸 금방 깨달았어요. 즉시 방향을 틀어 폭우가 쏟아지기 전에 빨리 섬으로 돌아가야만 했어요.

저는 방향을 돌렸어요. 그런데, 맙소사! 저는 바람이 얼마나 센지 제가 알고 있다고 생각했어요. 하지만 저는 몸을 돌려 바람을 정면으로 받고 나서야 제가 얼마나 무지했는지를 알 수 있었어요.

정말 변덕스러운 바람이었어요. 있는 힘껏 날개를 퍼덕였지만 그저 공중에 떠 있을 뿐 조금도 앞으로 나가지 못했어요. 제자리를 지키는 것도 힘들었어요. 심지어는 미친 듯이 날개를 퍼덕였는데도 불구하고 이내 조금씩 뒤로 밀리기 시작했어요.

그때였어요. 후두두! 비를 동반한 돌풍이 제 얼굴 쪽으로 불어왔고, 제 몸은 순식간에 흠뻑 젖었어요.

이렇게 저는 해안에서 5킬로나 떨어진 곳에서 무시무시하게 몰아치는 바람 때문에 섬으로 되돌아가지도 못하게 되었어요. 날씨가 가라앉지 않은 상태에서 그 살기 좋고 안전한 항구를 떠나다니 얼마나 바보스러운 짓이었는지!

비에 흠뻑 젖어서 나는 게 두 배나 더 힘들어졌어요. 몇 분 후, 이제 전 바람을 거슬러 나는 걸 그만두기로 했어요. 희망이 없었어요. 저는 거센 돌풍이 가라앉을 때까지 기다려야 했어요. 그동안은 해수면에서 일정한 높이를 유지하며 떠 있는 데만 온 정신을 집중했어요. 비에 흠뻑 젖은 제 몸은 성난 파도에 점점 더 가까이 떨어졌거든요.

바람은 약해지기는커녕 갑자기 더 세졌어요. 제 몸은 마치 나뭇잎처럼 바람에 날렸어요. 억수처럼 쏟아지는 비 때문에 섬은 전혀 보이지 않았어요. 앞으로든 뒤로든 그 어느 쪽으로도 4~5미터조차 보이지 않았어요. 사방이 온통 잿빛이었어요. 온통 잿빛으로 젖어 있었어요.

바다 위에서 바람에 몸이 날리는 와중에 배의 모습이 눈에 들어왔어요. 돌풍에 배 근처까지 날려간 거였어요. 성난 바다 위에서 이제 희망이 생긴 거예요. 전 깜깜한 비의 장막 속에서 배의 모습이 보이기 시작한 그 순간을 지금도 생생하게 기억하고 있어요. 그건 커다란 잿빛 말이 잿빛 진흙밭에서 허우적거리며 몸부림치는 것처럼 보였어요. 문득 이 배야말로 제 마지막이자 유일한 기회라는 생각이 들었어요. 배에서 멀어지는 일이 벌어지면 모든 게 끝이었어요.

저는 빗속에서 미친 듯이 퍼덕이며 방향을 바꿨어요. 비스듬히 아래로 날면서 선박 갑판에 뛰어내릴 요량이었어요.

어쨌든 전 해냈어요. 돌풍이 저를 삭구들 사이로 날려 보냈지만, 전 난간과 돛대 꼭대기에 걸쳐진 사다리에 매달릴 수 있었어요. 저는 발톱으로 사다리를 잡고, 마치 기둥을 올라가는 원숭이처럼 날개를 사다리에 꼭 붙였어요. 한동안은 올라가려고도 내려가려고도 하지 않았어요. 그저 가만히 있는 게 최선인 것 같았거든요. 저는 배 위에 있었어요. 중요한 바로 그거였어요. 저는 장대처럼 퍼붓는 비가 그칠 때까지 그대로 있기로 했어요.

비에 젖은 저는 추위 때문에 온몸이 마비된 것 같았어요. 그러다 갑자기 비가 그치고 해가 나왔어요. 바다 날씨란 게 늘 그런 거긴 하죠. 하지만 바람은 여전히 힘을 잃지 않았어요. 전 더 나은 장소로 피난 가기 위해 아래로 내려가기 시작했어요. 이제야 비로소 주위를 둘러볼 여유가 생긴 저는 제가 탄 배를 자세히 관찰했어요. 제가 있던 장소는 갑판에서 높이가 2미터쯤 되는 곳이었어요.

거기서 그다지 멀지 않은 곳에 둥근 창이 여러 개 나 있고 문이 하나 있는 작은 집이 하나 있었어요. 저는 가까이 가서 벽에 몸을 기댈 수 있으면 바람도 피할 수 있고, 햇빛에 깃털도 말릴 수 있겠다고 생각했어요. 하지만 전 짧은 거리이기는 하지만 그러다 바람에 날려 배 밖으로 밀려날지도 모른다는 생각에 겁이 났어요. 그래서 전 뱃사람처럼 밧줄 사다리에 매달려 한 발 한 발 내려갔어요.

좀 더 따뜻하고 안전한 장소로 가려는 조급함 때문에 저는 배가 꽤 크다는 것 말고는 눈에 들어온 게 없었어요. 내려오는 도중에도 바람에 날려가지 않기 위해 밧줄을 꽉 잡는 데만 온 신경이 다 가 있기도 했고요. 바람은 저를 사다리에서 떼어내 바다로 내팽개칠 작정이라도 한 것처럼 보였어요. 아무튼, 그래서 제 주변에는 도저히 신경 쓸 틈이 없었어요.

그때 갑자기 커다란 손 하나가 불쑥 다가와 파리라도 잡듯이 제 몸을 밧줄에서 떼어 냈어요. 깜짝 놀라 고개를 돌려보니 방수복을 입고 모자를 쓴 덩치 큰 선원의 갈색 얼굴이 눈앞에 떡하니 보였어요. 제가 만약 야생 새였다면 놀라 죽었을지도 몰라요. 하지만 저는 인간의 손에 잡힌 적이 전에도 몇 번 있었기 때문에 별로 놀라지 않았어요. 게다가 온화한 눈빛으로 보건대 저를 해칠 사람이 아니라는 걸 한눈에 알 수 있었어요. 하지만 제 자유도 여기서 끝이라는 생각도 들었어요. 왜냐하면 선원들은 동물을 기르는 걸 좋아하고, 웬만한 배에는 카나리아 새장 하나쯤은 있기 마련이거든요.

'안녕!' 덩치 큰 그 사람이 말했어요. '도대체 왜 사다리에 매달

"저런, 저런! 젖었구나!"

려 있는 거니? 더 나은 방법이 있을 텐데? 넌 바다에 오래 있지 않았구나. 장담해. 네가 매달려 있는 밧줄에 파도라도 덮쳤다면 넌 눈도 깜빡할 사이 없이 바다로 내팽개쳐졌을 거야. 우리가 섬을 지나갈 때 우리 배에 취직이라도 한 모양이구나? 저런, 저런! 젖었구나! 아래로 내려가 따뜻한 곳에서 몸을 좀 말리자꾸나.'

그 남자는 이리저리 흔들리는 갑판을 지나 작은 집으로 가서 문을 열었어요. 그는 나를 데리고 안에 있는 계단을 내려갔어요. 우리는 천장이 낮은 작은 방에 들어갔는데 그곳에는 사방 벽에 마치 선반처럼 침대들이 설치되어 있었어요. 천장 한가운데에 등이 하나 달려 있었는데 배가 흔들릴 때마다 좌우로 흔들리고 있었어요. 탁자나 침대 위에는 겉옷과 망토가 아무렇게나 내던져져 있었어요. 타르랑 담배 냄새, 그리고 눅눅한 옷 냄새가 진동했어요. 침대 두 개 위에서는 선원들이 입을 벌린 채 코를 골며 자고 있었어요.

그 남자는 저를 꽉 잡은 채 나무 장을 열고 그 안에서 작은 새장을 꺼냈어요. 그런 다음 저를 그 안에 넣고 씨앗이랑 물을 넣어 주었어요.

"이제 됐다." 그가 말했어요. "너는 여기 있으면 돼. 깃털을 말리면 기분이 좋아질게다."

이렇게 해서 저는 또다시 파란만장한 제 삶의 새로운 장을 열게 되었어요. 쥐죽은 듯이 조용한 섬에서 살다가, 사람들이 시끌벅적하고 부산스러운 배에 들어오니 기운이 솟아났어요. 이미 말했듯이 이 배는 비교적 커다란 배여서 화물과 승객들을 다 싣고 있었어요. 그는 저를 처음 데리고 온 방에 제 새장을 두었어요. 그곳은 선원들이 침실로 쓰는 곳이었어요. 선원들이 교대로 뱃일을 일했기 때문에 그 방에는 항상 누군가가 있었어요.

날씨가 좋아지자 그는 제 새장을 갑판실 바깥벽에 걸었어요. 꽤 괜찮은 곳이었어요. 많은 사람이 제게 와서 말을 걸었어요. 특히 승객들이요. 그들은 멋진 옷을 입고 갑판을 오르락내리락하는 거 말고는 달리 시간 보낼 일이 없는 사람들이었어요.

비록 제 친구 창문 청소부 아저씨에게 돌아가기도 전에 이렇게 또 새장에 갇히는 신세가 되어 짜증이 많이 나기는 했지만, 그래도 도저히 피할 수 없을 것 같았던 위험한 바다에서도 살아났으니 전체적으로 보면 운이 좋았다고 생각했어요. 게다가 새장에서 도망쳐 풍차로 돌아갈 기회는 얼마든지 남아 있었어요. 일단 육지에 닿기만 하면 말이에요. 늘 눈을 크게 뜨고 기회를 엿본다면 말이죠. 그동안 편안한 환경에서 저는 유쾌한 사람들 사이에서 지냈어요.

배에는 저 말고도 카나리아가 한 마리 더 있었다. 외부 갑판에 나온 첫날 전 수컷 카나리아의 노랫소리를 들었어요. 도저히 노래라고 할 수 없을 정도로 엉망이었어요. 하지만 어떻게든 한 곡이라도 만들어 보겠다는 일념으로 끈기있게 부르고 있었어요. 도대체 배 안 어디에 있는지, 제 눈에는 보이지 않았어요. 들리는 소리로 봐서는 제가 있는 곳보다 배 중심부에서 가까운 곳 같았어요. 전 그 어설픈 노래를 듣다가 어느 순간 짜증이 나는 바람에 직접 노래를 부르기 시작했어요. 귀에 거슬리는 그 소음을 제 노래로 덮어

지워 버리지 않고는 도저히 참을 수 없을 것 같았기 때문에요.

그런데 제 노래는 대단한 반응을 얻었어요. 승객, 심지어는 일반 선원은 물론 급사들이랑 항해사들까지 노래를 듣기 위해 제 주위로 몰려왔어요. 그들은 제 주인이 도대체 누구인지 알고 싶어 했어요. 그런데 누군가가 그 덩치 큰 사내에게 절 사서 배의 다른 곳으로 데려갔어요. 저를 산 사람은 중앙 객실 구역 오른쪽 주갑판에 있는 작은 방으로 갔어요. 그곳은 이발소였는데, 육지에 있는 여느 곳들처럼 면도 의자에서 세면대까지 있어야 할 건 다 갖춰져 있었어요.

그런데 그곳 천장에 매달린 새장 안에 문제의 그 카나리아가 있었어요. 이발사가 절 산 이유는 이 새에게 제가 노래를 가르쳐 주게 하기 위해서였던 게 분명했어요.

거기에 가고 나서 전 배 안의 생활에 대해 전보다 훨씬 더 잘 알게 되었어요. 배의 거의 모든 승객이 이 이발소에 와서 머리를 잘랐기 때문이에요. 제 새 주인을 찾아오는 사람은 승객들만이 아니었어요. 문을 여는 시간이 아직 되지도 않은 아침 일찍부터 항해사들이랑 선원들이 수염을 깎거나 머리를 자르러 왔어요.

손님들은 머리를 자르거나 자기 차례를 기다리는 도중에 자기들끼리 잡담을 나누기도 하고 남들 흉을 보기도 했어요. 전 그들의 대화를 듣고 정말 많은 걸 알게 되었어요. 한편 제가 노래를 가르쳐 주어야 할 그 음치 카나리아는 항해 경험이 꽤 많았는데, 그 새 역시 제게 많은 걸 알려 주었어요.

예의가 정말 바른 새였어요. 물론 노래는 젬병이었지만요. 그는 바다에서의 생활이 어떤지 그리고 배는 어떻게 운영되는지 등을 제게 설명해 주었어요. 제가 전혀 들어보지 못한 이야기였어요. 하지만 그에게 노래를 가르치는 건 정말이지 일말의 가능성조차 보이지 않는 과제였어요. 노래를 잘 부를 만한 목소리가 전혀 아니었거든요. 하지만 일주일쯤 지나자 돼지 멱따는 소리처럼 듣기 거북했던 노래도 예전만큼 귀에 거슬리지는 않을 정도까지는 나아졌어요.

그 시절 제가 작곡한 노래 하나는 자랑을 좀 해도 될 만한 것이에요. 저는 그 노래에 '면도날 가는 가죽 이중주'라는 제목을 붙였어요. 이발사가 면도날을 가죽에 가는 소리를 듣고 생각이 떠올라 만든 노래였어요. 쓱싹, 쓱싹, 쓱싹쓱싹… 그래요. 면도날을 가죽에 갈 때 나는 소리예요. 그리고 이발사가 면도솔을 컵에 든 비누거품에 묻힐 때 나는 소리도 넣었어요. 하지만 그 두 소리를 저 혼자 내는 건 조금 무리였어요. 그래서 저는 면도날 소리를 맡고 수컷 카나리아에게는 면도솔 소리를 맡겼어요. 노래 자체로는 제가 작곡한 다른 노래들… 그러니까 '작은 마스코트'나 '마구가 짤랑짤랑'이 훨씬 낫기는 하지만요. 하지만 희극풍의 노래인 '면도날 가는 가죽 이중주'는 대단한 성공을 거두었어요. 이발사는 손님이 올 때마다 자랑하며 안 갈아도 될 면도날을 갈았어요. 그렇게 하면 우리가 항상 그 노래를 부른다는 걸 알고 있었거든요.

저는 수컷 카나리아에게 배가 정박하는 곳이나 행선지에 대해 자세히 물어보았어요. 여러분도 눈치채셨겠지만, 저는 어느 항구든 배가 닻을 내리면 그 즉시 제 새장과 배에서 도망칠 생각을 한 번도 버린 적이 없었거든요. 그가 제게 말해 준 걸 짜 맞춰 보면 배가 다음에 들를 곳은 제가 떠나온 육지… 그러니까 풍차와 창문 청소부가 있는 땅이 분명했어요.

　저는 제가 길이 잘 들었다는 인상을 이발사에게 주려고 많은 노력을 했어요. 그가 새장을 청소할 때마다 저는 그의 손가락 위에 뛰어 올라갔어요. 얼마 지나지 않아 그는 방문이랑 창문을 모두 닫은 다음 제가 방안을 마음대로 날아다닐 수 있게 해 주었어요. 저는 탁자 위로 날기도 하고 이발사 손에 앉기도 했어요. 그리고 마침내 그는 문을 열어 둔 상태에서도 절 새장 밖에 꺼내 두게 되었어요. 제가 바라고 바라던 일이었어요. 물론 전 도망치려는 시도는 하지 않았어요. 아직 바다 위였거든요. 그가 절 새장에 넣기를 원하면 전 기꺼이 새장 안으로 돌아갔어요. 저는 그냥 때가 오기만을 기다렸어요. 배가 항구에 들어갔을 때에도 그는 저를 곧잘 새장 밖으로 내놓아 주곤 했거든요."

5장

드디어 창문 청소부가!

"어느 날 저녁, 배 안이 갑자기 분주해졌어요. 승객들은 작은 망원경을 들고 갑판 위로 뛰어나와 바다를 가리켰어요. 육지가 보였어요. 제가 도망가려는 항구에 이제 반 시간 남짓이면 도착할 것 같았어요.

저는 배가 육지에 도착할 때 선원들이 얼마나 조심스럽게 행동하는지 그리고 얼마나 시끌벅적한지 보는 게 무척이나 재미있었어요. 바다를 항해할 때 바람을 가득 받고 부풀어 오른 돛은 정말우아해 보여요. 하지만 배가 항구에 들어가고 보면 돛대와 돛의모습은 그저 흉물스러운 목재나 천 쪼가리처럼 바뀌어요. 그리고해안으로 몰려드는 파도 때문에 언제 연안의 말뚝에 부딪힐지 모르는 위험한 상태가 되어요.

육지에 접근하자 작은 보트 한 대가 옆에 와서 우리 배를 항구로 안내했어요. 배와 보트 사이에 깃발 신호와 고함이 끝없이 오간 끝에 우리 배가 달팽이처럼 느린 속도로 움직여 간신히 부두에 도착하자 선원들은 배를 사방팔방으로 밧줄로 해안 벽에 연결해 묶었어요. 이 모습을 보고 있노라니, 저는 우리 같은 새라면 수천 킬로를 날아 여행하다 새로운 땅에 내려앉는다고 해도 이토록 야단법석 떨 일이 없을 텐데라는 생각이 들었어요.

저는 이발소 안 새장에 갇혀 있었기 때문에 새로 도착한 항구의 모습을 자세히 볼 수는 없었어요. 문틈이랑 현창을 통해 힐끔힐끔 볼 수 있는 게 다였거든요. 하지만 저는 그것만으로도 충분히 알 수 있었어요. 그곳은 풍차가 있는 언덕에서 80킬로도 떨어지지 않은 항구였어요. 배가 선창에 도착하고 얼마 안 있어, 이발사의 친구들이 그를 만나러 배 위로 올라왔어요. 그들은 자리에 앉아 맥주를 마시며 이야기를 나눴어요. 그러다 그중 한 친구가 이발사에게 이렇게 말했어요.

'빌, 카나리아가 한 마리 더 생긴 모양이네?'

'그래.' 이발사가 말했어요. '노래도 잘 불러. 내 손 위에 올라앉을 정도로 길도 잘 들었어. 잠깐만 기다려. 내가 보여주지.'

'야호!' 저는 속으로 생각했어요. '기회가 생겼어.'

이발사가 새장 문을 열고 몇 걸음 떨어진 곳에 서서 손을 뻗어 그 위로 절 날아오라고 했어요. 열려 있는 이발소 문을 통해 도시의 모습이 조금 보였어요. 언덕으로 구불구불 이어지는 가파른 길들이랑 완만하게 굽이치는 초지도 보였어요. 저는 문턱까지 간 다음 몸의 반은 문밖으로 내밀고 반은 문 안쪽에 둔 채 멈춰 서 있었어요.

'자 이제 보라구.' 이발사가 친구들에게 말했어요. '내 손가락 끝으로 날아올 거야. 수백 번도 더 했던 일이야. 이리 와. 딕! 이리로! 이리 오렴!'

저는 날아갔어요. 하지만 이발사 손가락 끝은 아니었어요. 저는 저 멀리 보이는 언덕 꼭대기로 이어지는 가파른 비탈길을 바라보며 이발소 문을 향해 날아갔어요.

그런데, 맙소사! 신중하게 짜놓은 제 계획이 수포가 되었어요! 문으로 빠져나가려는 순간 갑자기 한 덩치 하는 누군가가 막아섰어요. 절 처음 잡았던 바로 그 덩치 큰 선원이었어요. 그래요. 이런 작은 문으로 이렇게 큰 남자가 걸어 들어온 적은 여태껏 한 번도 없었어요. 문밖으로 나갈 길이라고는 선원 머리 양옆에 난 작은 틈 두 곳뿐이었어요. 저는 몸을 위로 들어 그중 한 곳을 향해 날아갔어요.

'잡아요!' 이발사가 소리쳤어요. '새가 도망치고 있어요. 잡아요!'

하지만 덩치 큰 선원은 절 일찌감치 봤어요. 그의 어깨 위로 빠져 날아가려 했지만, 그는 자신을 향해 날아오는 공을 받기라도 하듯 그 커다란 두 손을 모아 절 잡았어요.

"몸의 반은 문밖으로 내밀고 반은 문 안쪽에 둔 채 멈춰 서 있었어요."

제 간절한 소망도, 면밀한 계획도 물거품처럼 사라져 버리고 말았어요! 물론 저를 더 이상 믿지 못하게 된 이발사가 그 다음부터는 저를 꺼낼 때 창문이랑 이발소 문을 꼭꼭 닫아 둔 건 당연한 일이었고요.

예닐곱 시간 후 배는 다시 출항 준비를 시작했어요.

'다음 입항지는 어디야?' 수컷 카나리아에게 물었어요.

'응, 아주 먼 곳이야.' 그가 말했어요. '지금 우리가 있는 바다 거의 끝까지 가면 좁은 해협이 나오는데 그 초입에 있는 군도에 들를 거야. 9일 정도 걸릴 거야. 하지만 예쁜 섬들이라 볼거리는 많을 거야.'

섬들의 풍경이 아무리 아름답다고 해도 그게 눈에 들어올 리가! 밧줄이 풀리고 배가 부두에서 멀어지자 가파른 길들이 점점 작아져 갔어요. 실망과 분노에 사로잡힌 저는 새장 창살을 부리로 마구 쪼는 바보스러운 행동을 했어요. 친구인 창문 청소부와 풍차의 땅에서 점점 멀어지고 있었어요. 게다가 제 주인도 이제 더 이상은 절 믿지 않게 되었으니, 도망칠 기회가 또다시 올지 안 올지도 신만이 아는 일이 되어 버렸죠!

항구를 떠난 뒤로 사흘 동안은 특별한 일이 없었어요. 날씨도 더없이 좋았어요. 이발소도 덩달아 바빠졌어요. 배에 탄 승객들은 바다가 거친 경우에는 이발하거나 면도하길 꺼렸지만, 파도가 잠잠해지면 항해에서 오는 무료함을 달래려고 이발소를 찾곤 했거든요.

넷째 날, 배에서 소동이 약간 있었어요. 난파선이 보인 거예요. 하지만 아쉽게도 그날따라 제 새장이 밖에 걸려 있지 않았기 때문에 전 그 특별한 구경거리를 직접 볼 수는 없었어요. 하지만 사건의 전모는 사람들의 얘기에다 제 추측을 조금 더해 대략적으로나마 알 수 있었어요.

정오 무렵, 돛대 위의 망보는 곳에 있던 선원이 배 비슷한 걸 발견했어요. 난파선이 분명했어요. 신호를 보내는 사람, 갑판 위를 뛰어다니는 사람, 망원경을 들여다보는 사람들로 배 위는 북새통이었어요. 우리 배는 항로를 바꿔 난파선 쪽으로 갔어요.

가까이 접근해 보자, 그건 난파선이 아니라 뗏목이었고 그 위에 한 남자가 있었어요. 뗏목 위의 남자는 기절해 있거나 아니면 죽은 것처럼 보였어요. 배에서 아무리 불러 보아도, 뗏목 바닥에 얼굴을 댄 채 쓰러져 있는 그 남자는 아무런 대답이 없었어요. 뱃사람들은 보트를 바다로 내린 다음 그 남자를 태워 배로 돌아왔어요. 남자가 아직 숨을 쉬고 있는 게 확인되자 승객들 모두 박수를 치며 기뻐했어요. 하지만 그 남자는 바다에 너무 오래 노출되어 있었던 데다 음식도 제대로 먹지 못했기 때문에 완전히 탈진해 있었어요. 선원들은 의사를 불러 상태를 확인하게 한 후, 아직 정신이 들지 않은 그를 아래층으로 데려가 침대에 눕혔어요. 그리고 우리 배는 원래 항로로 돌아가 항해를 계속했어요.

이발소에 오는 손님들이 그 남자에 관한 이야기를 더 이상 하지 않게 되자 그 사건에 대한 제 관심도 식었어요. 날씨는 계속 좋았어요. 뭐 딱히 재미있는 일도 없고… 떠올리고 싶지 않은 일도 머리에서 지워 버릴 겸 저는 수컷 카나리아에게 노래를 가르치는 수업을 계속했어요.

일주일쯤 지난 어느 날, 그러니까 다음 기항지에 곧 도착할 무렵이었는데, 그때 정말 뭐라 말할 수 없을 정도로 이상한 몰골을 한 사람이 이발소로 들어왔어요. 그 남자는 자신의 몰골을 아주 부끄러워하는 것 같았어요. 그는 고개를 푹 숙인 채로 이발소 의자에 앉았어요. 이발사는 그가 온다는 것을 알고 있었던 게 분명했어요. 아무것도 묻지 않고 바로 면도를 하고 머리를 잘라 주었거든요. 그 남자가 저를 등지고 앉아 있었기 때문에, 제게는 흰 천을 두른 뒷목하고 까치 머리처럼 더부룩한 정수리 부분밖에는 보이지 않았어요.

손님의 머리를 잘라 주던 이발사가 갑자기 문 쪽으로 걸어가더니 누군가에게 이야기를 했어요. 저는 그 이야기를 통해 지금 이발소 의자에 앉아 있는 남자가 뗏목에 쓰러져 있다가 구출된 바로 그 사람이라는 걸 알게 되었어요. 오늘에서야 침대에서 일어날 수 있을 정도로 기력이 회복된 거였어요. 그에 대한 호기심이 더 커졌어요. 저는 마음을 완전히 빼앗긴 채 이발사가 엉망진창 상태인 그의 머리를 잘라 주는 모습을 조용히 지켜봤어요. 저는 면도까지 다 마치면 어떤 얼굴이 될지 아주 궁금했어요. 드디어 면도를 마친 이발사가 손님 목에 두른 천을 휙 젖혔어요. 손님은 의자에서 간신히 일어났어요. 그리고 몸을 돌렸고, 전 그 남자의 얼굴을 보았어요.

여러분은 그 사람이 누구였는지 상상조차 하지 못하실 거예요."

"창문 청소부 아저씨!" 거브거브가 소리를 질렀다. 거브거브는 너무 흥분한 나머지 쿠션에서 미끄러져 탁자 밑으로 떨어지는 바람에 보이지도 않게 되었다.

"맞아요." 피피넬라가 조용히 말했어요. "창문 청소부였어요."

의자에서 떨어진 거브거브를 탁자 아래서 꺼내 의자 위 쿠션에 앉혀 주느라 피피넬라의 이야기가 몇 분 동안 중단되었다. 멍만 약간 들었을 뿐 크게 다친 데는 없었던 거브거브는 귀를 곤두세우고 다시 카나리아의 이야기에 집중하다 가끔 머리를 문질렀다. 넘어질 때 탁자 다리에 머리를 부딪혔기 때문이었다.

"음, 저는…" 피피넬라가 이야기를 이어갔다. "갑자기 나타난 제 친구를 보고 전 기절할 만큼 놀랐어요. 물론 전 그 남자가 창문 청소부라는 걸 금방 알 수 있었어요. 하지만 얼굴도 얼마나 수척해지고 몸도 쇠약해져 있었던지! 하지만 그는 아직 절 알아보지 못했어요. 이발소 의자 옆에 서서 한동안 어색한 듯 바닥만 내려다보던 그가 손을 주머니에 넣었어요. 그러다 돈이 없다는 걸 깨닫고는 이발사에게 힘없는 목소리로 뭔가 변명을 한 다음 서둘러 밖으로 나가려 했어요.

풍차에 살았을 때 그가 하루 일을 마치고 저녁때 집에 오면 제가 늘 불러 주던 노래가 있었어요. 그래요. 일종의 환영 휘파람이요. 그가 문손잡이를 잡고 갑판으로 나가려 하는 순간, 저는 그걸 연달

"창문 청소부 아저씨다!" 거브거브가 소리를 질렀다.

아 두 번 불렀어요. 그러자 그가 고개를 돌려 절 보았어요.

저는 누군가의 얼굴에 이렇게 순식간에 기쁨과 반가움이 한가득 퍼져 나가는 걸 한 번도 본 적이 없었어요.

'피프!' 그는 소리를 지르며 제 새장 옆으로 와서 안을 들여다봤어요. '정말 너 맞니? 그래. 네 깃털 색을 보면 금방 알 수 있어. 너 같은 새가 백만 마리가 있다고 해도 난 널 찾을 수 있다고.'

'잠깐만요.' 이발사가 말했어요. '제 카나리아를 아시나요?'

'당신 카나리아라고요?' 창문 청소부가 말했어요. '뭔가 오해가 있으신 것 같군요. 저 카나리아는 제 새입니다. 분명해요.'

긴 언쟁이 시작되었어요. 물론 알지도 못하는 누군가가 제가 자신의 카나리아라고 말했다고 해서 이발사가 저를 양보해 줄 리는 없었어요. 이발사는 저를 처음 잡은 선원을 불러왔어요. 다른 선원들이랑 급사도 와서 논쟁에 끼어들었어요. 제 친구인 창문 청소부는 내내 예의를 지키면서도 단호한 태도를 보였어요. 저를 언제부터 소유했냐고 누군가가 물었어요. 저를 마지막으로 본 지 몇달이 지났다고 답하자, 너무 말도 안 되는 주장을 한다며 사람들이 그를 비웃었어요. 제가 인간의 말을 하지 못한다는 게 이때만큼 속상한 적이 없었어요. 인간의 말을 할 수만 있다면 제 진짜 주인이 누구인지 분명하게 말해 줄 수 있을 테니까요.

결국 이 문제의 해결은 선장에게 맡겨졌어요. 이 분쟁은 이미 승객들 사이에 재미있는 화젯거리가 되었고, 선장이 이발소에 내려왔을 때 이발소는 한쪽 편을 들며 이렇다저렇다 한마디씩 거드는 승객들로 발 디딜 틈이 없었어요.

선장은 먼저 조용히 해 달라고 말한 다음, 각자의 말을 들었어요. 창문 청소부와 이발사가 차례로 이런저런 근거를 대며 자신의 주장을 말했어요. 그다음으로는 그 덩치 큰 선원이 폭풍우가 불던 날 저를 발견해 자기들 방으로 데려간 일, 그리고 이발사에게 판일을 자세하게 이야기했어요.

선장은 이야기를 모두 듣고 나서 창문 청소부 쪽을 보며 이렇게 말했어요.

'지금 당신이 말한 증거들만으로는 어떻게 이 새가 당신의 것이라는지 이해할 수 없습니다. 이 새랑 깃털 색이 같은 야생 새는 세상에 얼마든지 있습니다. 악천후 때문에 이 배로 피난 온 야생 새일 수도 있어요. 그러니 나는 이 새에 대한 모든 권리가 이발사에게 있다고밖에는 말할 수 없습니다.'

이걸로 모든 게 끝난 것처럼 보였어요. 이 배에서 최고의 권위를 가진 선장에게 판결을 부탁한 건데 그 결과가 이발사의 승리로 끝난 거니까요. 저는 이제 이발사의 소유물로 남아야 할 것 같았어요.

그런데 승객들은 창문 청소부, 그리고 그가 바다에서 구출된 이야기에 많은 흥미를 느끼게 되었어요. 게다가 그를 본 사람은 누구라도 그가 정직한 사람인 걸 한눈에 알 수 있을 정도로 선한 얼굴을 하고 있었어요. 대부분의 승객은 실제로 그가 저의 주인이 아니라면, 그렇게 자신 있게 자기가 주인이라고 주장할 리 없다고

186

생각했어요. 선장이 갑판으로 올라가려 하자, 한 승객이… 구레나룻을 기르고 좀 까탈스러워 보이는 한 노신사가 그를 따라 올라가 팔을 잡았어요.

'실례지만, 선장님,' 노신사가 말했어요. '저는 표류한 저 사람이 강직하고 정직한 사람이라는 느낌을 받았습니다. 만약 카나리아가 자기 거라는 저 사람의 주장이 사실이라면, 저 새가 주인을 알아보지 않을까요? 어쩌면 새에게 가르쳐 준 재주가 있을지도 모르고요. 결론을 내리기 전에 한 가지 시험을 해 보는 건 어떨까요?'

선장은 이발소로 되돌아 왔고. 승객들도 이 새로운 재판에 다시 흥미를 느껴 줄줄이 돌아왔어요.

'괜찮겠습니까?' 선장이 창문 청소부를 향해 말했어요. '당신은 이 카나리아를 잘 안다고 말했습니다. 그렇다면 당신의 말을 증명할 특별한 방법이 있습니까?'

'물론입니다. 이 새는 저를 잘 알고 있습니다.' 대답을 한 건 창문 청소부가 아니라 이발사였어요. '이 새는 제가 자기를 부르면 새장에서 나와 제 손 위에 올라앉습니다. 문을 닫아 주신다면 제가 보여드리겠습니다.'

'좋습니다.' 선장이 말했어요. '문을 닫아 주세요.'

사람들이 꽉 들어찬 작은 방 안에서 이발사는 제 새장을 열고 손을 뻗은 다음 저에게 날아오라고 했어요. 저는 날아올랐어요. 물론 저는 창문 청소부의 어깨를 향해 곧장 날아갔어요.

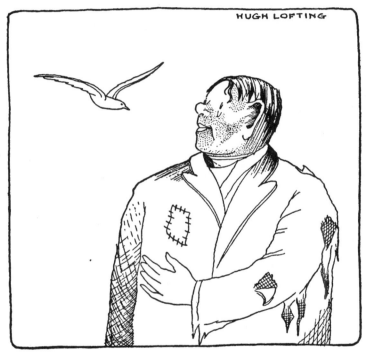

"저는 창문 청소부의 어깨를 향해 곧장 날아갔어요."

승객들이 다들 놀라서 수군거렸어요. 저는 제 친구의 어깨에서 내려와 그의 조끼 쪽으로 걸어 내려갔어요. 저는 풍차에 있을 때 저랑 함께했던 재주를 그가 기억해 주기를 바랐어요. 저녁 식사 때, 그는 가끔 각설탕을 자기 조끼 주머니에 넣어 두곤 했는데, 그 러면 저는 그걸 부리로 꺼내 찻잔 안으로 떨어뜨렸어요. 제가 어 깨 아래로 내려가기 시작하자, 그는 사람들에게 각설탕이랑 찻잔 을 빌려달라고 부탁했어요. 급사가 그것들을 가져왔어요. 창문 청 소부는 자기가 무얼 하려는지를 선장에게 설명한 후 각설탕은 주 머니에 넣고 찻잔은 이발소 세면대 위에 놓았어요.

저는 제가 설탕을 주머니에서 꺼낸 다음 찻잔 위로 날아가 그 안에 빠뜨렸을 때, 이발사의 표정이 어땠는지 여러분에게 보여드 리지 못해서 아쉽네요.

'어떻습니까, 선장님.' 구레나룻이 난 노신사가 큰 소리로 말했 어요. '이제 이 분이 진짜 주인이라는 게 분명해진 셈이군요. 이 새 는 이 분을 위해서라면 뭐든지 할 것 같군요. 저는 이 분이 진짜 주 인이 아니라면, 절대로 그렇게 말했을 리 없다고 처음부터 생각했 었습니다.'

'그렇군요.' 선장이 말했어요. '카나리아는 이 분 것입니다. 의심 의 여지가 없습니다.'

사람들이 저마다 축하한다며 한 마디씩 하는 가운데 창문 청소 부가 저를 데리고 갈 준비를 했어요. 그런데 이번에는 새장의 주 인이 누구인지가 문제가 되었어요. 물론 새장은 이발사의 것이었어요. 하지만 이 배에는 빈 새장이 하나도 없었기 때문에 제 친구는 저를 데리고 나가는 데 어려움을 겪었어요. 그러자 또 그 구레나룻 노신사가 앞으로 나오더니 새장 값을 자진해서 지불했어요. 그는 제 주인과 제 이야기에 진심으로 흥미를 느낀 모양이었어요.

창문 청소부는 노신사에게 감사하다고 말하며 이름과 주소를 물어봤어요. 그리고 지금은 돈이 없지만 뭍에 도착하면 돈을 보내드리고 싶다고 했어요. 오랫동안 헤어져 있던 창문 청소부와 저는 이발소를 나와 배 앞쪽에 있는 그의 선실로 갔어요.

'피프,' 침대 매트리스를 정리하며 그가 말했어요. '다시 둘이 되었네! 선장은 꽤나 좋은 사람이더구나. 나한테 돈도 받지 않고 일등급 선실을 내주었어. 그래도 내 마음대로 급사를 부를 수는 없어. 그러니 내 침대는 내가 정리해야지… 도대체 베개는 어디로 간 거지? 여기 있네… 바닥에… 불쌍한 우리 피프! 우리가 이렇게 이야기하는 게 얼마 만이지? 날 구해 준 배에 네가 타고 있었다니, 게다가 이발소에서 살았다니! 세상은 정말 신기하지 않니? 종소리가 다섯 번 들리는구나. 벌써 6시 30분이네. 곧 저녁 시간이야. 피프, 배고프지? 어디 보자. 그래, 그래 넌 그동안 씨앗을 많이 먹었구나. 그렇다면 이제 내가 식당에서 사과를 좀 가져다줄게. 그래, 아까 그 구레나룻 난 노신사분은 정말 친절하지 않니? 새장 값도 대신 내주시고 말이야. 그런데 그분께 돈을 언제 갚을 수 있을까? 난 무일푼인데. 하지만 어떻게든 갚아야만 해.'

창문 청소부는 침대 정리를 마친 다음 제게 이런저런 이야기를 들려주었는데 그러다 마침내 제가 가장 듣고 싶어 하던 이야기를 해 주기 시작했어요.

'피프,' 그는 은밀하게 소리 죽여 말했어요. '난 가끔 네가 내 말을 다 알아듣는다는 느낌을 받곤 했어. 내가 왜 그런 생각을 했는지 아니? 내가 말을 시작하면, 넌 언제나 가만히 있었거든. 근데 말이야, 내가 말하는 걸 네가 이해한다는 게 가능한 일이긴 할까?'

저는 인간의 말로 '네' 하고 비슷한 소리라도 내보려 했지만 그저 삑하는 소리밖에는 내지 못했어요. 하지만 그도 좀 놀란 듯했어요. 저를 뚫어져라 쳐다보다 미소를 지었거든요.

'신경 쓰지 마, 피프,' 그는 말했어요. '네가 내 말을 이해하든 하지 못하든 아무튼 너에게 말을 거는 것만으로도 난 정말 위안이 되니까 말이다. 아이쿠, 몸이 후들후들하네!' 그는 이렇게 말하고 침대 위에 주저앉았어요. '조금만 앉아 있어야겠다. 지금은 조금만 움직여도 금방 지치거든. 표류하는 동안 먹지도 못한 데다 직사광선으로 고생했더니 아직 회복이 덜 되었나 보다. 들어봐, 피프, 그날 밤 내가 왜 풍차로 돌아오지 못했는지 알고 싶지? 잠깐만…'

그는 일어나서 문을 연 다음 밖을 내다보았어요.

'됐어,' 그가 자기 침대로 돌아오며 말했어요. '엿듣는 사람 아무도 없어.'

그는 침대 옆 탁자 위에 있는 제 새장 쪽으로 몸을 기울인 다음 속삭이듯 소리를 낮추고 말했어요. 그러다 갑자기 어지러운 듯 눈을 감고 한참을 가만히 있었어요. 아마 몸이 회복될 때까지 쭉 침대에 누워 잠을 자야 할 것 같았어요. 하지만 전 그가 제게 말하려는 게 있고 그걸 아직은 아무에게도 말하지 않았다는 걸 알고 매우 자랑스러워졌어요."

→ 6장 ←

창문 청소부의 모험

"'피프, 너 내가 쓰던 책들 기억나지?' 창문 청소부 아저씨가 이 야기를 시작했어요. '그건 정부에 관한 책들이야. 외국 정부들. 네 가 날 만나기 전에… 그러니까 내가 창문 청소부 일을 시작하기 전에… 나는 세계 구석구석을 꽤 많이 여행했단다. 그러면서 많 은 나라에서 사람들이 가혹한 대우를 받고 있다는 걸 알게 되었 어. 나는 그걸 이야기하려고 했어. 그런데 그 나라들에서는 그런 걸 허용하지 않았어. 그래서 난 내 나라로 와서 글로 쓰겠다고 마 음먹었지. 물론 난 결심을 실행에 옮겼어. 신문이나 잡지에 썼지. 그런데 정부는 내가 쓰는 글을 좋아하지 않았어. 그런 나라들의 정부에 직접적으로 반대하는 글을 쓴 것도 아닌데 말이야. 그들은 잡지와 신문의 편집자들에게 사람을 보내 내 글을 더 이상 싣지 말라고 요구했어.

그때는 내게도 친구가 많았어. 돈도 많았고. 난 부잣집에서 태어났거든. 하지만 내가 정부의 미움을 받고 있다는 사실이 알려지자 많은 친구가 날 더 이상 만나려 하지 않았어. 그들은 날 무해한 괴짜쯤으로 취급했어. 너도 알 거야. 사람들이 자기들이랑 다르게 행동하는 사람들을 어떻게 여기는지 말이야.

그래서 나는 잠적하기로 마음먹었어. 어느 날 난 보트를 타고 바다로 나갔어. 나는 근처에 아무도 없는 걸 확인하고 보트를 뒤집은 다음 해변으로 헤엄쳐 갔어. 그런 다음 몰래 먼 길을 걸어가 그 어떤 친구나 친척의 눈에도 띄지 않게 살았어. 물론 보트가 뒤집힌 것을 발견하고 사람들은 내가 물에 빠져 죽었다고 여겼지. 내 돈이랑 집이랑 재산은 바로 밑 남동생에게 갔고 내 존재는 사람들의 기억 속에서 사라져 갔어.

그동안 난 너를 처음 만났던 바로 그 도시에서 창문 청소부로 일했어. 나는 다 쓰러져 가는 풍차를 한 달에 2실링을 내는 조건으로 농부한테 빌렸어. 난 세상을 바꾸겠다는 희망에 불타 그 집에서 저술에 몰두하고 있었지. 피프, 그때만큼 행복했던 적은 내겐 없었어. 그때처럼 자유롭던 적도 없었고. 내가 쓴 첫 책은 모든 걸 바꾸어 놓았어. 내가 기대했던 것 이상이었어. 내 책은 외국에서 인쇄되어 엄청나게 많은 사람이 읽었어. 그들은 내가 책에 쓴 게 모두 진실이라고 생각했어. 그들은 내 책에 크게 감동해 자신들의 정부를 바꿔 보려 했어.

하지만 그들에게는 충분한 힘이 없었고 그들의 시도는 결국 실패했어. 그 사이에 그 나라 정부의 관리들은 이렇게 큰 분란을 일으켜 자기들을 위태롭게 만든 책을 쓴 사람이 누군지 눈에 불을 켜고 찾아 나섰어.'

이때 종소리가 여섯 번 나면서 식사 시간이 되었다는 걸 알리는 바람에 창문 청소부의 이야기는 끊겼어요. 아저씨는 제게 양해를 구하고 선실에서 나갔어요.

아저씨는 한 30분 정도 있다 사과 하나랑 샐러리, 그리고 식탁에 있던 그 밖의 가벼운 먹거리를 조금씩 가지고 돌아왔어요. 아저씨가 제 새장 안에 그것들을 넣고 있을 때, 배의 의사가 그를 보러 왔어요. 그의 몸은 아직 의사의 관리를 받아야 하는 상태였어요. 진찰을 마친 의사는 제 친구의 회복세에 흡족해했어요. 하지만 의사는 선실을 나가며 일찍 자고 힘든 일은 아직은 하면 안 된다고 말했어요.

의사가 나가자 제 친구는 옷을 벗기 시작했고 저는 오늘 밤은 이것으로 이야기가 끝났거니 생각했어요. 그런데 아저씨는 침대에 누워서도 계속 말을 걸었어요. 저는 아저씨가 너무 힘든 일을 겪은 나머지 몸이 아직 매우 쇠약해져 있어서 그렇다고 생각했어요. 아저씨는 말을 하지 않고는 지금의 상황을 견딜 수 없는 것처럼 보였어요. 하지만 아저씨는 주위 사람들이 아는 걸 두려워했어요. 그래서 카나리아인 저를 이야기 상대로 택한 거였어요.

아저씨는 이야기를 계속했어요. '외국 정부가 내가 그 책의 저자라는 걸 어떻게 알아냈는지는 당시에는 나도 몰랐어. 하지만 내가 쓴 편지들을 뒤쫓았을 거야. 네 새장을 벽에 걸고 나간 토요일에 난 우체국에 들렀는데, 그때 낯선 남자 셋이 내 뒤를 따라왔어. 내가 눈치챘을 때는 이미 늦었어. 풍차로 이어지는 으슥한 뒷길에서 난 머리를 맞고 쓰러졌어. 정신을 차리고 보니 해안에서 멀리 떨어진 배 위였어. 난 내가 왜 납치되었는지 알려 달라고 했어. 그런데 내게 돌아온 대답은 배에 일손이 부족해 어떻게든 일할 사람이 더 필요하다는 말뿐이었어. 물론 나는 일손이 부족한 배에서 과거에도, 아니 지금도 빈번히 일어나는 일이라는 걸 알고 있었어. 하지만 처음부터 뭔가 수상했어. 우선 그들이 날 끌고 온 곳은 바다에서 아주 멀리 떨어진 곳이었어. 아무리 선원이 부족해도 유괴를 하기 위해 바다에서 그렇게 먼 내륙에까지 들어오는 경우는 없거든. 게다가 난 뱃일을 잘할 것처럼 보이는 사람이 전혀 아니거든. 더구나 배 위에 외국 사람들이 있었어. 그리고 얼마 후 난 이 배가 내가 책에다 쓴 바로 그 나라의 항구에 들른다는 것도 알게 되었어.

만약 그곳에 상륙하면 내게 어떤 일이 닥칠지 나는 잘 알고 있었어. 뭔가 얼토당토않은 죄를 뒤집어씌운 다음 감옥에 가둘 게 틀림없었어. 내 친척이나 친구들 사이에서는 내가 이미 죽은 거로 되어 있잖아? 그러니 내 나라에서는 날 찾아달라고 조사를 부탁하는 사람이 단 한 사람도 없을 거고. 그러니 일단 내가 적으로 삼

은 정부의 손에 잡히면 내 소식은 이제 영원히 아무도 모르게 묻힐 게 뻔했어.'

아저씨는 이야기를 하느라 피곤해졌는지 베개에 몸을 기댔어요. 한동안 아무런 움직임이 없길래 저는 그가 잠이 든 거라고 생각했어요. 저는 마음이 놓였어요. 아저씨가 말을 계속하다 더 지치는 건 원치 않았거든요. 하지만 아저씨는 다시 일어나 앉아 탁자에 있던 제 새장을 자기 쪽으로 더 당겼어요. 그러고는 다시 흥분에 들뜬 눈을 더 반짝이며 이야기를 계속했어요.

'날 태운 배가 점점 더 앞으로 가는 동안 난 앞으로 내가 겪을 고생 말고도 큰 걱정거리가 하나 더 있었어. 그건 바로 너였어. 단 하나뿐인 내 동료, 아니 내 친구… 내가 네 새장을 바깥벽에 걸어 놓고 나왔잖아. 밤에 추워서 얼어 죽지나 않을까? 먹이를 줄 사람은 있을까? 낡은 풍차가 있는 곳은 정말로 인적이 드문 곳이잖아. 지나가다가 우연히라도 널 발견하는 사람이 있을까? 설사 그런 사람이 있더라도 풍차 안으로 들어가 부엌이 텅 빈 것을 보지 않는다면 네가 방치되어 있다는 걸 모를 테고… 한 시간, 두 시간, 시간이 지나가고, 또 하루, 이틀, 날이 바뀌어 가면 도대체 네가 날 어떻게 생각할까? 배고픔과 추운 밤 날씨에 고통스러워하며… 내가 돌아오기만을 기다리고 또 기다리며… 그런 생각에 빠져 있는 동안 날 태운 이 빌어먹을 배는 점점 더 네게서 멀어져 갔어. 불쌍한 피프! 난 지금도 네가 정말 피프라고 믿을 수 없어. 하지만 네가 여기 있다는 걸로 충분해. 날개에 노란 줄들이 있고, 목에 이상한 검은 점이 있고, 내가 이야기를 들려줄 때 목에 힘을 잔뜩 주고 건방 떠는 모습… 그래, 그게 다 피프니까 그런 거지.'

창문 청소부 아저씨는 혼자 중얼거리다 결국 잠들어 버렸어요. 저는 새장 안에서 베개를 베고 자고 있는 아저씨의 초췌할 정도로 수척한 얼굴을 가만히 바라보았어요. 하지만 저는 정말이지 그에게 아무런 도움도 되지 않았어요. 저는 제가 인간이어서 아저씨를 병간호하며 보살펴 건강한 몸으로 다시 돌아오게 할 수 있다면 얼마나 좋을까 하고 생각했어요. 아저씨가 지금도 얼마나 아픈지 잘 알고 있었거든요. 하지만 지금은 다시 그랑 함께 있게 된 것만도 대단한 일이었어요. 저는 머리를 날개에 넣고 잠잘 준비를 했어요. 하지만 잠이 오지 않았어요. 아저씨가 밤새도록 혼잣말을 하며 몸을 이리 뒤척 저리 뒤척거렸거든요."

"그런데 창문 청소부 아저씨는 어떻게 뗏목 위에 있게 된 거야?" 거브거브가 투덜거리며 말했다. "넌 우리한테 말해 주지도 않고 창문 청소부를 잠들게 내버려 두었어."

"기다려, 아저씨가 영원히 잠들어 버린 것도 아니잖아." 흰쥐가 말했다. "기회 좀 주는 게 어때?"

"멍청한 돼지 녀석 같으니라고," 대브대브는 한숨을 내쉬었다. "우리가 왜 항상 이 돼지 녀석을 끼워 주는지 모르겠어."

"나도," 지프도 불만을 터뜨렸다. "얘보다는 차라리 매끄럽고 동그랗고 멋진 돌을 동료로 받아들이는 게 더 나을 것 같아."

"제발 좀 조용히 해 줄래." 박사님이 말했다. "피피넬라가 계속

"창문 청소부 아저씨는 결국 잠들어 버렸어요."

할 수 있게 말이야."

"그래서," 피피넬라가 이야기를 계속했다. "다음 날 아침, 아저씨는 옷을 입으며 이야기를 계속해 주었어요. 아저씨는 항해를 마칠 때까지 배에 그대로 있다가는 감옥에 갇힐 게… 그것도 평생 갇혀 있을 게 틀림없다고 생각했어요. 그래서 배가 항구에 도착하기 전에 무슨 일이 있어도 도망치기로 결심했어요. 다른 뱃사람들과 마찬가지로 아저씨도 뱃일을 해야 했어요. 덕분에 아직은 자유가 있었어요… 겉보기에만 그랬더라도 어쨌든 어느 정도 자유는 있었어요. 아저씨는 자기를 납치한 자들에게 의심을 살 만한 일을 하지 않으려고 조심하면서 때를 기다렸어요.

항해를 시작하고 나서 며칠 지난 어느 날 밤, 배는 어떤 섬 옆으로 지나갔어요. 섬까지는 적어도 5킬로는 더 가야 했지만, 높은 산봉우리는 달빛 덕분에 보였어요. 하지만 아직은 거리가 머니까 아저씨가 섬까지 헤엄쳐 도망갈지도 모른다고 생각한 사람은 단 한 명도 없었어요. 밤이 깊어지자, 갑판에는 한 사람도 남지 않았어요. 아저씨는 난간에 있는 구명대를 떼어내 선미로 간 다음 섬으로 헤엄치기 시작했어요.

엄청나게 먼 거리였어요. 아저씨의 말로는 구명대가 없었다면 도중에 물에 빠져 죽었을 게 분명했대요. 하지만 달빛이 비치는 바다를 죽을 힘을 다해 헤엄쳐 마침내 해안에 도착한 아저씨는 그곳에 쓰러져 쉬다가 그대로 잠들어 버렸어요."

이 대목에서 피피넬라는 잠깐 이야기를 멈췄고, 둘리틀 박사님 가족은 다음 이야기를 듣고 싶어 눈을 반짝이고 있었다.

"알았다!" 거브거브가 외쳤다. "내가 말할 게. 음… 에보니 섬에 간 거야. 피피넬라가 간 거랑 같은 섬."

"아니, 아니에요." 카나리아는 고개를 저었다. "만약 그랬다면, 일은 쉽게 풀렸을 거예요. 아니에요. 아저씨가 도착한 곳은 에보니 섬이 아니라 그 섬 주위에 있는 섬 중 하나였어요. 제가 있던 섬에서 2~3킬로쯤 남쪽에 있는 섬이었어요. 그건 창문 청소부 아저씨가 나중에 이야기해 주고 나서야 알았지만요."

"믿을 수 없어!" 존 둘리틀 박사님이 깜짝 놀라 말했다. "네가 에보니 섬에 살고 있을 때 창문 청소부는 그 옆 작은 섬에 도착했던 게 분명해. 난 그 섬들을 잘 알아. 섬들이 멀리 떨어져 있지 않아 서로 잘 보이는데… 그런데도 네가 그 사람을 보지 못했다는 게 좀 이상하군."

"안 보였어요. 박사님." 카나리아가 대답했다. "그 무렵은 마침 가을 우기철이라 매일매일 온통 먹구름만 잔뜩 긴 잿빛 하늘만 볼 수 있었거든요. 제가 살던 섬에서는 아저씨를 볼 수 없었을 거예요. 그런데 따분함을 좀 덜려고 제가 다른 섬들에 가 보곤 했다는 말은 했었죠? 어쩌면 제가 그 섬에 갔을 때, 반대로 아저씨가 제 섬에 왔던 게 분명해요. 제 이야기를 들으시다 보면 어떻게 그런 일이 있을 수 있는지 아실 거예요."

"그럴 수도 있겠군." 박사님이 말했다. "피피넬라, 이야기 계속해 보렴. 이렇게 기묘한 우연의 일치는 난 들어 본 적이 없구나."

"해가 뜨고 창문 청소부 아저씨가 깨어났을 때," 피피넬라는 이야기를 계속했다. "제일 먼저 눈에 띈 건 해안에서 10킬로쯤 떨어진 곳에 있는 배였어요. 아저씨를 찾으러 오고 있었던 거예요.

다행히도 아저씨는 커다란 덤불 그림자에 가려져 있었기 때문에 배에서는 망원경을 써도 보이지 않았어요. 아저씨는 덤불에 몸을 숨기며 토끼처럼 육지 안쪽으로 도망쳤어요. 섬 깊숙이 들어간 아저씨는 높은 산을 기어 올라갔어요. 그곳은 배에서는 보이지 않는 유리한 지점이었어요.

아저씨는 섬에 접근한 배에서 보트들이 내려진 다음 거기에 수색대가 타는 모습을 봤어요. 이어서 긴 숨바꼭질이 시작되었어요. 스무 명쯤 되는 수색대원이 전부 섬에 내렸어요. 그로부터 스물네 시간 동안 아저씨는 꼬박 숨어 지내야 했어요.

하루 종일 제 친구는 마치 쫓기는 여우처럼 덤불이나 바위에 몸을 숨기고 추적자들을 감시했어요. 어둠이 찾아오자 아저씨는 수색대가 배로 돌아갈 거라고 생각했어요. 하지만 놀랍게도 그들은 밤을 나기 위해 나뭇가지를 모아 모닥불을 피웠어요.

이런 일이 이틀이나 계속되었어요. 여러분은 왜 제가 배도, 모닥불도, 그리고 배랑 해안 사이를 뻔질나게 왔다 갔다 하는 보트들도 보지 못했는지 의아해하실지도 몰라요. 하지만 이런 일들은 아마도 섬의 반대쪽, 그러니까 제가 있는 곳에서는 보이지 않은 곳에서 벌어졌을 거예요. 게다가 그 당시에는 짙은 안개가 끼어 사방 1미터도 제대로 보이지 않았어요.

202

아저씨는 추적자들이 자기를 찾기 전에는 섬을 절대로 떠나지 않을 거라는 생각이 들었어요. 그때 좋은 수가 생각났어요. 밤이 되자 아저씨는 배가 닻을 내리고 있는 쪽 해변으로 갔어요. 아저씨가 해변으로 도망칠 때 사용했던 구명대 기억하시죠?"

"기억해," 거브거브가 재채기를 하며 말했다.

"아저씨는 배의 이름이 적혀 있는 그 구명대를 들어 파도 너머로 있는 힘껏 던졌어요. 그런 다음 다시 해변으로 떠밀려 오지 않는 걸 확인하기 위해 잠시 기다렸다가 다시 산 위로 돌아왔어요.

수색대는 적어도 하루에 한 번 이상은 보트를 배로 보내 진행 상황을 보고하고 자기들에게 필요한 물건을 가져왔어요.

다음 날 아침, 보트를 타고 가던 한 수색대원이 바다에 떠 있는 구명대를 발견했어요. 수색대원들은 구명대를 바다에서 건져 배에 실었어요. 이 소식을 보고받은 선장은 제 친구가 섬으로 도망치다 바다에 빠져 죽었다고 결론짓고 수색대에게 배로 돌아오라는 신호를 보냈어요.

그리고 30분쯤 후, 산에 숨어 있던 아저씨의 눈에 배가 닻을 올리고 섬에서 멀어져 가는 모습이 보였어요. 자기 계획이 처음으로 맞아떨어져, 자신의 적들이 떠나고 무사히 살아남게 된 이야기를 할 때 아저씨의 얼굴은 무척이나 상기되어 있었어요. 가장 먼저 한 일은 푹 자는 일이었다고 해요. 배가 섬에 돌아오고 난 후, 아저씨는 자기를 잡으러 오는 사람들의 움직임을 감시하느라 안심하고 잠든 적이 한 번도 없었으니까요.

"아저씨는 구명대를 들어 파도 너머로 있는 힘껏 던졌어요."

하지만 잠시 후, 아저씨는 지금의 자기 처지가 별로 바뀐 게 없다는 걸 알게 되었어요. 자기를 납치하려는 사람들의 손아귀에서 벗어난 건 분명했어요. 하지만 무인도에 고립되어 영원히 벗어날 수 없을지도 모르는 처지가 된 거예요. 한 주가 지나고 또 한 주가 지나도 지나가는 배라고는 코빼기도 보이지 않자, 아저씨는 이 섬이 배의 항로에서 멀리 떨어진 곳에 있다는 생각을 굳히게 되었어요.

그러는 동안, 아저씨는 자기가 쓴 책이 무사히 잘 있는지 걱정했어요. 그는 아무것도 하는 일 없이 뒹굴뒹굴 시간만 낭비하는 자기 모습이 너무 싫었어요. 어쩌면 자기가 그토록 오랫동안 공들여 쓴 원고를 찾기 위해 적들이 집을 뒤지고 있을지도 모른다는 생각도 들었어요.

아저씨는 주로 나무 열매나 물고기, 과일 같은 것들을 먹었어요. 제가 전에 가 봤던 바로 그 동굴에서 살았고요. 아저씨는 청소용 천으로 깃발을 만든 다음 막대기에 묶어 동굴 위 산꼭대기에 꽂았어요. 제가 동굴을 발견했을 때 본 것이 바로 그거였어요. 아마도 지나가는 배가 보고 찾아오길 기대했을 거예요. 하지만 배는 단 한 척도 지나가지 않았어요.

결국 아저씨는 지나가는 배에 자신이 구조될 수도 있다는 희망을 버리고, 뗏목을 만들어 그걸 타고 배들이 지나다닐 만한 항로 근처까지 직접 가는 것만이 자신이 이 섬에서 나갈 유일한 방법이라고 생각하게 되었어요. 그래서 아저씨는 해변에 뒹구는 마른 나무들을 힘겹게 모아 엮어 뗏목을 하나 만들었어요. 나무 막대로 돛대를 만들고 덩굴과 나뭇잎으로 돛을 만들었어요. 마실 물은 커다란 조개껍데기에 담거나, 이런저런 물건으로 그릇 모양을 만들어 그 안에 담았어요. 나무 열매랑 바나나도 잔뜩 실었어요. 일이 모두 끝나자 아저씨는 뗏목을 파도에 띄워 항해에 나섰어요.

하지만 모든 게 다 불리했어요. 며칠 동안 내내 좋던 날씨도, 막상 바다로 나가자마자 갑자기 나빠졌어요. 제대로 완성도 되지 않은 작은 뗏목은 거센 바람에 커다란 원을 그리며 돌다가 내팽개쳐졌어요. 그러다 산산이 조각나 해변으로 떠밀려 내려갔어요. 에보니 섬 해변으로 말이에요. 하지만 아저씨는 자기가 원래 섬으로 다시 돌아온 게 아니라는 걸 처음에는 몰랐어요. 그걸 알게 된 건 지친 몸을 이끌고 쉴 곳을 찾아가 폭풍이 멎기를 기다리고 있을 때였어요.

제가 배 뒤를 쫓아가는 어리석은 짓을 하지만 않았어도… 하지만 나중에 그 배 덕분에 목숨을 건지기는 했지만요. 아무튼, 그때 불던 폭풍이랑 같은 폭풍이 분명해요. 제가 생각하기에 아저씨가 배를 보지 못한 건 탈진한 채 작은 동굴 안에 누워 폭풍이 잦아들기만을 기다리고 있었기 때문일 거예요.

아저씨는 제게 말해 줬어요. 뗏목을 다시 만든 이야기, 배가 보일 때까지 하루하루를 어떻게 버텼는지에 대한 이야기, 그러다 결국 자포자기하는 심정으로 바다로 나간 이야기를요.

저는 창문 청소부 아저씨가 뗏목으로 바다를 떠돈 이야기보다 무서운 이야기를 지금까지 단 한 번도 들어본 적이 없어요. 아저씨가 철저히 준비하고 궁리해 이런저런 준비를 한 건 맞지만, 제가 생각하기에 아저씨는 흐린 하늘 때문에 제일 중요한 한 가지를 간과했던 것 같아요. 그건 뜨거운 태양 빛을 막을 방법을 생각하지 않았다는 거예요. 흐린 하늘의 구름이 마치 양산처럼 햇빛을 막아 주었기 때문에 아저씨는 처음 이틀 동안은 자기가 뭘 깜빡했는지 몰랐어요. 하지만 셋째 날에는 열대의 뜨거운 태양이 아저씨의 몸에 직접 내리쬐고 있었어요. 그래도 작은 돛단배는 뒷바람을 받아 꽤 빠른 속도로 앞으로 나갈 수 있었고, 아저씨는 이제 500킬로는 간 셈이니 다시 섬으로 돌아가는 건 문제도 되지 않는다고 생각했어요. 아저씨는 닷새 동안 바다에 떠 있었어요. 이제 마실 물은 완전히 떨어졌고, 먹을 것도 거의 남지 않았어요. 정신을 잃는 시간도 많아졌어요. 아저씨는 배가 수평선에 나타나는 환상을 봤어요. 그럴 때마다 일어서서 미친 듯이 손을 흔들어 대다 갑자기 정신을 잃고 쓰러졌어요.

그나마 불행 중 다행인 건 나뭇잎과 덩굴을 엮어 만든 돛을 떼어 햇빛을 가리는 일은 하지 않았다는 거예요. 그늘이 정말 필요하기는 했어요. 하지만 조만간 반드시 바람이 불어올 건데, 지금 돛을 내리면 다시 달 힘이 없다는 걸 아저씨는 알고 있었어요. 덕분에 아저씨는 목숨을 구했어요. 제가 탄 배가 뗏목을 발견한 건 아저씨가 마지막으로 정신을 잃고 나서도 한참 지난 때였어요. 나중에 선장이 아저씨에게 해 준 말에 따르면, 만약 그 이상한 돛… 수면 위로 높이 솟아 있는 그 돛이 없었다면, 뗏목을 발견하기 힘

"아저씨는 배가 나타나는 환상을 봤어요."

들었을 거라고 해요. 게다가 우리 배는 아저씨의 뗏목이 떠 있는 곳과는 적어도 20킬로 이상은 떨어져 지나갔을 거라고도 했어요.

'하지만,' 창문 청소부 아저씨가 저에게 말했어요. '끝이 좋으면 뭐든 다 좋은 법이지. 어떻게든 어려움을 극복했고, 날 납치한 놈들의 손아귀에서도 벗어났고, 이 배가 날 구해 줬으니, 결국 난 내가 이겼다고 생각해. 그러니 내가 시작한 일도 마지막에는 분명히 성공할 게 틀림없어. 정말 끔찍한 경험이었어. 하지만 난 이겨내고 있어. 피프, 게다가 난 믿음까지 생겼어. 날 이끌어 주는 운명에 대한 믿음 말이야. 그 강도 같은 정부를 반드시 무너뜨릴 거야. 난 꼭 살아남아서 사람들이 자유를 찾고 행복하게 사는 걸 볼 거야.'

선장은 이틀 후에 항구에 도착할 것 같다고 알려 주었어요. 그런데 구레나룻을 기른 그 친절한 노신사는 제 친구 창문 청소부 아저씨에게 여전히 호의를 보였어요. 그는 제 새장을 놓고 논쟁이 벌어졌을 때 제 친구에게 돈이 한 푼도 없다는 걸 눈치챘었어요. 오후에 그가 우리 선실로 와서 뭍에 내리고 나면 어떻게 할지 물었어요. 아저씨는 어깨를 한번 으쓱하고 웃으며 말했어요.

'감사합니다. 지금으로써는 딱히 별다른 계획이 없습니다. 하지만 어떻게든 해 볼 작정입니다. 일거리를 찾아야겠죠. 집에 돌아갈 배 삯을 마련할 때까지는 말입니다.'

'그런데,' 노신사는 말했어요. '이번에 도착하는 항구에 사는 사람들은 대부분 현지인입니다. 백인은 아주 적어요. 일자리 구하는 게 만만치 않을 겁니다. 게다가 당신은 몸도 아직 회복되지 않았

소.'

　제 친구는 염려해 준 데 대해 감사하다는 말을 하고 자신이 어떻게든 헤쳐나갈 거라고 했어요. 그러자 노신사는 고개를 저었어요. 그런 다음 선실을 나가며 중얼거렸어요.

　'아닙니다, 아직 몸이 회복되지 않았습니다. 뭔가 도와줄 일이 있는지 생각해 보겠습니다.'

　순간 저는 로지 이모가 생각났어요. 두 사람 다 겉으로 보기에는 행복해 보이지 않는 노인이었고, 제가 보기에 바보 같은 생활을 하고 있지만, 다른 사람들에게 늘 뭔가를 해 주려 애쓰는 사람들이었어요. 노신사는 실제로 뭔가를 했어요. 그는 승객들을 대상으로 음악회를 열었어요. 그리고 그걸로 모은 돈을 저희에게 기부했어요. 아저씨는 손사래를 쳤어요. 하지만 승객들이 강권하는 바람에 받을 수밖에 없었어요.

　그들은 정말 좋은 일을 한 거였어요. 만약 그 돈이 없었다면 우리가 어떻게 되었을지는 알 수가 없거든요. 우리가 도착한 항구에는 오두막 몇 채밖에 보이지 않았어요. 일자리는 고사하고 잘 곳과 먹을 걸 구하는 것조차 힘들었어요. 그곳에 내린 승객은 우리 말고는 아무도 없었어요. 배가 이 항구에 들어온 건 약간의 화물을 내려놓기 위해서였어요. 아저씨가 승객들에게 고마움을 전하고 배에서 내려 건널판을 건너자, 모두들 아쉬워하며 작별 인사를 했어요. 아저씨가 가진 짐이라고는 팔에 낀 새장 하나가 다였어요. 배가 닻을 올리고 항구를 빠져나가는 모습을 보며 우리 둘 다 조금 쓸쓸한 기분이 들었어요. 그 배의 사람들이 우리에게 호의를 베풀지 않았다면 우리는 바다에서 죽었을 게 분명했어요. 아저씨는 연주회 때 받은 돈으로 이발사에게 이발과 면도 값을 지불했어요. 이로써 이발사도 아무 손해 본 게 없는 셈이 된 거였어요. 저는 기뻤어요. 왜냐하면 그는 아주 친절한 사람이었고 게다가 이발소도 사실은 살기에 아주 좋은 곳이었거든요."

7장

누더기 차림의 부랑자

"어찌어찌 우리는 묵을 곳을 찾았고, 그곳에서 집으로 가는 배를 기다리기로 했어요. 그 당시에는 지금처럼 배가 정기적으로 오가지 않았어요. 게다가 이런 외진 장소에는 배가 더 드물게 다녔어요. 배가 2주 후에 온다는 말을 들었지만, 실제로 배가 온 건 3주나 지나서였어요.

제 친구는 아주 실망했어요. 하루라도 빨리 돌아가서 책의 운명을 확인해야 한다는 생각에 초조해하고 있었거든요. 목적지에 더가까워지자, 기다리기가 오히려 더 힘들어지는 모양이었어요.

'피프, 걱정할 필요 없을 거야.' 아저씨는 새장을 겨드랑이에 끼고 방파제로 나가 혹시 배가 들어오지 않을까 수평선을 바라보며 말했어요. '걱정스러운 건 풍차 집에 그놈들이 너무 쉽게 들어갈 수 있다는 거야. 그놈들은 집에 침입해서 자기들 마음대로 얼마든지 계속 머물 수 있어. 그렇게 해도 다른 사람들은 전혀 알지 못할 테니까. 아무튼 놈들은 내가 생활하고 책을 쓴 집을 찾으면, 책이 숨겨진 곳을 알아낼 때까지 눈에 불을 켜고 찾으려 들 게 분명해.'

아무튼 마침내 배가 왔어요. 전에 우리가 탄 것처럼 좋은 배는 아니었어요. 멋지지도 않았고, 훨씬 더 작았어요. 말 그대로 화물선이었어요. 제 친구는 선장에게 어디든지 좋으니 자기 나라와 조금이라도 가까운 곳까지만 가서 내려주면 된다고 말했어요. 화물을 내리고 새로운 짐을 싣는 데 몇 시간이 걸렸어요. 그리고 서류에 서명하고 화물명세서 제출, 입항세랑 관세 납부, 검역 등 입항하거나 출항하는 데 필요한 절차를 밟느라 또 한두 시간을 잡아먹었어요.

결국 밤이 다 되어서야 우리는 떠날 수 있었어요. 창문 청소부 아저씨는 그제야 한시름 놓고 예전의 쾌활한 모습으로 돌아왔어요. 오랜 기다림 끝에 겨우 아저씨다운 모습을 찾은 거예요. 배가 파도를 가르며 힘차게 나아가자 아저씨는 힘찬 발걸음으로 갑판을 오르내렸어요. 우리가 다시 만난 후로는 처음 보는 활기찬 모습이었어요.

우리는 적어도 2주 이상은 이 배를 타야 했어요. 아저씨는 펜이랑 잉크랑 종이를 구했어요. 그런 다음 선실에 틀어박혀 몇 시간이고 계속 쓰고 또 썼어요. 아저씨는 적국의 비밀요원들과 맞닥뜨린 후에 벌어진 일들에 관해 쓰고 있다고 했어요. 아저씨는 이 이야기를 자신의 책에 덧붙일 생각이었어요. 물론 원고가 무사하다면 말이에요. 아저씨가 원고를 쓰는 모습을… 아저씨는 섬에서 겪었던 일의 세부 사항을 기억해내기 위해 펜을 가끔 멈추기도 했어요. 아무튼 그 모습을 보다가 저는 제가 겪은 일도 어떤 식으로든 기록해 두어야겠다는 생각이 들었어요. 제가 지금까지 한 모험들도 남들에게 이야기해 줄 만한 가치가 있을 거란 생각을 한 건 그때가 처음이었어요.

지금 와서 생각해 보니 참 다행이라고 생각해요. 만약 제가 제 삶에 관한 노래나 시를 짓지 않았다면 이렇게 자세하게 기억해 이야기해 드릴 수도 없을 테고, 그러면 박사님도 제 이야기를 책에 담으실 수 없을 테니까요."

"그건 맞아," 박사님이 말했다. "네가 그렇게 해 줘서 나도 다행이라고 생각해. 분명 재미있는 책이 될 거야. 진정한 동물 전기가 나올 거야. 난 정말 오래전부터 이런 책을 쓰고 싶었어. 계속 이야기해 줄래? 그러기엔 너무 피곤한가?"

"아닙니다, 잠깐만요." 피피넬라가 대답했다. "저는 될 수 있으면 오늘 밤에 끝내고 싶어요.

창문 청소부 아저씨가 자신이 납치된 이야기랑 바다에서 탈출한 이야기를 쓰는 동안 저는 그 옆에서 제가 새장에서 탈출한 이야기를 노래로 만들었어요. 멜로디랑 가사를 여러 가지로 연결해 보며, 제 삶을 다룬 노래의 음악적 완성도를 높여 간 거죠. 아저씨는 글을 쓰다 가끔 저를 보며 빙긋이 웃곤 했어요. 아저씨는 제 노래를 좋아했어요. 제게 한 번도 싫은 기색을 한 적이 없었어요. 아저씨는 방울새의 '봄날의 사랑' 노래를 특히 좋아했어요. 저는 왜 사람들이 죄다 그 노래를 가장 좋아하는지 이해할 수가 없어요. 박사님은 제가 종이로 포장된 새장에서 박사님을 위해 처음 노래한 곡을 기억하시죠? 그게 바로 '봄날의 사랑' 노래였어요."

"응, 생각나." 박사님이 말했다. "우리를 위해 다시 한 번 불러 줄 수 있니?"

"물론이죠." 피피넬라가 대답했다. "불러 드리고말고요."

피피넬라가 방울새의 아름다우면서도 슬픈 사랑 이야기를 노래 부르는 동안 박사님은 가사를 꼼꼼하게 노트에 옮겨 적었다. 그러다 그걸로 오페라를 만들면 어떨까 하는 생각을 하게 되었다. 피피넬라를 여주인공으로, 노래를 부르는 작은 새들이 조연으로 나오는 오페라를 만들면 세계 역사상 유례가 없는 독특한 오페라가 나올 거라는 생각이 든 거였다. 박사님은 피피넬라의 이야기가 끝나는 대로 바로 피피넬라와 상의해 보기로 마음먹었다.

피피넬라의 노래가 끝나자 식구들 모두 감동에 젖어 아무런 말도 하지 못했다. 이 모습을 본 박사님은 피피넬라를 런던으로 데려가면 대번에 스타가 될 거라는 생각을 더욱 굳히게 되었다. 거브거브는 의자에 앉아 있었다. 조용히, 그러다 코끝에 커다란 눈물방울을 떨어뜨렸다. 대브대브는 노래의 결말을 듣고 자신의 감정을 감추느라 애쓰고 있었다. 투투, 화이티, 지프는 코를 홀쩍이며 대놓고 펑펑 울어 댔다.

잠시 후, 감정이 잦아들자 박사님은 카나리아에게 이야기를 계속해 달라고 부탁했다. 피피넬라는 목을 좀 축이고 나서 이야기를 계속했다.

"드디어 우리의 항해는 끝이 났고 화창한 어느 날 아침, 우리는 풍차가 있는 곳으로 갈 수 있는 다른 수단을 찾아 나섰어요.

아직은 돈이 남아 있었고 덕분에 우리는 마차를 타고 갈 수 있었어요. 풍차가 가까워질수록 제 친구는 원고에 무슨 일이 생겼을지도 모른다는 불안에 더 노심초사했어요. 마차가 덜커덩거리며 시골길을 달리는 내내 아저씨는 마차가 너무 느린 것 아니냐며 투덜대기도 하고, 풍차가 불에 타 버렸을지도 모른다든가, 벼락에 맞아 버린 건 아닌지, 다른 건물을 세우려고 철거된 건 아니냐며 큰소리로 걱정을 늘어놓았어요. 그런 일이 생기면 적이 훔쳐 가지 않았더라도 원고를 다시 찾을 길이 사라질 게 아니냐면서 말이에요.

로지 이모가 사는 도시의 여인숙 앞에 마차가 서자 아저씨는 겨드랑이에 제 새장을 끼고 풍차로 빠르게 뛰어갔어요. 길모퉁이에서 아저씨가 소리를 쳤어요.

'고마워, 피프! 아직 있어. 풍차는 무사해. 우선 부엌이 무사한지 알아봐야겠어.'

아저씨는 그러다가 넘어질지도 모를 정도로 급히 달리기 시작했어요. 언덕 꼭대기로 통하는 길은 꽤 가팔랐기 때문에, 풍차가 터를 잡고 있는 반쯤 무너진 울타리 안에 다다랐을 때는 거의 죽을 듯이 숨을 헐떡이고 있었어요. 그곳은 우리가 마지막으로 봤을 때보다 더 상태가 안 좋아져 있었어요. 풍차 문으로 통하는 포석들 사이로 잡초가 무성하게 자라 있었어요. 우리는 경첩이 하나밖에 남아 있지 않은 작은 문을 열고 안으로 들어갔어요.

그런데 오두막 현관문에 누군가 못으로 커다란 널빤지를 붙여 놓은 걸 보고 깜짝 놀랐어요.

'흠,' 아저씨가 중얼거렸어요. '집주인 영감이 둘러보러 왔다가 비가 들이치지 못하게 막아 놓았나 보군.'

아저씨는 탑 오른쪽 부엌 창문이 있는 곳으로 갔어요. 하지만 이것에도 못질이 되어 있었어요.

'피프, 이젠 안으로 들어가는 것도 일이 되었는걸.' 아저씨가 말했어요. '잠시 여기다 널 놓고 헛간으로 가서 사다리를 가져와야겠어. 2층 문으로밖에는 들어갈 방법이 없을 것 같아. 아니면 문을 부숴야 할 테니까. 여기서 잠깐 기다려. 금방 올게.'

아저씨는 정문 근처에 있던 낡은 포장 상자 위에 저를 올려놓고 헛간 쪽으로 빠르게 뛰어갔어요."

여기서 피피넬라가 잠시 한숨을 쉬었다.

"웃기죠?" 피피넬라가 바로 말을 이어 갔어요. "의외의 곳에서 의외의 일이 벌어지는 법이지요. 그때 저는 제 친구 못지않게 원고의 운명을 가슴 조이며 궁금해하고 있었어요. 그런데 헛간으로 달려가는 모습이 제가 본 아저씨의 마지막 모습이 되고 말았어요."

"왜, 무슨 일이 생긴 거야?" 거브거브가 물었다. "또 납치된 거야?"

"아니에요" 피피넬라가 말했다. "문제가 생긴 건 바로 저예요. 저는 아저씨가 낡은 헛간에서 사다리를 찾는 소리를 듣고 있었는데, 바로 그때 누더기 같은 옷을 입은 자가⋯ 분명 부랑자처럼 보이는 남자가 탑 뒤쪽에서 살금살금 다가오는 모습이 눈에 띄었어요. 그 남자는 한눈에 봐도 수상해 보였어요. 전 있는 힘을 다해 제 친구를 부르기 시작했어요. 하지만 사다리를 찾느라 부스럭거리는 소리 때문인지 그는 제 소리를 듣지 못했어요. 부랑자는 뒤를 흘끗 한번 쳐다본 후 제 쪽으로 다가왔어요. 저는 제 친구가 헛간에서 빨리 나오기만을 애타게 기다렸어요. 제게 무슨 일이 생길지 뻔했거든요. 하지만 제 친구는 나오지 않았어요. 사다리를 찾는 일에 온 정신이 다 가 있었던 거예요. 제가 다시 비명을 지르자, 부랑자는 재빨리 새장을 낚아채 제 소리가 새어 나오지 않게 겉옷 속에 넣은 다음 빠른 걸음으로 문을 나가 서둘러 언덕 아래로 내려갔어요.

그때 제가 느낀 두려움은 도저히 말로 표현할 수가 없어요. 고생고생 긴 여행 끝에 풍차 바로 앞까지 와 이제 곧 책의 운명을 알 수 있게 되었는데. 그리고 이제야 다시 만난 제 친구가 바로 지척에 있는데, 잠깐 떨어진 사이에 부랑자가 저를 훔쳐 가고 있는 거예요! 운명의 신이 제 편을 들지 않은 적이 몇 번 있기는 했지만, 이번은 그때와는 완전히 달랐어요.

"그는 집시 무리와 어울렸어요."

제 생각에 그 남자는 집시였던 것 같아요. 나중에 그는 집시 무리와 어울렸어요. 집시들도 그를 잘 아는 것 같았고 실제로 그들의 포장마차를 타고 함께 여행을 하기도 했어요.

그가 새를 좋아해서 절 훔친 게 아니라는 건 저도 금방 알 수 있었어요. 그는 절 팔 생각이었어요. 그는 주인이 한눈을 팔고 있는 사이에 칼이나 여타 물건들처럼 가지고 튈 수 있는 물건을 훔치듯 저를 들고 튀었어요. 이제 그는 저를 돈으로 바꿀 수 있는 기회가 오기만을 기다리고 있었어요.

그는 참 이상한 사람이었어요. 대부분의 집시가 그런 것처럼 말이에요. 그는 자기와 동족인 이 이상한 집시들 이외의 모든 세상 사람들에게 적의를 갖고 있는 무정한 사람이었어요. 그는 구걸하거나 도둑질을 하면서 여기저기 떠돌아다녔어요. 잠은 헛간 안이나 건초 더미 아래에서 잤는데 어떤 때는 갈색 얼굴을 한 집시들이 그에게 포장마차 안에서 재워 주는 친절을 베풀기도 했어요.

저는 두 주 동안이나 그와 함께 떠돌아 다녔어요. 제대로 먹지조차 못할 때도 많았어요. 추울 때도 많았고, 비에 몸이 흠뻑 젖기도 했어요. 하지만 시골 풍경은 원 없이 볼 수 있었고, 그러다 날씨가 좋은 날이면 이런 생활도 나름 편안한 거라고 할 수 있다는 생각이 들기도 했어요.

저는 도망칠 기회가 있을 때 집으로 돌아가는 길을 알 수 있게, 지나가는 길을 기억해 놓으려고 노력했어요. 하지만 그가 워낙 정처 없이 떠돌아다니는 바람에, 길을 기억하는 건 무리였어요. 저는 열흘 동안 이동한 거리가 250킬로쯤 되겠다고 생각했어요. 하지만 풍차에서 직선거리로 얼마나 되는지는 도무지 알 수가 없었어요.

언젠가는 가축 시장에서 농부의 돈을 소매치기하다 거의 잡힐 뻔한 적도 있었어요. 사람들이 그를 쫓아오자 저는 이제 곧 탈출할 기회가 생겼다고 좋아했어요. 하지만 그는 악당답게 교활했어요. 어찌어찌 그들을 따돌리고 도망치는 데 성공한 거예요.

부랑자는 지나가다 가축 시장이나 대로변의 집이 나오면 매번 저를 팔려고 시도했어요. 저 역시 제가 팔렸으면 좋겠다고 생각했어요. 하지만 그는 번번이 실패했어요. 아마 사람들은 저를 훔친 새로 여기는 모양이었어요. 누가 봐도 의심스러워 보이는 사람이라는 건 분명했거든요.

그러는 동안 제가 제일 두려워했던 일이 결국 일어날 것 같다는 느낌이 왔어요. 그건 그가 저를 새 가게에 파는 일이었어요. 어느 날 아침, 작은 도시를 지나게 되었어요. 그는 제 새장을 옆구리에 낀 채, 마침 청소를 하느라 이제 막 문을 연 새 가게에 들어갔어요. 저는 가슴이 철렁했어요. 역한 냄새가 나고 시끄러운 데다 혼잡스러운 가게였어요. 맙소사! 그때만 생각하면 지금도 악몽을 꾸는 것 같아요. 그래도 아직은 그 가게 주인이 저를 사지 않을지 모른다는 희망은 버리지 못했어요. 가게 주인이 저를 사려 들지 않을 수도 있고, 아니면 너무 싸게 사려 해서 부랑자가 팔지 않을 수도 있는 거였으니까요. 그가 나쁜 사람인 건 분명하지만 그래도 이렇게 역겨운 냄새가 나는 가게에서 사는 것보다는 차라리 시골길을 방랑하는 게 낫겠다는 생각이 들었거든요.

하지만, 슬픈 일이었어요! 그는 한 푼이 절실했던 모양이었어요. 그는 이번에는 아무리 싼 값에라도 저를 팔려고 마음을 먹고 있었던 거예요. 잠시 흥정을 벌이는가 싶더니 저를 판매대에 놓고는 돈을 챙겨 가게를 나갔어요.

이렇게 제 삶에서 가장 불행했던 탄광 생활 이후 또다시 불행한 삶이 시작되었어요. 그때의 그 비참하고 칙칙한 이야기를 굳이 여러분들에게 꼬치꼬치 말해 드릴 필요가 있을까요? 여러분도 이미 눈치채셨겠지만, 그곳 생활을 떠올리는 건 제게도 끔찍한 일이에요. 동물 가게! 신이시여, 동물들이 그 비참한 상태에 처하지 않도록 지켜주세요. 물론 동물을 새장이나 우리에 가둔 채 파는 모든 가게가 다 그렇게 운영되는 건 아니에요. 문제는 동물들을 제대로 대우하는 가게가 아주 드물다는 거예요. 제 부모님이 동물 가게에 대해 제게 이야기해 준 것들은 모두 사실이었어요. 아니, 오히려 그보다 더 심했어요.

그중에서도 가장 심한 건 너무 많은 동물이 있다는 거예요. 새 200마리, 토끼 70마리, 기니피그 여섯 쌍, 금붕어 수조 네 개, 개 몇십 마리, 겹겹이 쌓아 올린 비둘기장, 앵무새 열 마리, 원숭이, 흰쥐, 다람쥐, 흰담비…. 과연 이게 다인지는 누가 알겠어요. 이 많은 동물을 고작 한두 사람으로 관리하려 들다니! 하지만 이건 그들 탓이 아니에요. 그들이 동물을 친절하게 대하고 싶어 하지 않는 건 아니에요. 그들은 그저 무신경해진 거예요. 끔찍하게 무신경해져 버린 것뿐이라고요. 그들은 돈을 벌고 싶어 해요. 그리고 그게 제일 중요해요.

주인은 제가 바다에 있을 때부터 지냈던 나무 새장에서 꺼낸 다음 잡종 카나리아들이 가득한 좀 더 큰 새장에 절 처박아 넣었어요. 우리 새장은 긴 선반 위에 있었는데, 그 선반 옆으로 다른 새장들이 줄지어 놓여 있었어요. 그리고 위로도 아래로도 사방이 온통 새장으로 가득했어요.

열악한 새장 안에서 저랑 함께 산 동료들은 대부분 털이 반쯤은 빠진 암컷 새들이었는데, 그중에는 다리를 다친 새도 있었고, 감기에 걸린 새도 있었고, 아무튼 몸이 성한 새는 단 한 마리도 없었어요. 가게 한가운데에는 앵무새가 한 마리 있었는데, 녀석은 하루종일 시끄럽게 떠들어 댔어요. 그리고 하루에 두 번씩… 그런데 이런 이야기를 계속하는 게 무슨 소용이 있겠어요. 하지만 박사님, 동물 가게에서 단 하나 좋은 일이 있기는 했어요. 그건 저와 마찬가지로 비참한 운명에 처한 불쌍한 동료들로부터 존 둘리틀 박사님에 관한 이야기를 처음으로 듣게 되었다는 거예요. 그리고 바로 그곳에서 박사님이 저를 발견하고 구해 주신 거예요. 더 이상 언급조차 하기 싫을 정도로 끔찍한 그곳에서 말이에요.“

“맙소사. 그랬구나!” 박사님이 말했다. “그런 극적인 전환이 있었다니! 오페라로 만들기에 딱이야.”

“오페라라구요?” 거브거브가 큰 소리로 말했다. “우리가 오페라를 한다는 말씀이세요? 멋져요. 제가 바리톤을 맡을게요. 피가로!

"가게 한가운데에는 앵무새가 한 마리 있었는데,
녀석은 하루종일 시끄럽게 떠들어 댔어요."

피가로! 피가로-피가로-피가로!"

"조용히 좀 해!" 대브대브가 한소리 했어요. "우리가 오페라를 한다고 누가 말했어? 넌 왜 늘 그렇게 앞서가는 거야?"

"하지만 박사님은 피프의 삶이 오페라에 적당하다고 말씀하셨잖아." 거브거브가 입을 삐죽거리며 말했다. "둘리틀 박사님, 그렇죠? 박사님이 그렇게 말씀하신 게 맞죠?"

그러자 박사님이 나섰다. "맞아, 하지만 내가 생각하는 오페라는 새들이 나오는 오페라야. 너희들은 오페라를 만드는 일을 도와주면 되고. 우선은 피피넬라가 하겠다고 해야겠지만."

박사님은 간단하게 자신의 계획을 피피넬라에게 이야기해 준 다음 주역을 맡아 줄 생각이 없냐고 물었다. 박사님은 줄거리에 맞는 이야기를 좀 더 만들고 조연은 다른 새들에게 맡길 거라고 말했다. 그리고 이건 자신이 오랫동안 찾고 있던 소재인데 마침 피피넬라가 이야기해 주었고, 이걸 오페라로 만들어 런던에서 공연하면 관객들을 감동시킬 수 있을 거라는 말도 덧붙였다.

"감사합니다. 박사님." 피피넬라가 말했다. "제겐 과분한 칭찬이에요. 저한테 실망하지 않으셨으면 좋겠어요. 많이 지도해 주셔야 할 거예요. 오페라는 재미 삼아 부르는 노래랑은 완전히 다를 테니까요. 박사님, 그런데 뭐 하나 부탁드릴 게 있어요."

"뭐든지 말하렴. 피피넬라." 박사님이 말했다. "그게 뭐지?"

"박사님," 피피넬라가 말했다. "제 친구 창문 청소부 아저씨 좀 찾아 주세요. 박사님 말씀대로 우리가 런던으로 간다면, 그곳에서 뭔가 아저씨의 흔적을 찾을 수 있지 않을까요?"

"그런 건 부탁이라고도 할 수 없지." 박사님이 말했다. "런던은 그런 일을 시작하기에는 딱인 곳이지. 나는 런던에 친구가 많아. 세인트 폴 대성당에 사는 런던 참새 치프사이드도 우리한테 큰 도움을 줄 게 분명하고."

그런데 갑자기 거브거브가 의자에서 뛰어내려 대브대브의 몸을 잡고 빙빙 돌면서 왈츠를 추기 시작했다. 그리고 노래도 불렀다.

"우린 런던으로 간다네. 여왕님을 만나러! 랄라. 탈라. 랄랄라!"

"그만!" 대브대브가 고함을 쳤다. "어지러워 죽겠어." 하지만 대브대브도 사실은 웃고 있었다. 그리고 다른 식구들과 함께 기뻐했다.

3부

→ 1장 ←

카나리아 오페라

둘리틀 박사님의 캐러밴과 서커스단은 곧바로 런던으로 출발해 런던 외곽에 있는 그리니치에 천막을 쳤다. 치프사이드는 금방 찾을 수 있었다. 치프사이드는 둘리틀 박사님과 동물 먹이 장수 매슈 머그를 도와 사설 조류원이나 동물원 그리고 야생에서 새들을 불러 모았다. 동물 먹이 장수의 아내 시오도시아는 오페라에 쓰일 의상을 제작했다.

하지만 총연습을 시작할 시간이 되었는데도 피피넬라의 상대역을 맡을 새, 즉 테너를 담당할 새는 찾지 못했다.

"우리에게 필요한 새는 목소리가 피피넬라와 잘 어울릴 만한 새야." 존 둘리틀 박사님이 매슈에게 말했다. "그리고 잘생긴 새여야

해."

두 사람의 이야기를 들은 피피넬라가 매슈가 미처 대답하기도 전에 새장 안에서 큰 소리로 말했다.

"트윙크를 찾아보는 게 어떨까요? 로지 이모 집에 있을 때 제 짝이요."

"이런!" 매슈 머그가 난색을 표했다. "그건 건초 더미에서 바늘을 찾는 거나 마찬가지 일이야."

"찾는 데까지 찾아보기로 하자." 박사님이 말했다. "트윙크를 찾을 수 있을지도 모르잖아."

매슈가 피피넬라를 안내자로 삼아 런던 인근의 동물 가게란 동물 가게는 모두 다 이 잡듯이 뒤지고 다녔다. 그런데 신기하게도 어느 날 이스트엔드 빈민가에 있는 한 동물 가게에서 트윙크를 발견했다. 트윙크는 감기가 심하게 걸려 목에 통증이 있었지만, 카나리아 감기약으로 금방 치료되었다. 심지어 목소리가 전보다 훨씬 더 우렁차고 아름다워지기까지 했다. 피피넬라는 트윙크를 다시 만나게 되어 너무 기쁜 나머지 창문 청소부 일로 조바심을 내는 일도 줄어들었다.

트윙크는 이스트엔드 동물 가게의 새와 동물들이 아주 비참한 환경에서 허덕이며 살고 있다고 했다. 이 말을 듣고 마음이 짠해진 둘리틀 박사님은 오페라 총연습 준비에 들어가는 시간을 조금 빼 매슈와 함께 일생일대의 대규모 구출 작전을 펼쳤다. 그들은 가게에 갇혀 있는 트윙크의 동료들을 구출해 냈다.

한편 둘리틀 박사님은 가끔 오페라 일에서 손을 떼고 창문 청소부의 행방을 알아내는 데 도움이 될 만한 단서를 찾았지만, 피피넬라의 주인이자 친구인 그의 소재는 여전히 묘연했다. 어느 날, 박사님이 최종 총연습을 위해 서커스 단원들을 소집했다. 그런데 초록 카나리아와 지프가 보이지 않았다. 박사님의 조수를 맡아 합창과 춤을 지도하는 치프사이드는 새로운 프리마돈나를 찾아야 했다.

"변덕스러운 예술가들 같으니라고!" 런던 토박이 참새는 투덜거렸다. "제가 장담하는데 둘이서 창문 청소부를 찾아 나선 거예요. 박사님, 제가 피피넬라 대신 노래해 볼까요? 제 날개를 초록색으로 염색하면 아무도 모를 거예요."

"홉!" 대브대브가 폭소를 터뜨렸다. "입만 떼면 나오는 네 런던 사투리를 들으면 2분 만에 관객들이 죄다 도망가 버리고 말걸!"

"그것도 나쁘지 않은걸!" 치프사이드가 비꼬듯이 말했다. "그럼 이 구역에서 내가 제일 목소리가 좋은 새가 되는 거니까. 내가 말이야."

"그만, 그만," 박사님이 꾸짖었다. "피피넬라는 틀림없이 찾을 수 있을 거야. 개막은 하루 이틀 늦추면 되는 거고. 분명 멀리는 못 갔을 거야."

그리고 피피넬라가 발견되었다 피피넬라 말로는 서커스단 주변에서 자기 친구인 창문 청소부 비슷한 사람을 봤다는 거였다. 그래서 그의 냄새를 쫓아 지프와 함께 런던을 돌아다녔다고 했다. 하지만 부두까지 갔을 때 다른 냄새가 너무 많이 나 아무리 코가 예민한 지프라도 더 이상은 냄새를 추적할 수 없었다.

둘리틀 박사님은 피피넬라의 마음을 이해했다.

"피피넬라, 네가 창문 청소부를 얼마나 그리워하는지 잘 알아." 박사님이 말했다. "하지만 조금만 더 참아주렴. 오페라가 끝나는 대로 우리가 일분일초도 낭비하지 않고 전력을 다해 찾아줄 테니까 말이야. 그러니 다시는 사라지지 않겠다고 약속해 줘."

"네, 박사님." 카나리아는 대답했다. "기다릴게요."

카나리아 오페라는 대성공을 거두었다. 피피넬라의 독주곡 '아가씨들, 나와 봐요. 마차가 왔어요!', '마구가 짤랑짤랑', '작은 마스코트'는 엄청난 인기를 끌어모았다. 오페라 덕분에 런던 최고의 명사가 되어 눈코 뜰 새 없이 바빠진 피피넬라는 한동안은 친구 창문 청소부를 까맣게 잊게 되었다.

오페라의 주인공인 피피넬라에게는 온갖 명예와 찬사가 뒤따랐다. 사람들은 피피넬라를 런던 최고의 식당으로 초대해 식사를 대접하고 축배를 제안했다. 꽃바구니와 꽃다발도 답지했다. 그리고 새장 제작으로 유명한 한 회사는 자기 회사가 만든 새장을 매장 창문 밖에 내걸고 피피넬라가 그 안으로 들어갔다 나왔다 해주는 대가로 엄청난 금액을 지불했다. 피피넬라가 자기 회사 새장 안에 활기차게 있는 모습을 사람들에게 보여 줌으로써 자기들의 새장 디자인이 얼마나 좋은지를 선전하기 위해서였다.

성공적인 오페라 시즌도 이제 끝이 났다. 트윙크는 서커스를 은퇴하기로 결정한 어릿광대 홉과 함께 살기 위해 떠났다. 합창을 맡기기 위해 박사님이 자연학자에게 빌려온 사다새들과 홍학들도 돌아갔고, 개똥지빠귀들과 굴뚝새들도 자신들이 살던 곳으로 돌아갔다. 이제 식구들이 퍼들비로 돌아가기 전에 박사님이 해야 할 일은 피피넬라의 친구를 찾으면서 동시에 서커스단 동물들을 편안히 살 수 있는 곳으로 보내주는 일이었다.

박사님은 이 일을 한치의 소홀함도 없이 처리했다. 사자, 표범, 코끼리들은 배를 특별히 물색해 아프리카로 돌려보내 주었다. 뱀들도 그 배로 돌아갔는데, 갑판에 있는 바구니에서 나와 돌아다니다 승객들 짐 사이로 기어들어가 있다 발견되어 사람들을 화들짝 놀라게 만드는 소동을 일으키기도 했다. 그저 장난삼아 몸을 쭉 뻗은 것뿐이었는데도 말이다. 그런데도 자기 가방 속 옷가지 사이에서 뱀 한 마리가 꿈틀거리고 있는 걸 보고는 거의 놀라 까무러치기까지 한 노부인도 있었다.

하지만 뱀들은 다시 잡혀 바구니로 직행해 무사히 고향으로 돌아갔다. 그들은 그곳 뱀 왕국의 새 친구들을 위해 서커스단에서 배운 판당고 춤을 춰 일약 스타로 등극했다.

드디어 서커스단과 관련된 업무가 모두 끝났다. 서커스단 부지에 있던 시설물도 모두 철거되었다. 남은 건 식구들이 살 박사님의 캐러밴 하나와 시오도시아와 매슈 머그가 사용할 작은 포장마차 하나뿐이었다.

수많은 아이들이 모여들어 박사님에게 커다란 꽃다발을 선물했고, 박사님이 이별의 표시로 준 박하사탕을 빨아먹으며 눈물을 글썽였다. 박사님은 자신의 주위에 모여 있는 식구들 쪽으로 몸을 돌렸다.

"내…내가 너희들 모두에게 해줄 말이 있다." 박사님은 적당한 말이 떠오르지 않는지 말을 제대로 잇지 못했다.

박사님이 지금 어떤 말을 할지 금방 알아챈 대브대브가 식구들을 비집고 앞으로 나왔다.

"네, 둘리틀 박사님," 대브대브가 삐진 목소리로 말했다. "집으로 돌아가지 않겠다는 말씀은 하지 마세요. 이런 집시 같은 생활은 이제 단 1초도 참을 수 없다고요! 전 신경쇠약 일보 직전이에요."

"알아, 나도 안다고," 박사님은 대브대브를 달래기 위해 허리를 굽히며 말했다. "얼마나 힘들었는지 잘 알아. 하지만 넌 잘해냈어. 그리고 나도 널 여기에 남겨 둘 생각은 없어. 우리, 언제 출발할 수 있을까?"

"한 시간 안에요!" 대브대브의 표정이 밝아졌다. "사소한 일 한두 가지만 마무리 지으면 돼요." 대브대브는 날개를 펴 다른 식구들에게 빨리 와서 잡동사니들을 치우라고 부탁한 후 포장마차 문을 향해 휙 날아갔다. 매슈 부부도 떠날 채비를 하고 있었다. 한편 박사님은 텅 빈 공터에 서서 하늘을 바라보고 있었다.

그때 대브대브가 포장마차 창문 밖으로 고개를 내밀고 박사님을 보았다. 대브대브의 선한 얼굴 위로 불안한 기색이 드리워졌다.

"박사님, 지금 갑자기 생각난 게 있어요." 대브대브가 말했다.

"박사님께서 저희에게 하려고 했던 말씀이 뭔지 아직 듣지 못했어요."

"대브대브, 음…. 음…. 그건 말이다…." 박사님이 말문을 열었다.

"말씀하지 않으셔도 돼요. 이미 알고 있어요." 대브대브가 포장마차 계단을 천천히 내려오며 말했다. "박사님은 우리랑 같이 퍼들비로 가지 않으시겠다는 거잖아요? 좀 더 빨리 알아챘어야 했는데. 박사님은 창문 청소부 아저씨를 찾아 나서실 생각이잖아요. 그렇지 않나요?"

"맞아." 박사님이 말했다. "약속한 거니까, 퍼들비로 돌아가기 전에 지켜야 해,"

"알겠어요." 대브대브는 말했다. "박사님께서 그렇게 생각하신다면, 박사님이 창문 청소부 아저씨를 찾으실 때까지는 저희도 전부 다 퍼들비에 가지 않을 거예요."

"대브대브, 아니야, 그럴 필요까지는 없어." 박사님은 대브대브를 말렸다. "모두들 집으로 돌아가고 싶어 하잖아."

하지만 모두 집으로 돌아가길 거부했다. 모두가 박사님과 함께가 아니라면 돌아가지 않겠다고 했다.

"모두 함께 피프의 친구를 찾는 거야!" 거브거브가 큰 소리로 말했다. "냄새를 맡는 거라면 내가 최고지."

"넌 그 사람이 어디 숨어 있다고 생각하는 거니?" 대브대브가 물었다. 대브대브의 머릿속에는 이제 퍼들비는 없었다. "설마 꽃양배추 밑에 숨어 있다고 생각하는 거니?"

"창문 청소부 아저씨를 찾는 일이라면 우리 중에 지프가 제일 잘할 거야." 흰쥐가 말했다. "길가의 풀냄새를 맡으면서 사람 뒤를 밟는 거는 쟤가 전문이잖아."

"문이 잠겨 있을 때는 화이티가 최고로 도움이 될 거야." 지프가 말했다. "동전만 한 구멍만 있어도 비집고 들어갈 수 있으니까."

"나는?" 올빼미 투투가 물었다. "밤에 해야 할 일이 있을 수도 있잖아. 너희도 알겠지만, 난 어둠 속에서도 잘 볼 수 있어."

버려진 오렌지 상자 위에 앉아 이 이야기를 듣고 있던 피피넬라는 마음이 찡해졌다. 이야기가 시작될 무렵에만 해도 피피넬라도 둘리틀 박사님의 의중을 잘못 알고 풀이 죽어 있었다. 하지만 계획이 바뀐 걸 모두가 기꺼이 받아들이는 걸 보고는 식구들 있는 곳으로 날아가 박사님 모자 위에 앉았다.

"제가 여러분에게 정말로 감사해하고 있다는 걸 알아주셨으면 좋겠어요." 피피넬라가 정중하게 말했다. "계획을 바꿔 주신 것에 대해 저도 언젠가는 여러분에게 뭔가 보답할 수 있는 날이 꼭 올 거예요."

"쉿, 쉿," 이 작은 프리마돈나를 내심 높이 평가하고 있던 대브 대브가 말했다. "우리가 계획을 바꾼 게 어디 한두 번인가? 그렇지 않나요. 박사님?"

"그래, 아주 많았지." 박사님이 말했다. "자, 이제 어떻게 할 건지 생각해 보기로 하자. 피피넬라, 넌 풍차가 있던 도시의 이름을 알고 있니? 그 도시를 찾아내는 게 우선일 테니까 말이다."

"알고 있어요." 피피넬라가 대답했다. "웬들미어에요. 시내 오른쪽에 성당이 하나 있고 강이 마을 주변 세 방향으로 굽이쳐 흐르고 있어요."

"그 성당이라는 게 시장이 서는 커다란 광장 끝에 있지?" 박사님이 물었다.

"맞아요." 피피넬라가 대답했다. "바로 그 도시예요."

"좋아." 박사님이 말했다. "이제 단서가 생겼군. 네 친구 이름은 들어본 적 있니?"

"한 번도 없어요." 카나리아가 말했다. "창문 청소부 아저씨는 남에게 자기 이름이 알려지지 않도록 무척이나 조심했어요. 이미 말한 것 같지만, 풍차에 살았을 때도 찾아와서 아저씨 이름을 물어보는 사람은 단 한 명도 없었어요."

"흠!" 박사님이 말했다. "도시 이름밖에 모른다니, 쉽지 않겠는걸. 하지만 살던 곳 이름만 알고도 사람을 찾은 적이 전에도 있었어. 어쨌든 최선을 다해 보자. 자, 이제 캐러밴으로 가 식사하자. 대브대브, 뭐 맛있는 거 있니? 오늘같이 정신없이 보낸 날에는 훈제 청어에다 차 한 잔 곁들이면 최고일 텐데."

"훈제 청어!" 거브거브가 신나하며 말했다. "이왕이면 청어보다는 송로버섯이 나을 것 같은데."

식사하는 동안에도 활발한 논의가 이어졌다. 모두들 창문 청소부 찾는 일에 동참하고 싶어했다. 하지만 지프하고 피피넬라만 박사님과 동행하는 것으로 결론이 났다. 매슈와 시오도시아는 식품

저장실에 음식이 떨어지지 않게 대브대브를 도와주는 임무를 맡았다. 그리고 식구들은 피피넬라가 풍차까지 갈 계획을 짜는 걸 옆에서 도왔다.

박사님은 피피넬라, 지프와 함께 다음 날 아침 일찍 출발했다. 하지만 하루가 꼬박 걸리는 길이라 웬들미어에 도착했을 때는 이미 해가 기울고 있었다.

"난 주위를 둘러봐야겠다." 박사님이 말했다. "사람이 있는지 없는지 확인하는 건 밤이 좀 더 수월한 법이야. 창문 밖으로 불빛이 새어 나오는지 보면 되니까."

"냄새 맡는 것도 밤이 더 편해요." 지프가 말했다. "밤이 되면 공기가 눅눅해져 냄새가 땅에 깔리거든요. 제가 박사님하고 같이 가도 되겠죠?"

"물론이지, 지프." 박사님이 말했다. "피피넬라, 넌 내 어깨에 앉으렴. 주위를 돌아봐야겠어. 뭐가 보이는지 알아보자."

온 동네가 잠들어 있는 가운데, 그들은 풍차가 있는 곳으로 갔다. 풍차 근처에 간 그들은 빛이 새어 나오는지 알아보았다. 하지만 불빛이 새어 나오는 창문은 하나도 없었다.

"창문 청소부는 자고 있을지도 몰라요." 피피넬라가 미련을 버리지 못하고 말했다. "한밤중이잖아요. 전에 여기 살았을 때 창문 청소부는 일찍 잠자리에 들었어요."

"알겠다." 박사님이 말했다. "우선 우리도 잠을 자두는 게 낫겠다. 여관에 가서 방을 구한 다음 기다렸다가 내일 아침에 더 찾아

보기로 하자꾸나."

다음 날 아침, 그들은 서둘러 아침 식사를 마치고 고독한 철학자의 집으로 돌아왔다. 하지만 언덕 아래에서 풍차를 올려다본 그들은 실망했다. 지붕에 달린 굴뚝에서 연기가 하나도 올라오지 않았기 때문이다. 아침 식사를 준비할 시간이라 만약 풍차에 사람이 산다면 연기가 나야만 했다. 박사님, 박사님 어깨 위에 앉아 있는 피피넬라, 박사님을 뒤따르는 지프 모두 실망한 채 서둘러 언덕을 올라갔다. 그들은 금방이라도 허물어질 것처럼 보이는 담장에 딸린 작은 문 앞에 섰다. 탑 입구로 이어지는 자갈길에는 사람이 살았던 흔적이 전혀 보이지 않았다.

마음이 무거워진 박사님이 피피넬라 쪽으로 고개를 돌려 말했다.

"아무래도 희망이 없어 보이는구나. 네 친구는 아주 오래전에 여길 떠난 모양이야."

"박사님 말씀이 맞을지도 모르겠네요." 피피넬라가 말했다. "이제 우린 어떻게 하면 좋을까요?"

그때 지프가 뛰어올라 앞발로 박사님의 다리를 쳤다.

"저기 밭에 사람이 있어요." 지프가 말했다. "저 사람한테 창문 청소부 아저씨를 본 적이 있는지 물어봐요."

"좋은 생각이야." 박사님이 말했다. "어쩌면 풍차집 주인일지도 모르겠구나. 주인이 맞다면 세입자에 대해 뭔가 아는 게 분명 있을 게다."

그 남자는 햇볕에 얼굴이 그을리고, 머리가 하얀 게 오십 살쯤

그들은 금방이라도 허물어질 것처럼 보이는 담장에 딸린 작은 문 앞에 섰다.

돼 보였는데 대단히 친절했다. 언제든지 쟁기질을 멈추고 소문에 대해 수다 떨 준비가 되어 있는 사람 같았다.

"아니요." 그 남자는 말했다. "그렇게 심한 외톨이는 내 평생 한 번도 본 적이 없소. 어디 보자… 그 사람 본 지가… 그래요. 1년도 넘은 것 같소. 이 풍차 월세로 몇 실링을 주곤 했죠. 여기 있는 동안에는 그래도 때가 되면 집세를 주러 찾아오곤 했소. 내가 월세를 받으러 찾아오는 걸 싫어했소. 주위에 사람이 얼쩡거리는 걸 싫어하는 것처럼 보였소. 그 사람이 뭘 하는 사람인지는 나도 모르오."

그 남자는 갑자기 박사님 어깨 위에 앉아 있는 피피넬라를 자세히 들여다보았다.

"선생. 이상한 게 하나 있기는 하오." 그 남자가 말했다. "선생이 찾는 남자도 이 카나리아랑 비슷한 새를 키우고 있었소. 탑 창문 밖에 새장을 걸어 두곤 했지. 날씨가 좋으면 말이오. 물론 선생 새가 그 새란 말은 아니오. 선생 새가 길이 더 잘 든 새인 것 같소. 꼼짝도 하지 않고 어깨 위에 앉아 있는 걸 보니."

둘리틀 박사님은 그 남자가 피피넬라에 대해 더 이상 묻지 않자 안심했다. 자기가 새나 동물하고 이야기할 수 있다는 걸 이 평범한 시골 남자에게 설명하는 건 꽤나 번거로운 일이었을 테니까 말이다.

"그 사람은 정말 이상한 사람이었소, 정말…." 그 남자가 이야기를 이어 갔다. "그 남자가 무정부주의자일지도 모른다고 아내한테 말한 적도 있을 만큼… 내 풍차에서 다이너마이트나 폭탄을 만들고 있을지도 모른다는 생각이 들 정도였으니… 그렇게 남의 눈을 피해 가며 쓸쓸하게 사는 사람은 한 번도 본 적이 없소. 아무튼 아내한테 그렇게 말하면, 아내는 '아니에요. 저런 얼굴을 한 사람이 폭탄을 만들어 사람들을 날려 보낼 궁리를 하고 있을 리는 절대 없어요. 그보다는 차라리 목사님처럼 보이는 걸요. 당신처럼 찬송가 부를 때도 히죽거리는 사람하고는 달라 보여요. 자기보다 다른 사람을 더 위하는 신실하고 정직한 사람처럼 보여요.'라고 말하더군요. 아내는 그렇게 보더군요. 하지만 무정부주의자건 목사건 아무튼 굉장히 이상한 사람인 건 분명하오."

"그 사람을 언제 마지막으로 봤는지 정확히 기억하시나요?" 박사님이 물었다.

그는 수레에 매단 말에게 가만히 있으라고 소리치고 나서 머리를 긁적이며 뭔가를 생각했다.

"으음. 그러니까…." 조금 있다가 그 남자가 말했다. "북쪽 밭에서 감자를 캐던 날인 것 같소. 갑자기 비가 내리는 바람에 도중에 일을 그만뒀소. 감자는 비에 젖으면 저장하기 어려우니까. 난 그 사람이 떠나는 것도 못 봤소. 하지만 집세를 안 가져오는 걸 보니 풍차에서 나갔을지도 모르고, 어쩌면 영영 보지 못할 것 같다는 생각이 들었소. 그래서 가 보니 풍차에서 문 쪽으로 한 남자가 걸어가는 게 보였지. 그 남자였소. 미친 듯이 달리고 있었소. 그래서 속으로 생각했소. '돌아왔나?' 난 내가 찾아가는 걸 그자가 싫어한

"아무튼 굉장히 이상한 사람인 건 분명하오." 농부가 말했다.

다는 게 생각나 또 속으로 생각하고만 말았소. '월세 많이 밀린 거 알 테니 곧 월세 내려 올 거야. 걱정할 필요 없겠군.' 그래서 그냥 빗속을 걸어 집으로 돌아갔소. 하지만 날 찾아오지도 않았고 여기 서 쟁기질을 하는 동안에도 한 번도 볼 수 없었소. 어쨌든 그 주 주 말에 풍차 있는 곳으로 올라가 보았지. 하지만 그 사람은 거기 없 었소."

"그렇군요. 그런데 그 날이 언제였죠?" 박사님이 물었다.

"북쪽 밭에서 감자를 캐던 날이었으니까…." 농부는 이번에도 똑같은 말을 했다. "9월 첫 번째 주말. 이번 금요일이면 꼭 일 년이 되는군요."

"그 전이나 후에 풍차에 온 다른 사람은 없었습니까?"

"한 명도 없소. 아무도 여기까지는 올라오지 않으니까."

"감사합니다." 박사님이 말했다. 그리고 농부에게 작별 인사를 하고 마을로 돌아갔다.

2장

초록 앵무새가 단서를 주다

둘리틀 박사님은 여관으로 돌아와 피피넬라를 새장 안에 넣었다. 피피넬라를 위해 손수 만든 여행용 새장이었다.

"씨앗도 물도 충분할 거야." 박사님이 말했다. "배고프겠구나?"

"아니에요. 박사님" 피피넬라가 말했다. "너무 실망해서 먹고 싶은 마음도 없어요."

"그런 식으로 생각하면 안 돼." 박사님이 말했다. "네 친구를 찾는 일은 이제 막 시작한 거잖아. 난 반드시 찾을 거라고 생각해. 뭐 좀 먹고, 잠시라도 쉬도록 해. 나는 시내로 나가 최근에 낯선 사람을 본 적이 있는지 사람들에게 물어볼게. 지프, 너는 여기서 피피넬라랑 함께 있어. 내가 나가 있는 동안 피피넬라 기운 좀 나게 해

245

주고."

지프는 꼬리를 흔들며 그렇게 하겠다고 말했다.

긴 길 모퉁이에 고풍스러우면서도 우아한 집들이 있었다. 박사님은 그곳에 잠시 멈춰 서서 그중 한 집의 바로 옆에 서 있는 기묘한 가로등 기둥을 올려다보았다. 멋진 정자나무 두 그루가 머리 위로 가지를 드리우고 있었다. 그 집 모퉁이 창문 밖 선반에 거울이 하나 붙어 있었다. 그리고 창가에서는 살이 좀 찌고 머리가 흰할머니가 뜨개질을 하고 있었다. 자세히 보니 그 할머니도 거울에 비친 박사님의 모습을 보고 있었다. 박사님은 아무래도 자기가 알고 있는 사람이라는 생각이 들었다. 잠시 후 다리가 불편한 한 노인이 찾아와 가로등에 사다리를 걸치고 올라가 등을 청소하기 시작했다.

뭔가가 생각난 박사님의 얼굴에 미소가 번졌다.

"로지 이모 집이다!" 박사님이 혼잣말을 했다. "맞아. 저 할머니라면 창문 청소부에 관해 뭔가 알고 있을지도 몰라. 아직도 이곳에서 뜨개질을 하며 사람들이 다니는 걸 보고 있다니. 가서 만나봐야겠어."

로지 이모도 창가에서 뜨개질을 하면서, 작고 통통한 남자가 길 모퉁이에 서 있는 걸 보고 있었다.

"낯선 사람이다!" 할머니는 뜨개질을 하며 중얼거렸다. "훌륭한 신사분인 것 같아. 과학자일까, 아님 변호사? 음… 어쩌면 외교관일지도… 어느 집에 가려는 건지 궁금해. 이 거리에 사는 사람의 친척은 아닌 것 같은데. 그러기에는 너무 고상해 보여. 어머, 여기로 오는 것 같아! 맞아 우리 집 계단으로 올라오고 있어. 잠깐, 설마! 에밀리!"

깔끔한 옷차림에 흰 모자를 쓰고 앞치마를 두른 하녀가 주인마님의 소리를 듣고 옆방에서 나왔다.

"에밀리," 로지 이모가 말했다. "문 앞에 손님이 오셨다…. 신사분이셔. 내가 옷을 제대로 챙기지 못했구나. 얼른 캐시미어 숄 좀 가져다줘. 내 장롱 위에 있을 거야. 이 낡은 모직 숄은 치우고. 벨소리가 나네. 얼른, 서둘러! 누군지는 모르겠지만 아무튼 꽤 중요한 분 같아. 검은 가방을 들고 있네. 이 도시 밖에서 오신 분인 게 분명해. 준비 다 됐니? 빨리 문 열어, 바보같이 서 있지만 말고! 아니야, 숄부터 먼저 챙기고. 버터 토스트 잊지 말고. 이 낡은 모직 숄 안 보이는 데로 치우고."

로지 이모는 너무 흥분해 우왕좌왕하다 어깨에 걸치고 있던 흰색 니트숄을 걸어 던졌다. 그러다 하마터면 팔꿈치 근처에 있던 초록 앵무새 횃대를 쓰러뜨릴 뻔했다. 대여섯 개가 넘는 지시를 동시에 받은 하녀는 우물쭈물하다 숄을 받아 방을 나갔다. 그런 다음 홀 안에 있는 의자에 숄을 걸쳐 놓은 다음 현관문을 열었다.

밖에는 친절한 얼굴에 몸집이 둥글둥글한 남자가 서 있었다.

"흠…. 흠…. 로지 이모님, 집에 계신가요?" 박사님이 물었다.

하녀는 깜짝 놀라 상대방 얼굴을 쳐다보았다.

"아, 안에 계시는 걸 압니다." 박사님은 자기가 묻고 자기가 대

247

답하며 안쪽으로 다가갔다. "창가에 앉아 계신 걸 보았거든요."

에밀리는 여전히 어리둥절했지만, 어떻게든 말문은 열었다.

"들어오세요." 에밀리가 중얼거리듯 말했다.

"감사합니다." 박사님은 이렇게 말하며 바로 문지방을 넘어섰다.

홀을 거쳐 응접실로 가는 도중에 박사님은 직접 마중 나온 주인과 마주쳤다.

"아아, 안녕하세요. 로지 이모님?" 박사님이 손을 내밀며 말했다.

'로지 이모'는 그 노부인이 애완동물이나 친척하고 얘기할 때 자기 자신을 부르는 일종의 별명이었다. 그러니 생면부지의 낯선 사람한테서 로지 이모님이란 말을 들었을 때 노부인이 얼마나 놀랐는지는 여러분도 상상이 갈 것이다. 하지만 손님은 매우 상냥한 데다 상대방의 경계심을 대번에 누그러뜨릴 만한 얼굴의 사람이었기 때문에, 노부인은 자기가 아는 사람이지만 얼굴을 잊어버린 게 틀림없다고 생각했다.

"안녕하세요?" 로지 이모는 자신 없는 목소리로 말했다. "에밀리, 이분의 모자하고 가방 좀 받아 줘."

로지 이모는 자기가 늘 앉아 있는 방으로 박사님을 안내했다. 방에 들어간 박사님의 눈에 가장 먼저 띈 건 횃대에 앉아 있는 초록 앵무새였다.

"아!" 박사님이 말했다. "새 앵무새를 구하셨군요. 전에 새는 회색 아니었나요?"

"예, 그래요." 로지 이모가 중얼거리듯 말했다. 그리고 이 남자가 사실은 자기 친척인데 갑자기 얼굴이 확 바뀌었든가, 아니면 자기가 아주 잘 아는 사람이 분명하다는 확신이 더 커졌다. 하지만 로지 이모는 이름을 물어 상대방을 불편하게 하는 상황을 만들고 싶지 않아 일부러 꾸물거리며 차를 준비하며 흘낏흘낏 박사님을 보며 그가 누구인지를 기억해 내려고 애썼다.

자기가 찾아온 목적을 밝힐 기회를 기다리던 박사님은, 당황해 어쩔 줄 몰라하던 로지 이모가 차를 내놓자 마음이 놓였다.

"이렇게 불쑥 찾아 봬서 죄송합니다." 찻잔을 받아들며 박사님이 말했다.

"아니요. 신경 쓰지 마세요." 로지 이모는 쟁반이 있는 곳으로 시선을 돌리며 말했다. "저, 설탕을 넣으시던가요?"

"두 개 부탁드립니다." 박사님이 말했다.

"아, 그랬군요." 로지 이모가 우물거리며 말했다.

"실은…." 박사님이 말했다. "제가 찾아뵌 이유는 창문 청소부에 대해 여쭈어 볼 것이 있어서입니다. 창문 닦는 일을 맡기시곤 하던 그 특이한 사람을 기억하시나요? 부인께서 카나리아를 주셨던…."

"네, 잘 알다마다요." 자기에 대해서 세세한 것까지 잘 알고 있는 것처럼 보이는 이 남자가 과연 누군지를 생각해 내기 위해 여전히 머리를 짜내고 있던 로지 이모가 대답했다. "정말 특이한 사람이었어요. 정말 특이한…."

"최근에 본 적 있으신가요?" 박사님이 물었다. "그러니까 정기적으로 창문 닦는 일을 그만두고 나서 말입니다. 대략 1년 전쯤인 것 같은데…. 그렇지 않나요?"

"맞아요." 로지 이모가 말했다. "그랬죠."

금방이라도 졸음이 쏟아질 것처럼 조용하기만 한마을에 사는 로지 이모에게 그 특이한 창문 청소부는 호기심을 돋우는 수수께 기 같은 사람이었다. 로지 이모는 그 사람에 대해 더 많은 걸 알기 위해 그에게 직접 물어보기도 하고, 이웃 사람들에게도 알아보았 다. 하지만 알아낼 수 있는 건 아무것도 없었고, 오히려 궁금증만 더 커졌다. 박사님이 자기를 찾아온 이유를 알게 되자 고모는 몹 시 흥분했다. 찻잔을 톡톡 치던 동작을 멈추고 뭔가 무시무시한 비밀이라도 이야기해 주겠다는 듯이 의자에서 몸을 앞으로 내밀 었다.

"그 사람을 본 지," 로지 이모가 나지막한 소리로 말했다. "15개 월은 되었어요. 전 그 사람이 이 마을을 떠났다고 생각했어요…. 내 생각이 분명 맞을 거예요. 저 말고도 그 사람에게 일을 맡기던 사람이 적어도 대여섯 명은 되니까요. 만약 이 마을에 있다면 제 가 못 보았을 리 없거든요. 그런데 어느 날, 앵무새에게 먹이를 주 다가 그 사람이 우리 계단을 올라오는 걸 봤어요. 얼핏 봤는데도 전하고 많이 달라진 걸 알 수 있었어요. 무척 말랐어요. 아시겠지 만 원래는 살이 꽤 있었거든요. 하녀가 집안으로 들어오게 하자 그 사람은 저한테 일거리를 달라고 했어요. 사실 저는 그 사람한 테 창문 닦는 일을 시킬 생각이 없었어요. 당시에 그 일은 하녀가

로지 이모는 의자에서 몸을 앞으로 내밀었다.

맡아서 하고 있었거든요. 하지만 너무 초라해 보이는 데다 돈도 많이 궁해 보여서 차마 거절할 수 없었어요. 그래서 위층 창문을 전부 닦아 달라고 했어요. 그런데 위층으로 올라가다 갑자기 비틀거리더니 벽에 기대는 거예요. 뭔가 문제가 있다는 걸 금방 알아차릴 수 있었어요. 저는 하녀에게 그 사람을 부엌으로 데려가 먹을 걸 충분히 주라고 넌지시 일렀어요. 그리고 아시겠지만 실제로 그 사람은 가엾게도 굶어 죽기 일보 직전이었어요. 요리사 말로는 식품저장실이 텅 빌 정도로 먹었다고 하더군요. 그래서 그 사람이 창문을 닦는 동안 이것저것 물어보았어요. 하지만 거의 아무런 말도 들을 수 없었어요. 그냥 운이 나쁜 일이 생겼다고 중얼중얼거리기만 했어요."

로지 이모의 긴 이야기가 끝나자, 횟대에 앉아 있던 초록 앵무새가 발에 걸린 사슬을 달가닥거리며 이리저리 옮겨 다녔다.

"그 후로 다시 보신 적이 있습니까?" 박사님이 물었다.

"딱 한 번 있어요." 로지 이모는 손님에게 버터 토스트를 건네면서 말했다. "그 사람이 아주 곤란한 처지에 놓인 것처럼 보여서 그 다음 날에 나머지 창문도 닦아 달라고 했어요. 그 사람은 다음 날 아침 일찍 왔어요. 아주 일찍이었어요. 하녀들 말로는 집에 오기 전 몇 시간 전부터 우리 집 주변을 어슬렁거렸다고 해요. 제 생각에는 집으로 돌아가지 않은 것 같아요. 잘 곳이 아예 없어 보였어요. 다음날 나머지 일을 시작할 때까지 밤새 잠도 못 자고 그냥 기다린 게 분명해요. 창문을 전부 닦아서 이제 더 이상 시킬 일도 없고 해서 저는 돈을 주면서 당분간 마을에 머물 거냐고 물어봤어요. 그러자 창문 청소부는 제가 자기를 범죄자 취급이라도 한 것처럼 의심스러운 눈빛으로 절 흘끗 쳐다보더니 아니라고 했어요. 여기는 마차 삯을 벌 때까지만 있을 거라고 했어요."

"혹시 어디로 간다고는 말하지 않았습니까?" 박사님이 물었다.

"네." 로지 이모는 대답했다. "하지만 그날 밤 이 마을을 떠난 건 확실해 보여요. 오전에 일이 다 끝났는데 그 뒤로 한 번도 본 적이 없으니까요."

그때 하녀 에밀리가 들어와 로지 이모의 귓가에 대고 뭔가를 속삭였다.

"실례 좀 할게요." 로지 이모가 자리에서 일어나며 말했다. "정육점 주인하고 계산할 게 있어서요. 금방 돌아올게요."

로지 이모는 하녀를 데리고 방을 나갔다.

박사님은 찻잔을 내려놓고 의자에 등을 기댄 채 멍하니 천장을 올려다보았다.

"풀리는 일이 없네!" 박사님의 목소리가 커졌다. "단서가 하나도 보이지 않아. 어디로 갔는지, 마을을 언제 떠났는지 도무지 알 수 없어."

그때 갑자기 뒤에서 뭔가 부스럭거리는 소리가 들렸다. 박사님은 로지 이모가 돌아온 줄 알고 예의 바르게 의자에서 일어나 뒤를 돌아보았다. 하지만 방에는 초록 앵무새 말고는 아무도 없었다. 박사님은 앵무새가 있다는 걸 깜빡 잊고 있었다. 똑똑해 보이는 그 앵무새는 눈을 동그랗게 뜨고 박사님을 쳐다보고 있었다. 앵무새는 횃대 끝부분으로 조심스럽게 걸어와 박사님 쪽으로 목을 쭉 뻗었다.

"안녕!" 박사님이 앵무새 말로 물었다. "너무 조용히 있어서 네가 있다는 걸 까맣게 잊고 있었구나. 이 문제에 관해 날 도와줄 수 있겠니?"

앵무새는 아직 약간 열려 있는 문 쪽을 한번 흘깃 돌아보고 소리가 들리는지를 확인했다. 그런 다음 고개를 좀 더 박사님 쪽으로 내밀었다. 박사님도 횃대에 더 가까이 다가갔다.

"박사님, 창문 청소부는 런던에 갔어요." 앵무새가 속삭였다. "아까 할머니가 말한 것처럼, 그 사람은 중얼거리는 버릇이 있었어요…. 그것도 자기한테 큰 소리로 말이에요…. 하지만 주위에 아무도 없을 때만 그랬어요. 그 사람은 이 방 창문을… 창턱에 올라 닦고 있을 때… 창문이 반쯤 열려 있었는데…. 아무튼 그때 제가 방 안 횃대에 앉아 있는 걸 봤어요. 처음 얼마간 그 사람은 최면에라도 걸린 것처럼 보였어요. 그러다 어린애처럼 웃더니, 다시 일을 계속했어요. 그때 방에는 저 말고는 아무도 없었어요. '우리 착한 피프.' 그는 몇 번이고 이 말을 되풀이했어요. '아직 거기 있구나, 창문에 앉아서. 내가 창문 닦는 걸 보고 있구나. 로지 이모한테 돌아온 거지. 그렇지? 그래, 로지 이모는 착한 분이니까. 나보다 더 잘 돌봐주실 거야. 불쌍한 우리 피프! 좋아 보이는구나…. 몸집도 더 커졌고. 내일부터는 다시 못 볼 것 같아. 아주 길지는 않

254

을 거야. 피프, 난 그놈들을 쫓아갈 돈을 마련하고 있어. 빌어먹을 놈들! 빌어먹을 놈들 같으니라구! 난 마차를 타고 갈 수 있는 돈을 모으고 있어. 돈이 모이면 바로 떠날 거야. 피프, 나는 놈들이 어디로 갔는지 알고 있어. 그놈들은 런던으로 갔어. 난 녀석들을 뒤쫓아 갈 거야… 오늘 밤에!"

마침 앵무새가 이야기를 끝마쳤을 때 로지 이모가 부엌에서 이쪽으로 오는 발소리가 들렸다.

"그런데," 박사님이 급히 속삭였다. "런던 어디로 갔는지는 아니? 혹시 쫓아가려는 사람들 이름 같은 건 말하지 않았니?"

"아니요." 앵무새가 말했다. "그게 다예요. 제 생각에는 그 사람도 확실히는 모르고 있었던 것 같아요. 뜬구름 잡는 것 같다고나 할까. 그나저나 박사님, 폴리네시아는 잘 지내고 있나요?"

"어, 너도 폴리네시아를 아니?" 박사님이 물었다.

"물론이에요." 앵무새가 말했다. "저하고 먼 친척뻘 되거든요. 퍼들비에 있는 박사님 댁에 있었다고 들었어요."

"폴리네시아는 아프리카에 두고 왔어." 박사님은 이렇게 말하고 한숨을 내쉬었다. "지난번에 아프리카에 갔을 때. 정말 보고 싶구나."

"운이 좋은 새예요." 앵무새가 말했다. "걔는 늘 운이 좋았어요. 폴리네시아 말이에요. 조심하세요! 할머니가 돌아오고 있어요."

로지 이모가 방으로 돌아왔을 때 손님은 앵무새의 머리를 쓰다듬고 있었다.

"오래 기다리시게 해서 죄송합니다." 로지 이모가 말했다. "하지만 장사꾼들이란 게 다 그렇죠. 저 얄미운 정육점 주인이 제가 화요일에 스테이크용 고기를 1킬로나 샀다고 우기는 바람에. 그날은 고기를 먹지 않는 날인데 말이에요. 화요일에 고기를 먹지 않은 지 3년이나 되었는데. 매슈스 박사님이 식이요법을 하라고 했거든요. 아무튼 이 마을 누군가 다른 분에게 판 거로 판명 나긴 했어요. 정말로 주문한 사람은 그분이었어요. 그런데도 실수로 저한테 고깃값을 청구한 거죠."

"고생하셨네요." 박사님이 말했다. "정말 고생하셨어요."

로지 이모는 의자에 앉아 차를 마시며 수수께끼 같은 그 창문 청소부에 대해 손님에게 뭔가를 물어보려 했다. 하지만 로지 이모가 물어볼 기회를 잡기도 전에 박사님이 먼저 물어보았다.

"하녀 분… 그러니까 현관에서 절 맞아 준 분은 제가 창문 청소부를 찾는 데 단서가 될 만한 걸 기억하고 있을지 모르겠어요." 박사님이 말했다.

"아, 에밀리!" 로지 이모가 코를 찡그리며 말했다. "걔는 정말 중요한 게 뭔지 몰라요. 그래도 물어는 보기로 하죠."

로지 이모는 에밀리를 불러 물어보았다. 에밀리가 알고 있는 건 창문 청소부가 마지막에 왔을 때는 그다지 꼼꼼하게 일을 하지 않았다는 것뿐이었다. 에밀리가 방을 나가려 할 때 현관의 벨이 울렸다.

"실례 좀 할게요." 로지 이모가 자리에서 일어서면서 말했다.

로지 이모는 에밀리를 불러 물어보았다.

"오늘은 친구들이 저희 집에 오는 날이라서요. 정기적으로 친구들이 저희 집에 함께 모여 뜨개질을 하거든요."

"아, 그렇군요." 박사님이 의자에서 일어나며 말했다. "이만 가 봐야겠습니다."

"아, 서두르실 필요 없어요." 로지 이모가 말했다. "누가 왔는지만 보면 돼요. 금방 돌아올게요."

박사님이 괜찮다고 말할 틈도 없이, 로지 이모는 다시 방을 나가 문을 닫았다.

홀에서 로지 이모는 하녀를 따라 들어온 얼굴이 어딘지 뚱해 보이는 부인을 맞이했다.

"너구나!" 로지 이모가 호들갑스럽게 나가며 말했다. "와 줘서 반가워. 저기 응접실에 누가 와 계시는데, 난 누군지 전혀 모르겠어. 내 사생활까지 자세히 알고 있는 것 같은데 말이야. 어쩌면 나도 잘 알고 있는 사람인 것 같기도 하고. 아무튼 네가 나 좀 도와줘야겠어. 누군지 알면 저분이 고개를 돌릴 때 슬며시 이름 좀 알려줄래, 부탁할게."

"이게 그분 건가요?" 얼굴이 뚱해 보이는 부인이 홀 안 옷걸이에 걸린 박사님의 기다란 모자를 똑바로 가리키며 물었다.

"맞아." 로지 이모가 말했다.

"그게 맞다면 전 이미 알고 있어요." 상대방이 말했다.

한편, 로지 이모가 방을 나가자마자 앵무새가 "쉿" 소리를 내 박사님을 불렀다. 박사님은 그 쪽으로 걸어가 앵무새의 말을 들으려고 몸을 구부렸다.

"박사님 여동생 세라예요." 앵무새가 속삭이듯 말했다. "세라는 뜨개질 모임에 항상 제일 먼저 와요. 맨날 모여서 시시한 잡담이나 해대는데, 그중에서도 박사님 여동생이 제일 수다스러워요. 어떤 참새가 저한테 저 사람이 박사님 동생이라고 말해 줬어요."

"맙소사!" 박사님이 말했다. "세라! 여기서 어떻게 빠져나가면 되지?"

"창문을 열고 길 위로 뛰어내리세요." 앵무새가 말했다.

"그런데 내 모자하고 가방이 다 홀에 있어." 박사님이 속삭였다. "그걸 다 두고 갈 수는 없어. 맙소사! 내 얼굴을 보면 서커스에 대해 또 이러쿵저러쿵 잔소리를 해댈 텐데."

"쉿," 앵무새가 속삭였다. "저기 문이 보이시죠? 식품저장실로 통하는 문이에요. 저 문을 통과해 그 반대쪽에서 기다리세요. 두 사람 모두 방에 들어오면 홀에 아무도 없을 거예요. 그럼 제가 큰소리로 알려드릴게요. 복도를 곧장 지나면 홀이 나올 거예요. 그런 다음 모자랑 가방을 챙겨서 현관문으로 나가세요. 서두르세요! 들어오는 소리가 나요."

박사님이 방을 나가 문을 닫자마자 바로 세라와 로지 이모가 방으로 들어왔다. 박사님은 홀에 아무도 없다는 걸 앵무새가 큰소리로 알려줄 때까지 깜깜한 복도에서 기다렸다. 그리고 손으로 더듬어 겨우 문을 찾아 홀로 들어가 모자와 가방을 낚아채 거리로 나왔다.

"다행이야!" 박사님은 서둘러 모퉁이를 돌아 숙소로 가면서 혼 잣말을 했다. "도망쳐서 다행이야. 정말 다행이야! 그나저나 로지 이모가 날 어떻게 생각할까? 이렇게 도망쳤으니…. 차도 대접해 주고 했는데…. 그래, 나중에 편지를 써야겠어. 마차 시간을 놓칠 뻔했다고 말이야. 앵무새가 폴리네시아의 친척이라니 놀랍군. 보 고 싶다. 폴리네시아! 잘 지내고 있겠지? 정말 세상은 너무 좁단 말이야. 됐어. 이제 됐어. 창문 청소부에 대해 많은 걸 알아내지는 못했지만, 적어도 런던으로 떠났다는 건 알게 되었으니. 찾아가야 할 목적지도 알게 된 거구. 그나저나 런던은 정말 큰 도시인데. 하 지만 신경 쓸 거 없어. 어쩐지 창문 청소부를 찾을 수 있을 것 같은 느낌이 드니까."

→ 3장 ←

치프사이드, 박사님을 돕다

여관에 도착한 둘리틀 박사님은 곧바로 방으로 가서, 피피넬라에게 자신의 탐문 결과를 이야기해 주었다. 박사님의 말이 끝나자 피피넬라는 고개를 가로저었다.

"안 좋은 일이 벌어졌네요." 피피넬라가 말했다. "정말 안 좋은 일이 벌어졌어요. 농부랑 로지 이모가 말한 거로 보면 녀석들이 풍차의 부엌에 침입해 원고를 가져간 걸 창문 청소부 아저씨가 안 게 분명해요. 제 친구 창문 청소부 불쌍해서 어쩌죠? 너무 상심해 정신이 이상해진 것 같은데. 박사님, 이제 어떻게 하면 좋을까요? 우리가 뭘 할 수 있을까요?"

"괜찮아," 박사님이 말했다. "기다려 봐. 어쨌든 창문 청소부가 런던으로 갔다는 건 알아냈잖아. 난 그 사람을 찾을 수 있을 거란 생각이 들어."

"예, 저도 그러길 바라요." 피피넬라는 한숨을 내쉬며 말했다. "저도 그러길 바라요. 친구가 너무 걱정돼요."

"이스트엔드 부두에는 다시 가지 않았으면 해요." 지프가 말했다. "거기선 저도 전혀 냄새를 알아낼 수 없어요. 인도에서 온 배들이 거기 부두에다 짐을 내려놓기 때문에 향신료 상자에서 나는 냄새들이랑 타르 냄새가 뒤섞여 나는 데다, 생선 비린내가 코를 찔러 숨도 간신히 쉴 정도라 사람 냄새를 구별해 내는 건 불가능해요."

"그럴게다." 박사님이 말했다. "분명 아주 힘들 거야. 우리가 다시 거길 갈 일이 없기를 바라자꾸나."

그날 저녁, 그들은 마을 광장에서 런던행 마차를 탔다. 다행히 그들 말고는 승객이 없어 박사님은 가는 내내 발을 쭉 뻗고 잠을 잘 수 있었다. 런던에는 아침 일찍 도착했는데, 그곳은 벌써부터 사람들로 북적거리고 있었다. 박사님은 작은 여행용 새장을 겨드랑이에 꼈다. 만약 군중 속에 창문 청소부가 있다면 언제든지 바로 피피넬라가 볼 수 있도록 하기 위해서였다. 지프는 언제든 행동으로 옮길 수 있도록 박사님 바로 뒤에 꼭 붙어 따라갔다.

행인이 붐비는 길을 걸어가는 동안 피피넬라는 혹시라도 자기 친구가 있을지 눈을 부릅뜨고 행인들의 얼굴을 하나하나 살펴보았다. 그렇게 두 시간쯤을 보내자 모두 조금은 지쳤다. 강을 가로

지르는 다리가 보이자, 박사님이 벤치에 앉아 잠시 쉬자고 했다.

"저, 박사님." 피피넬라가 말했다. "이렇게 아무런 계획도 없이 찾는 걸로는 창문 청소부를 만날 확률이 별로 없어 보여요. 다리를 건너는 사람이 저렇게나 많은걸요! 일일이 다 얼굴을 확인해야 하는데 그냥 제 옆을 쓱 지나가는 사람이 태반일 것 같아요."

박사님도 별로 전망이 없다고 생각하는지 아무런 대답도 하지 않았다. 이윽고 박사님이 벤치에서 일어나 런던 참새 치프사이드를 찾으러 가자고 했다. 치프사이드는 창문 청소부 찾는 일을 도와주겠다고 했었다.

세인트 폴 대성당 옆을 지날 때 박사님은 하늘을 향해 우뚝 서 있는 성 에드먼드 상을 올려다보았다. 박사님은 치프사이드와 그의 아내 베키가 저 대형 동상 귓속에 둥지를 틀고 있다는 걸 알고 있었다. 박사님은 너무 멀어 자기는 둥지를 볼 수 없지만, 치프사이드가 둥지에 있다면 자기를 볼 수 있을 거라고 기대했다.

그때 갑자기 동상 귀 밖으로 작은 점 같은 게 튀어나왔다. 그리고 날개를 퍼덕이며 총알처럼 빠른 속도로 지면을 향해 낙하해 박사님 어깨 위에 내려앉았다.

"박사님이시군요!" 치프사이드가 말했다. "여기서 뵙게 되다니 의외네요. 성 에드먼드 동상의 귓속에서 아래를 내려보고 있는데 박사님의 오래된 담배 파이프가 보여 정말 놀라 자빠질 뻔했어요!"

"그랬군, 치프사이드." 박사님이 말했다. "이렇게 쉽게 널 찾아

"박사님이시군요!" 치프사이드가 말했다.

서 정말 다행이야."

"그런데 여긴 어쩐 일이세요?" 치프사이드가 물었다. "어제 그린히스에 갔다가 박사님이 웬들미어에 가셨다는 말은 들었어요. 피프의 친구를 찾고 계시다는 것도요."

"맞아." 박사님이 대답했다. "하지만 운이 없었어. 거기 있는 사람들도 모두 몇 달째 창문 청소부를 보지 못했다더군. 그래도 그 사람이 런던에 왔다는 말은 들었어. 그런데 네가 창문 청소부 찾는 일을 도와주겠다고 한 말이 기억나 널 만나러 온 거다."

"그랬죠." 치프사이드가 말했다. "약속했었어요. 전 한번 뱉은 말을 주워 담는 새가 아니에요. 최선을 다해 볼게요. 런던은 엄청 큰 도시에요. 하지만 저보다 더 런던을 잘 아는 새는 없을 거예요. 안녕, 피프!" 치프사이드가 박사님 겨드랑이에 낀 새장 속을 들여다보며 말했다. "프리마돈나 씨, 잘 지냈어요?"

"잘 지내요. 고맙습니다." 피피넬라가 말했다. "하지만 제 친구가 너무 걱정이에요."

"피프, 초조해할 것 없어요." 치프사이드가 말했다. "우리가 잉글랜드를 전부 다 뒤져서라도 틀림없이 그 사람을 찾아 줄 테니까요. 이 치프사이드에게 맡겨 두기만 하면 돼요. 내가 대영제국의 챔피언이거든요. 내가요! 당신이랑 박사님이랑 지프도… 안녕, 지프? 말하느라 바빠 인사하는 것도 깜빡했네."

치프사이드는 박사의 반대쪽 어깨 위로 날아올라갔다.

"내 말만 믿고," 치프사이드가 계속 말했다. "여러분은 셋 다 돌아가서, 내가 소식을 전할 때까지 기다려요. 뭔가 중요한 걸 들으면 바로 연락드릴게요."

"널 찾게 되어 정말 기뻐." 박사님이 집으로 가기 위해 그린히스 쪽으로 출발하며 말했다. "창문 청소부를 찾는 일은 나보다 치프사이드가 훨씬 더 나을 거야. 너희들도 알겠지만, 치프사이드는 런던에서 태어나 지금까지 쭉 살았으니까, 런던 구석구석 모르는 거리랑 집이 하나도 없을 거야."

"치프사이드가 찾아 주면 정말 좋겠어요." 피피넬라가 한숨을 내쉬며 말했다. "하지만 전 걱정이에요. 놈들이 아저씨를 또 붙잡아 그 무시무시한 배에 다시 태울지도 몰라요."

"그만, 이제 그만, 피피넬라. 어두운 면만 보면 안 돼. 나는 아직도 그 사람이 런던 어딘가에 있을 거라고 확신해. 당분간 치프사이드에게 맡겨 두는 거로 하자. 찾아낼 수만 있다면 반드시 찾아낼 거니까. 날 위해서라면 뭐든 다 해 주니까."

그린히스에 도착하자 거브거브를 포함해 온 가족이 다 나와 박사님께 창문 청소부 소식을 물어 댔다. 웬들미어에 간 일, 런던에서 치프사이드를 만난 일을 박사님이 얘기해 주자 모두 집중해서 들었다. 그리고 그 작은 런던 토박이 새가 찾아와 주기를 고대했다. 왜냐하면 도시에서 자라 세상 물정에 밝은 그 작은 새랑 있으면, 녀석의 입에서 끊임없이 쏟아져 나오는 재미있고 우스꽝스러운 이야기를 들을 수 있었기 때문이다.

그런데 사실은 그다지 오래 기다릴 필요도 없었다. 다음날 정오쯤 둘리틀 박사님 식구들이 포장마차 안에서 식사하고 있는데, 열려 있던 문으로 갑자기 참새 두 마리가 날아와 탁자 한가운데 앉았다. 치프사이드 부부였다.

인사를 마치자마자 대브대브가 흰쥐 옆에 자리를 마련해 주고 빵부스러기와 수수 씨를 내놓았다.

"정말이지, 박사님." 치프사이드가 입에 먹을 걸 잔뜩 물고 말했다. "이렇게 또 여러분과 함께 식사하게 되니 정말 기뻐요. 베키도 저도 오페라가 끝난 뒤로 정말 외롭고 쓸쓸했어요."

"그렇게 말해 주니 고맙구나." 박사님이 말했다. "우리도 너희가 보고 싶었어."

"그럴 리가요. 박사님" 치프사이드가 말했다. 하지만 치프사이드도 속으로는 아주 고마워했다.

"그런데, 치프사이드." 박사님이 말했다. "너무 조급해 보이는 건 나도 싫다만, 피피넬라의 친구를 찾는 일은 아직 시작하지 않았니?"

"누구의 누구요?" 치프사이드가 물었다.

"창문 청소부말이야, 너도 알잖아," 박사님이 말했다. "내가 어제 얘기했던 사람 말이야."

"아!" 치프사이드가 말했다. "예, 찾았어요."

"찾았다구!" 박사님이 자리에서 벌떡 일어나며 소리쳤다. "벌써? 맙소사!"

"예." 치프사이드가 말했다. "오늘 아침에 찾았어요. 11시쯤에요.”

　누구도 예상치 못한 치프사이드의 말을 들은 식구들은 점심을 먹다 말고 갑자기 환호성을 질러 댔다.

　“여기는 언제 오는 거야?” 거브거브는 자기 목소리가 치프사이드에게 잘 들리도록 의자 위에 올라서서 큰 소리로 말했다. “창문 청소부 아저씨 빨리 보고 싶어 미치겠어.”

　“몸은 괜찮아 보여요?” 피피넬라가 물었다.

　“어디서 찾은 거야?” 대브대브는 궁금해했다.

　“그런데, 치프사이드,” 박사님이 말했다. “도대체 어떻게 이렇게 금방 찾을 수 있었니?”

　“글쎄요.” 식구들의 질문세례와 수다가 잦아들고 좀 조용해지자 치프사이드가 말했다. “가장 먼저 한 일은 패거리들을 찾아 나선 거예요.”

　“패거리들이라고? 그게 뭔데?” 흰쥐가 물었다.

　“그거야 뭐 참새 패거리들 말하는 거지.” 치프사이드가 말했다. “도시에 사는 참새들은 여러 패거리로 나뉘어 있어. 어떤 패거리들은 완전히 배타적이야. 예를 들면 프린스탠스 패거리, 웨스트엔더스 패거리. 그래! 맙소사. 너무 고상한 말인가? 캐번디시 광장, 파크 레인, 벨그레이비아에 사는 패거리들도 있어. 자칭 상류계급이지. 걔들은 화이트채플 참새나 왑핑 패거리, 마일엔더스, 하운즈디처스 같은 하층 계급 참새들하고는 말 한마디 섞으려 들지 않아. 정말이야. 그리고 이도 저도 아닌 떼거리들도 있어. 예술가들

268

사이에 사는 첼시 패거리, 작가들 사이에 사는 하이게이트 패거리랑 햄스테드 떼거리야. 잡종에다 좀 우중충한 녀석들이야. 너희도 알잖아? 추레하게 다니면서 고상 떠는 애들. 일요일만 되면 우울해하고, 큰길에서는 절대 싸우지 않고, 체면만 중시하는…. 그래 봤자 내 눈에는 다 똑같아 보이지만…. 화이트채플이건 하이게이트건, 벨그레이비아건 녀석들은 나한테는 말 한마디 붙이려 들지 않아.

아무튼 박사님이 저한테 창문 청소부를 찾고 싶다고 하셨을 때 저는 그 말을 제 마나님에게 해 주었어요. 이렇게요. '여보, 박사님이 그 사람을 찾고 싶어 하셔요. 우리가 맡아서 찾아야 해요. 당신이 상류계급 패거리들을 만나 봐요.' 박사님도 아시겠지만, 제 아내가 저보다는 상류층 말투를 잘 쓸 수 있으니까요. '그리고 이스트엔더스 패거리랑 중류 계급 속물들 좀 만나 봐줘요. 그런 다음 클레오파트라 오벨리스크 꼭대기에서 10시 정각에 만나요. 패거리 대장들한테는 박사님이 부탁하신 일이라고 말해 주고 만약 제대로 된 답을 듣지 못하면 내가 나중에 이유를 물어볼 거라고도 말해 줘요. 만약 창문 청소부가 어디 있는지 12시까지 알아내지 못하면 깃털 다 뽑힐 각오 하라고 해요. 당하는 건 니들일 거라고도 말해 주고요.'

그러고 나서 베키와 저는 각각 다른 방향으로 날아갔어요. 내가 처음 찾아간 무리는 그리니치 패거리였어요. 부둣가에 가면 런던탑에서 아일오브독스로 통하는 길에 떼거리로 개들이 몰려 있는 걸 볼 수 있어요. 난 패거리 대장, 그러니까 외눈박이 알프…. 개들은 녀석을 그렇게 불러요…. 아무튼 녀석을 만났어요. 녀석은 자기가 꽤나 싸움을 잘하는 줄 알아요. 녀석이 내 말을 군소리 없이 따르게 하려면 우선 녀석의 머리를 배수구에다 처박아야 해요. '잘 들어, 이 빵부스러기야.' 나는 말했어요. '최근에 네 구역에 못 보던 사람들이 돌아다니는 걸 본 적 있어?'

'내가 그런 걸 어떻게 다 알아.' 녀석이 말했어요. "내가 뭐 시장이라도 되는 줄 알아?'

'그렇다면.' 내가 말했죠. '네 부하들을 당장 긁어모아 빨리 찾아, 알겠어? 창문 청소부가 행방불명되었는데, 그 사람을 둘리틀 박사님이 찾고 싶어하셔서. 너희들 같은 소매치기들은 그리니치 구역에 새 얼굴이 나타나면 금방 알 수 있잖아. 난 30분 후에 다시 오겠어. 좋은 소식 기대할게! 나방이나 잡아먹는 이 멍텅구리 같으니라구. 빨리 움직여!'

그리니치 패거리들한테는 점잖게 말해 봐야 아무짝에도 쓸모 없어요. 개네들을 이해시키려면 뒤에서 발로 패는 거 말고는 방법이 없어요. 그리고 나서 다음 패거리들을 만나러 첼시 패거리들이 있는 강으로 날아갔어요.

치프사이드가 말을 이어갔다. "패거리들을 만나러 30분 만에 런던의 절반은 돌아다닌 것 같아요. 그러니 박사님의 친구가 런던에 와 있다면 반드시 찾을 수 있을 거라고 생각했어요. 박사님은 놀라실지도 모르지만, 그 누구도 런던 참새들의 눈은 피해 갈 수 없으니까 제게 소식이 올 거라고 믿었죠. 런던에 잠깐 들른 개똥지빠귀나 찌르레기 같은 새들은 공원이나 집 마당 정도에는 가겠지만, 우리처럼 도시 사람들의 생활 속으로 직접 들어가는 건 주저해요. 어찌 됐건 걔들은 뜨내기들이거든요. 하지만 우리 런던 참새들은 도시의 시민이자 도시의 일부예요. 피커딜리 서커스 패거리 중 아무한테나 물어보세요. 어떤 극장이 몇 시에 문을 닫냐고요. 그럼 1분도 걸리지 않고 바로 말해 줄걸요. 아시겠지만 걔들은 관객이 다 떠난 후 직원들이 극장 안을 청소할 때 바닥에 떨어진 과자 부스러기를 먹고 살아요. 웨스트민스터 패거리들은 의사당을 드나드는 하원의원들의 이름을 죄다 꿰고 있어요. 펠 맬 거리의 참새들은 애세니엄 클럽의 회원 명부를 위에서 아래까지 다 말해 줄 수 있고요. 클럽 급사의 족보까지도 알려줄 거예요. 세인트 제임스 파크 패거리들은 여왕이 아침으로 뭘 먹었는지, 간밤에 왕실 아이들이 잘 잤는지까지 알아요. 우리는 어디든 다 가요. 그리고 무엇이든 다 볼 수 있고요. 그래요. 런던에서 일어난 일 중에 우리가 모르는 일은 하나도 없어요. 아, 우리 중에는 높은 곳에서 신기할 정도로 멋진 공중회전 묘기를 할 수 있는 친구들도 많아요. 정말 놀랍죠!

베키하고 약속한 클레오파트라의 오벨리스크로 돌아가는 길에 외눈박이 알프가 있는 곳에 들러 뭔가 정보를 얻었는지 확인했어요. 알프는 자기 구역에 새로 온 창문 청소부 서넛을 확인해 봤는데 내가 말한 거에 딱 맞는 사람은 한 명도 없었다고 말했어요. 피피넬라가 그 사람은 머리에 흉터가 있어 그 부분에는 머리털이 안 난다고 말했잖아요. 알프 패거리들은 그래서 창문 청소부가 일하다 모자를 벗고 머리를 긁을 때까지 옆에서 지켜보았는데 피피넬라가 말한 것 같은 흉터가 있는 사람은 없었대요.”

“하지만 제 친구는 지금은 창문 청소일을 하지 않을지도 몰라요.” 피피넬라가 말했다. “그게 본업도 아니고요.”

“그래, 나도 알아. 하지만 어쨌든 우린 그 사람을 찾아냈어.” 치프사이드가 말했다. “만나면 알 수 있을 거야. 네가 말해 준 흉터 때문에 발견한 거야. 알프한테 조금 더 물어보다가 난 녀석들이 자기 구역을 샅샅이 찾아봤다고 결론지었어. 그래서 그리니치랑 강 하류 지역은 명단에서 지우고 베키를 만나러 갔어.”

“나한테 10시까지 온다고 하지 않았어요.” 베키가 우유를 마시다 말고 작고 뾰족한 부리를 접시 밖으로 내밀며 쩍쩍거렸다.

치프사이드의 목소리가 높아졌다. “온 동네를 다 돌아다녔는데, 내가 어떻게 10시까지 올 수 있겠어. 이 잔소리꾼 아주머니야, 당신은 날 기다리게 한 적 한 번도 없어요? 작년 겨울에 내가 덜덜 떨면서….”

“진정해, 진정해.” 박사님이 조용히 말했다. “싸우지 말고. 창문 청소부 이야기나 계속해 줘.”

“아내가 저한테 말했어요.” 치프사이드가 이야기를 계속했다. “아무것도 알아내지 못했다고요. ‘이상한걸.’ 내가 말했어요. ‘아주 이상해.’ 그러자 아내가 내게 이렇게 말했어요. ‘어쩌면 그 사람은 병에 걸렸을지도 몰라요. 당신도 들었다면서요. 그 사람 몸이 안 좋다는 말이요. 그리고 혹시 병에 걸렸다면 보통 참새들 눈에는 띄지 않을 거예요. 병원 참새들한테 부탁하는 게 나을 것 같아요.'

'그래, 당신 말이 맞아요.' 나는 말했어요. 그리고 둘이서 병원 참새를 찾으러 갔어요. 아시겠지만 런던에는 병원 참새들이 아주 많아요. 그 떼거리들 대장들의 도움을 받아 우리는 병원들을 샅샅이 뒤졌어요. 하지만 마지막 병원에 갔는데도 찾을 수 없었어요. 그래서 아내한테 말했죠. '여보, 박사님께 빈손으로 가야 할지도 모르겠어요.'

'그건 수치스러운 일이에요.' 아내가 말했어요. '박사님께서 우리를 이렇게 믿어주시는데.'

그래서 어쩔 수 없이 이쪽으로 오려는데 그 순간 외눈박이 알프가 날아왔어요.

'우리가 찾았어.' 녀석이 숨을 헐떡이며 말했어요.

'진짜?' 내가 말했어요. '어디 있는데?'

'구빈원에 있어' 녀석이 말했어요. '빌링스게이트 근처야.'

'확실해요?' 아내가 물었어요.

'그래요.' 녀석이 말했어요. '틀림없어요. 날 못 믿는다면 가서 확인해 봐요.'

그래서 우리는 알프와 함께 빌링스게이트에 있는 구빈원으로 갔어요. 그곳 옆에는 접착제 공장이 있었어요. 아무튼 구빈원은 극빈자들을 위한 시설이에요. 노인이나 집이 없는 사람들이 들어

가는 곳이죠. 몸이 성한 사람들은 일을 하고, 걸을 힘조차 없는 사람들은 높은 벽으로 둘러싸인 마당을 어슬렁어슬렁 걸어 다니고 있었어요. 칙칙하기 그지없는 곳이에요.

'여기로 와 봐.' 알프는 우리를 마당 북쪽 구석으로 데려갔어요. '여기가 병동이야. 아픈 사람들이 있는 곳 말이야. 창문이 있는 누런색 벽돌 건물.'

우리는 창문들 안을 들여다보면서 녀석의 뒤를 따라갔어요. 그러다 다섯 번째 창문 창가에 내려앉았어요. 창가에 앉아 안을 들여다보니 침대가 하나 있었는데, 어떤 남자가 베개를 베고 누워 있는 게 보였어요. 머리에 흉터가 있었어요. 창에 얼굴을 바짝 붙이고 들여다보니 그 남자는 머리를 좌우로 흔들며 혼잣말을 하기 시작했어요. '피피넬라,' 그 사람은 울고 있었어요. '어디 있니? 놈들이 마루에 구멍을 내고 내 원고를 가져가 버렸어.'

그 사람이 무슨 말을 하는지 전 도무지 알 수가 없었어요. 하지만 그 사람이 피피넬라의 이름을 말하는 걸 듣는 순간, 우리가 마침내 제대로 찾아냈다는 걸 직감했어요.

'여보,' 아내가 말했어요. '저 남자가 틀림없어요. 빨리 박사님께 가서 알려드립시다.' 우리가 여기로 온 건 그래서죠."

치프사이드의 말이 끝나기도 전에 둘리틀 박사님은 급히 의자에서 일어나 모자 쪽으로 손을 뻗었다.

"치프사이드, 고맙다." 박사님이 말했다. "우리 둘 다 너한테 진심으로 고마워. 너랑 베키가 점심을 다 먹으면 바로 가려고 하는

데 길을 알려줄 수 있겠니? 방에다 표시는 해 뒀니? 그래야 병상을 찾을 수 있을 텐데. 우린 그 사람 이름도 모르잖아."

"박사님, 병동 안이 어떻게 생겼는지는 저도 잘 몰라요." 치프사이드가 말했다. "하지만 안심하세요. 그 사람이 어딨는지는 박사님도 금방 아실 거예요. 내가 침대에 걸려 있는 이름표를 봤거든요. 거기에는 숫자가 적혀 있었어요. 17번이라고요."

박사님이 서둘러 포장마차 문 쪽으로 가는 걸 보고 거브거브가 물었다. "박사님, 저도 같이 가면 안 될까요?"

"미안하구나, 거브거브." 박사님이 말했다. "그럴 수 없을 것 같아. 너도 알다시피 병원에 가는 거잖아."

"병원도 상관없어요." 거브거브가 말했다.

"안 돼." 박사님이 말했다. "동물을 너무 많이 데리고 가면 병원에서 날 들여보내려 하지 않을 거야. 병원이란 곳이 원래 까다롭게 구는 일이 많거든."

거브거브가 무척 실망하는데도, 박사님은 꽤 단호했다. 돼지하고 같이 갔다가 진짜로 병원에 들어가지 못하는 일이 생길지도 모른다고 걱정했기 때문이다. 같은 이유로 지프도 집에 남아 있어야 했다. 마침내 박사님은 피피넬라, 치프사이드 부부와 함께 런던을 향해 출발했다.

거브거브가 물었다. "박사님, 저도 같이 가면 안 될까요?"

↳ 4장 ↙

의학 박사 존 둘리틀

존 둘리틀 박사님이 런던에 도착했다는 소식이 동물들 사이에 퍼지는 데는 단 5분도 걸리지 않았다. 물론 그것은 치프사이드와 그의 동료 런던 참새들이 소문을 낸 탓이었다. 그린히스에서 도착한 박사님 일행이 마차에서 내려 숙소 앞마당에 들어서자마자 어디선가 몸집이 왜소하고 좀 우스꽝스럽게 생긴 참새 한 마리가 날아와 박사님과 함께 온 치프사이드에게 뭔가 귓속말을 했다. 치프사이드는 그 참새를 박사님 앞으로 데려가 소개했다.

"박사님, 얘가 외눈박이 알프예요." 치프사이드가 말했다. "전에 박사님께 말씀드린 녀석이죠. 박사님께 뭔가 드릴 말이 있대요."

"안녕?" 둘리틀 박사님이 말했다. "만나서 정말 반가워. 창문 청소부를 찾은 게 거의 다 네 덕분이라는 말 들었어. 우리 모두 정말 고맙게 생각하고 있어."

외눈박이 알프는 정말 묘하게 생긴 새였다. 박사님이 처음에 받은 인상은 비록 한쪽 눈밖에는 보이지 않지만 매우 기민하고 빈틈이 하나도 없어 보인다는 거였다. 꼬리 깃털도 대여섯 개 빠져 있는 것이 보기에도 만만치 않은 참새 같았다.

"별말씀을요." 알프가 말했다. "도움이 되었다니 오히려 제가 더 기쁩니다. 박사님에 대해 많이 들었습니다. 저희 런던 참새들은 박사님이 런던에 오시는 걸 언제든지 환영합니다. 사실 왑핑에 사는 제 여동생이 빨랫줄에 걸린 적이 있습니다. 박사님께서 가셔서 한 번 봐 주시면 대단히 감사하겠습니다. 제 생각에는 날개가 부러진 것 같습니다. 한 달 넘게 날지를 못하고 있습니다. 그래서 어린아이처럼 저희가 매일 빵부스러기를 가져다 먹이고 있습니다."

"물론이지. 내가 할 수 있는 일이라면 뭐든지 해 주마." 박사님이 말했다. "나를 여동생 있는 곳에 데려다주면 방법을 찾아볼게."

"치프사이드, 잠깐 저 좀 볼래요?" 외눈박이 알프의 안내를 받으며 여동생이 있는 곳으로 가는 도중에 피피넬라가 속삭였다. "박사님을 잘 지켜 주어야 해요. 일단 진료를 시작하면 온 동네 동물이 다 찾아와 자기도 치료해 달라고 할 거고 그럼 박사님은 거절 못 하고 거기서 헤어나오지 못할 거예요. 늘 그런 식이었다고 대브대브한테 들었어요. 박사님께 진찰받고 싶어하는 참새들을

278

막지 못했다가는 창문 청소부 아저씨를 찾으러 절대로 가지 못할 거예요."

피피넬라의 걱정은 맞아떨어졌다. 외눈박이 알프가 박사님을 데려간 곳에는 이미 참새들이 어마어마하게 몰려와 기다리고 있었다. 런던에서도 가장 못사는 지역에 있는 집 뒤뜰에서 기다리는 참새는 한 마리가 아니라 50마리도 넘었다. 다리가 부러진 참새, 개에게 물린 참새, 페인트 단지에 떨어진 참새, 심지어는 마차 바퀴에 깔려 꼬리를 다친 참새도 있었다. 사고를 당하거나 다친 런던의 참새가 죄다 몰려와 이 유명한 박사님을 기다리고 있는 것처럼 보였다.

"박사님, 정말 죄송합니다." 음침한 뒷마당에 모여 있는 환자들을 보며 외눈박이 알프가 말했다. "이렇게 될 줄은 미처 생각하지 못했습니다. 박사님이 여기 오신다는 걸 절대로 말하면 안 된다고 마리아한테 말해 뒀는데…."

"맙소사!" 치프사이드가 발톱 끝으로 머리를 긁적이며 중얼거렸다. "박사님, 퍼들비 시절하고 똑같지 않나요? 어떻게 하는 게 좋을지 모르겠어요. 조금 있으면 개랑 고양이들이, 그리고 내일이 되면 다른 동물들이 몰려들 거예요. 차라리 변장을 하고 여기서 도망치시는 게 나을 것 같아요. 저는 박사님이 떠나셨다고 말해줄게요."

"안돼, 치프사이드, 그건 안 될 말이야." 박사님이 말했다. "내가 여기 온 이상, 난 이 새들을 치료해 줘야 해. 대신 그린히스에서 매일 아침 7시에서 10시까지만 동물들을 진료하겠다고 말해 주는 게 낫겠어. 다른 마을에서도 늘 그렇게 해 왔으니까 말이야. 알프, 네 동생이 누구니?"

"저기 구석에 있는 참새가 제 동생 마리아입니다." 외눈박이 알프가 말했다. "마리아! 여기로 좀 와. 박사님이 봐 주신대."

그러자 기운이 없어 보이는 작은 새 한 마리가 바닥에 꼬리를 끌며 참새떼를 헤치고 박사님 쪽으로 다가왔다.

그러자 박사님은 자신의 작은 가방을 열고 살집이 있기는 하지만 그래도 날렵한 손가락을 분주하게 놀리며 다친 참새의 작은 날개 관절을 진찰했다.

"그래." 박사님이 말했다. "뼈가 부러졌어. 위쪽 뼈가…. 하지만 붙일 수 있어. 한두 주 동안 깁스를 하고 날개 걸이에 날개를 올려 두고 있어야 할 거다. 습기 차지 않고, 고양이도 오지 못할 곳을 찾아 적어도 열흘 동안은 움직이지 말고 가만히 있어야 해. 알프, 전처럼 먹을 건 너희들이 가져다주고. 내가 다시 돌아올 때까지 석고를 떼면 안 돼. 다 됐어! 이제 이 손수건으로 날개 걸이를 만들어 줄게. 목에 걸어줄게. 자 이제 다 치료했어. 다음 환자분!"

다음 환자의 상태도 몹시 안 좋았다. 경험이 없는 어린 참새였는데 신축 건물에서 싸움을 하다 사고를 당한 거였다. 너무 흥분하는 바람에 페인트 단지에 빠져 흰 페인트가 깃털에 끈적끈적하게 달라붙은 채 굳어 버려 날지도 못하는 상태였다. 박사님은 참새의 피부가 상하지 않게 조심하면서 페인트를 떼어내 주었다.

그다음 환자는 개에게 물린 참새였다. 마차 정거장 근처에 사는 이 참새는 말의 목에 걸린 사료 자루에서 떨어진 귀리를 먹고 살았는데 어느 날 깜빡 주변 경계를 소홀히 하는 바람에 폭스테리어에게 심하게 물렸다.

"마침 말들이 움직이다 그 개의 꼬리를 밟는 바람에 간신히 살았어요." 그 환자는 박사님이 능숙한 손놀림으로 다친 갈비뼈를 진찰하는 동안 자신의 모험담을 들려주었다. "말이 놈의 발을 밟지 않았다면 저는 당연히 골로 갔을 거예요. 놈이 깨갱거리며 저를 입에서 뱉어 냈을 때 제 몸이 거의 목구멍에 넘어가기 직전이었거든요. 저는 놈이 꼬리를 문지르는 동안 마부 대기실로 도망쳤어요."

"그 말은 분명히 네 친구였을 거야." 박사님이 말했다. "그렇다 치더라도 도망칠 수 있었던 건 운이 좋았기 때문이야. 다행히 심하게 다친 데는 없구나. 조금 삔 것뿐이니. 아무튼 일주일 안에 좋아질 거야. 다음 환자분!"

환자를 다 치료하고 보니 구빈원으로는 오후 늦게야 출발할 수 있었다.

칙칙해 보이는 건물에 도착해 '문병객'이라고 적힌 문을 두드리자 안에서 급사가 문을 열어 주었다. 박사님은 치프사이드와 베키에게 밖에서 기다리라고 했다. 박사님은 커다란 대기실로 들어갔다. 이윽고 병원 관리인이 나와 누구를 보러 왔냐고 물었다. 박사님이 입원환자를 보러 왔다고 하자 이번에는 다른 사람이 앞으로 나왔다. 박사님은 창문 청소부의 이름을 모르기 때문에 그저 그의 상태를 최대한 자세히 설명해 줄 수밖에 없었다. 박사님이 찾아온 사람이 누군지 그들이 알게 되기까지는 꽤 많은 시간이 필요했다.

담당자가 말했다. "17번 환자를 말씀하시는 거군요. 그런데 어쩌죠? 그 환자는 만나실 수 없습니다. 상태가 아주 위중하거든요."

"무슨 병에 걸린 겁니까?" 박사님이 물었다. "기억상실증입니다." 담당자가 고개를 절레절레 흔들며 대답했다. "그것도 아주 중증입니다."

박사님은 자신도 의사임을 밝히며 힘들게 설득한 끝에 환자를 오래 만나서는 안 된다는 단서를 달고 간신히 허락을 받아 낼 수 있었다.

"그 환자는 조그만 일에도 흥분합니다." 복도를 가로질러 계단을 올라가면서 구빈원 의사가 말했다. "지난주에 1인실로 옮겼습니다. 아주 수수께끼 같은 사람입니다. 자기 이름도 잊어버린 것 같습니다. 이름을 물으면 너무 흥분해요. 회복될 가능성이 거의 없어 보입니다."

위층으로 올라가자 그곳 복도 끝에 작은 병실이 있었다. 이미 주위가 어두워지기 시작했기 때문에 촛불을 켜야 했다. 침대에 한 남자가 누워 있는 모습이 보였다.

"자고 있는 것 같네요." 박사님이 담당 의사에게 속삭였다. "깨어날 때까지 저 혼자 옆에 있어도 되겠습니까?"

"그렇게 하십시오." 담당 의사가 말했다. "하지만 너무 오래는

"그 환자는 만나실 수 없습니다."

계시지 마세요. 그리고 제발 부탁이니 절대로 흥분시켜서는 안 됩니다."

문이 닫히자마자 박사님은 주머니에서 피피넬라의 새장을 꺼내 침대 옆 탁자 위에 놓았다.

"박사님, 이 사람 맞아요." 피피넬라가 속삭였다. 그리고 기쁨에 겨워 나지막이 노래를 불렀다. 그러자 창문 청소부가 눈을 뜨고 힘겹게 침대에서 일어나려 했다. 잠시 그는 새장 안의 새를 멍하니 쳐다보았다.

"피프, 피프니?" 그가 주저주저하며 말했다. "아니야, 기억이 안 나. 너무 멍해."

"피피넬라예요. 당신의 카나리아랍니다. 알아보시지 못하겠어요?" 둘리틀 박사님이 침대 옆 의자에 앉아 조용히 말했다.

그 환자는 자기 방에 다른 사람이 있다는 걸 전혀 눈치채지 못했었다. 그는 갑자기 박사님 쪽을 돌아보며 겁먹은 것 같았지만 그렇다고 딱히 뭐라 말할 수 없는 표정으로 박사님을 쳐다봤다.

"누구시죠?" 의심이 가득한 목소리로 그가 물었다.

"제 이름은 둘리틀입니다." 박사님이 대답했다. "존 둘리틀이라고 의사입니다. 겁먹지 마세요. 당신의 카나리아를 데리고 왔습니다. 피피넬라 말입니다."

"나는 당신 같은 사람 몰라." 창문 청소부는 숨을 거칠게 몰아쉬며 말했다. "음모야. 이건 함정이야. 하지만 아무 소용없어. 나한테서 그 어떤 비밀도 알아내지 못할 테니까. 난 아무것도 몰라. 내 이름도 모른다구. 하! 우습군. 머릿속이 텅 비었어. 기억이 하나도 안 나. 아무도 내 기억을 되찾아 줄 수 없다구. 난 세상 사람들에게 내 신분을 완전히 감추는 데 성공했어. 내가 누군지 아는 사람은 아무도 없어!"

하고 싶을 말을 다 쏟아낸 창문 청소부는 다시 침대에 쓰러지듯 누워 잠들어 버렸다.

"맙소사! 이제 어쩌죠? 이제 어떻게 해요?" 피피넬라는 한숨을 내쉬었다.

박사님은 아무 말도 하지 않고 잠시 생각에 빠져들었다. 그러다 몸을 굽혀 환자의 어깨를 가볍게 건드렸다.

"잘 들으세요." 박사님이 말했다. "저는 당신 편입니다. 당신을 속이거나 비밀을 알아내려는 사람이 아닙니다. 저는 당신에 대해 이미 많은 걸 알고 있습니다. 그러니까 세상에서 당신을 알고 있는 유일한 사람이란 말입니다. 당신은 지금 많이 아픕니다. 하지만 회복될 수 있을 겁니다. 기억도 되찾을 거고요. 뭔가 생각나는 게 있는지 알아봐요. 언덕 위에 있는 풍차는 기억나십니까?"

박사님은 자기가 새의 말을 할 수 있고 덕분에 피피넬라로부터 창문 청소부에게 어떤 일이 있었는지를 들을 수 있었다는 걸 차분하게 그리고 진심을 담아 말해 주었다. 침대에 누워 있는 창문 청소부는 처음에는 제대로 들으려 하지 않았다. 박사님의 이야기는 오래된 성당 마을, 로지 이모, 비밀 원고, 납치, 배에서 탈출한 것, 에보니 섬, 뗏목, 그리고 구조된 일까지 이어졌다. 그러는 동안 창문 청소부의 수척한 얼굴에서 박사님은 그가 자신의 말에 관심을 보이기 시작했다는 걸 읽어 낼 수 있었다. 박사님의 이야기가 풍차에 갔던 일, 그곳이 버려진 채 아무도 없는 걸 알게 된 일로 이어지자 창문 청소부가 갑자기 고함을 치며 박사님 팔을 와락 잡았다.

"그만!" 창문 청소부가 소리쳤다. "생각났어. 낡은 풍차라고? 거기 바닥 구멍에 내가 원고를 숨겨 두었는데. 당신이 훔쳤소?"

"아닙니다." 박사님이 조용히 말했다. "저는 당신 편입니다."

"그렇다면 어떻게 모든 걸 다 알고 있는 거요?" 창문 청소부가 또 고함을 쳤다. "모든 게 사실이오. 모든 게 다… 생각났어. 말해요. 당신 누구요?"

"저는 의사일 뿐입니다." 박사님이 말했다. "거의 한평생을 동물의 말이나 습성을 연구하며 살아 온 의사입니다. 이 말을 하면 거의 모두 제 머리가 돌았다고 말합니다. 하지만 사실입니다. 탁자 위에 카나리아가 보이지 않습니까?"

"보여요." 창문 청소부가 말했다. "피피넬라예요. 내가 풍차로 돌아갔을 때 도둑맞은 카나리아요."

"맞습니다." 박사님이 말했다. "제게 당신 이야기를 해준 게 바로 이 카나리아입니다. 만약 제가 말하는 걸 못 믿으시겠다면, 뭐든 이 새에게 묻고 싶으신 걸 제게 말해 주세요. 제가 새와 이야기할 수 있다는 걸 보여 드리겠습니다."

환자는 박사님의 얼굴을 빤히 쳐다보았다. 하지만 아직 그의 눈에는 의심이 남아 있었다.

"저는 의사일 뿐입니다." 박사님이 말했다.

"당신 머리가 이상한 거요? 아니면 내 머리가 이상한 거요?" 환자가 말했다.

"알고 있습니다." 박사님은 미소를 지으며 말했다. "모두들 그렇게 말합니다. 아무튼 질문할 걸 하나 말씀해 보세요. 제가 증명해 드리겠습니다."

"그렇다면," 창문 청소부가 말했다. "내가 잉크를 어디다 두는지 물어봐 주시오."

그런 다음 그는 혼자서 키득키득 웃었다.

박사님은 자기 옆에 있는 카나리아를 다시 돌아보고는 잠시 이야기를 나눴다.

"카나리아가 이렇게 말하는군요." 박사님이 다시 창문 청소부를 보며 말했다. "당신은 잉크를 사용한 적이 없습니다. 당신은 연필을 사용합니다. 원고를 쓸 때면 언제나 지워지지 않는 연필로 썼습니다. 그렇죠? 피피넬라 말로는 당신은 부엌 선반 위 상자 안에다 연필을 넣어 둔다고 합니다."

창문 청소부는 놀라서 눈이 휘둥그레졌다.

"정말 신기하네." 창문 청소부가 중얼거렸다. "정말 신기해. 하지만 당신이 말한 건 틀림없는 사실이오. 당신이 내게 말해 준 것… 내가 풍차로 돌아간 것… 그리고 다른 것 다… 그때 거기에는 피피넬라 말고는 아무도 없었소. 이상하기는 하지만 이 새가 내 말을 알아듣고 날 지켜보고 있다는 생각은 늘 하고 있었소. 하지만 당신이 카나리아 말을 할 줄 안다고? 그건 믿을 수 없소. 하

288

지만 사실은 사실이오. 당신을 오해해서 미안합니다."

담당 의사가 다시 병실에 오자 박사님은 환자를 최대한 빨리 퇴원시키는 게 좋겠다고 말했다. 서류에 서명해야 하는 걸 포함해 귀찮은 일이 많았다. 그리고 일정 기간 반드시 환자를 책임지고 보살피겠다는 것도 약속해야 했다. 물론 박사님은 기꺼이 승낙했다. 다시 병원을 방문하면 그날 환자를 퇴원시키기로 한 후 박사님과 피피넬라는 병원에서 나왔다.

피피넬라는 뭐라 말로 표현할 수 없을 정도로 기뻐했다. 완전히 다른 새가 되어 있었다. 집으로 돌아가는 내내 노래를 불렀다. 밤 공기가 차가웠다. 박사님은 피피넬라를 작은 여행용 새장에 넣고 주머니에 넣었다. 하지만 친구인 창문 청소부가 무사한 걸 알게 되어 마음을 놓게 된 피피넬라는 주머니 속에 들어가서도 목청껏 노래를 불러 댔다.

박사님과 피피넬라가 그린히스에 도착해 포장마차 안으로 들어가자 소식을 듣기 위해 온 식구가 그의 주위에 모여 떠들어 댔다.

"창문 청소부 아저씨는 언제 오나요?" 거브거브가 큰 소리로 물었다.

"목요일에." 박사님이 말했다. "여기 올 수 있을 정도로 몸이 회복되면. 내 생각에는 병실에 있는 것보다 여기 있는 게 회복이 빠를 것 같아. 시오도시아, 피피넬라 친구가 지낼 만한 곳 좀 마련해 주시겠어요? 그 사람은 우선 충분히 쉬어야 할 거예요."

"물론이죠, 박사님." 시오도시아는 대답했다. "저도 기뻐요."

온 식구가 그의 주위에 모였다.

그날 밤 피피넬라는 흥겨운 노래로 모두를 즐겁게 해 주었다. 피피넬라는 창문 청소부를 찾아 마음이 들뜬 나머지 밤을 꼴딱 새울 뻔했다. 대브대브가 12시가 넘었으니 이제 자야 한다고 말해 분위기를 깨지만 않았다면 말이다.

5장

창문 청소부가
자신의 이름을 말하다

목요일이 되었다. 피피넬라의 친구가 그린히스로 올 수 있을 정도로 몸이 회복되면 병원에서 데려오겠다고 존 둘리틀 박사님이 말한 날이었다. 딱하게도 둘리틀 박사님은 창문 청소부가 돌아오기를 손꼽아 기다리던 피피넬라가 깨워 대는 바람에 아침 일찍 일어날 수밖에 없었다. 피피넬라가 편안하게 타고 올 수 있게 넉넉한 자리를 만들어 주려고 박사님이 마차를 전세 내 매슈 머그와 함께 빌링스게이트로 출발한 시각은 아직 주변이 어둑어둑한 시각이었다.

박사님이 환자를 데리러 병동 안으로 들어가 있는 동안 매슈는 마차의 말을 맡았다. 창문 청소부는 많이 좋아져 있었다. 그는 박

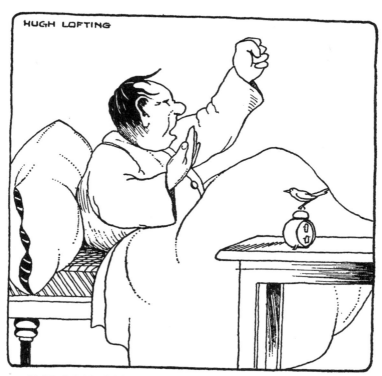

둘리틀 박사님은 피피넬라가 깨워 대는 바람에 아침 일찍 일어날 수밖에 없었다.

사님과 함께 퇴원하는 날이 오기만을 목을 빼고 기다리고 있었다. 박사님은 서류 작성과 서명을 마치자마자 그를 부축해 마차에 태운 다음 곧바로 그린히스로 출발했다.

이미 기억을 완전히 되찾은 창문 청소부는 사라진 원고를 다시 찾고 싶어했다. 처음에는 박사님을 의심하기도 했지만, 이제는 박사님을 진심으로 믿고 있었다.

"이제," 박사님이 말했다. "몸이 회복되는 대로 바로 집필을 다시 시작하실 생각입니까?"

"물론이죠." 창문 청소부가 말했다. "하지만 먹고사는 데 필요한 돈을 벌 일을 먼저 찾아야 합니다."

창문 청소부는 포장마차 안에서 앉았다 눕기를 반복했다. 박사님은 그 옆에 앉아 있었다. 그리고 매슈는 앞자리에서 말을 몰았다.

"앗!" 박사님이 말했다. "잠깐만요. 그러고 보니 이름을 듣지 못했군요. 물론 원하지 않으면 그건 말해 주시지 않으셔도 됩니다. 그건 전적으로 당신 마음이니까요. 그래도 우리와 함께 계시는 동안, 당신을 부를 이름을 알아야 조금이라도 편할 것 같습니다."

창문 청소부는 몸을 좀 앞으로 당겨 앉으며 혹시 매슈가 듣고 있는 건 아닌지 확인했다. 그런 다음 다시 박사님 쪽으로 고개를 돌렸다.

"저는 당신을 믿습니다." 그가 말했다. "저는… 전… 러프버러의 공작이었습니다."

"이럴 수가!" 박사님이 말했다. "그럼 지금 러프버러 공작이라고 불리는 사람은 누구죠? 우리가 런던에 도착한 날 신문 기사에는 그 공작이 노스 카운티로 가 있다고 하던데 말입니다."

"제 남동생입니다." 창문 청소부가 말했다. "제가 종적을 감춘 후, 동생이 영지와 직위를 물려받았습니다. 사람들은 제가 죽은 걸로 압니다. 제 의도대로 된 겁니다."

"그건, 그건!" 박사님이 중얼거렸다. "왜 그러신 겁니까?"

"그건 제가 공작 자리에 있으면 쓰고 싶은 걸 마음대로 쓸 수 없었기 때문입니다. 제 영지 사람들하고 친구들에게 해를 입힐 수는 없으니까요."

"그렇군요." 박사님이 말했다. "하지만 종적을 감추신 걸 후회하지는 않으십니까? 공작으로 돌아가고 싶으신 적이 한 번도 없었나요?"

"아니요. 전혀 없었습니다." 공작은 단호했다. "제가 하고 싶은 일을 할 돈이 없어서 아쉬운 때는 가끔 있었죠. 하지만 제 선택을 후회한 적은 결코 없습니다."

"알겠습니다." 박사님이 말했다. "그런데, 저희와 함께 있는 동안이라도 당신을 부를 이름이 있어야 합니다. 뭐든 생각나는 이름이 있습니까?"

"그렇다면 스티븐이라고 불러 주십시오." 창문 청소부가 말했다.

"좋습니다!" 박사님이 말했다. "그나저나 이제 그린히스에 다 온 모양입니다. 매슈 부부가 마차 안에 계실 곳을 마련해 두었습니다. 내 집처럼 여기시고 편히 쉬세요. 그리고 필요한 게 있으면 뭐든 꼭 말씀해 주십시오."

지금은 폐쇄되어 말끔하게 치워진 서커스단 터에 도착하자 박사님은 창문 청소부에게 우선 침대로 갈 것을 권했다. 그리고 자기가 말할 때까지 일어나지 말라고 했다. 식사는 시오도시아가 가져다주기로 했고, 식구들은 그를 한 가족처럼 대했다.

창문 청소부에 대한 거브거브의 호기심은 대단했다. 거브거브는 시오도시아가 식사를 가져다줄 때마다 주변을 맴돌며 그 큼지막한 치마 뒤에 서서 창문 청소부의 모습을 몰래 힐끗힐끗 들여다보았다. 하지만 창문 청소부가 실은 진짜 공작이었다는 걸 알고 나서부터는 머그의 마차에 얼씬도 하지 않았다.

"나는 벌써 오래전부터 생각하고 있었어." 어느 날, 저녁 식사 시간에 거브거브가 말했다. "창문 청소부 아저씨가 원래는 대단히 높은 사람인데 위장을 하고 있다는 걸. 창문 청소부가 되기 전에는 고급 마차를 타고, 순금으로 된 잔에 술을 따라 마시던 사람이었을 거야. 단지 글을 쓰려고 그 모든 걸 포기했다니, 정말 멋져!"

"책을 써서 가난한 사람을 도우려고 모든 걸 포기한 거야." 투투가 말했다.

"박사님이 동물 말을 알아들을 수 있는 유일한 분인 게 정말 다행이에요." 대브대브가 끼어들었다. "아니었다면 지금 저 돼지도 알고 있으니 이 분의 비밀이 온 나라에 다 퍼지는 건 시간문제였을 거예요."

"박사님, 스티븐은 언제까지 여기 있을 건가요?" 지프가 물었다.

거브거브는 시오도시아가 식사를 가져다줄 때마다 주변을 맴돌며
그 큼지막한 치마 뒤에 서서 몰래 힐끗힐끗 들여다보았다.

"나도 잘 모르겠구나." 박사님이 말했다. "적어도 혼자서 걸어다닐 수 있게 되기 전까지는 여기에 머무르는 게 확실해. 아직까지는 의사의 보살핌이 필요해. 자기 몸에 거의 신경을 쓰지 않거든. 지금 몸 상태가 저렇게 나쁜 것도 그래서고."

"그럼 몸이 좋아지면," 지프가 물었다. "풍차로 돌아가나요?"

"그건 아직 얘기해 보지 않아서 모르겠어." 박사님이 말했다. "뭔가 일이 필요하다고는 했어. 먹고사는 데 필요한 돈을 벌기 위해서라고 하던데."

식구들이 창문 청소부에 관해 이야기하는 걸 듣고 있던 피피넬라가 앞으로 나와 말했다.

"박사님, 저는 제 친구가 일을 하지 않았으면 좋겠어요. 오페라를 해서 번 돈을 다 저금해 두었어요. 그 사람이 절 돌봐 주었으니, 이제 제가 그 사람을 돌봐 줄 거예요."

"그래, 피피넬라." 박사님이 말했다. "네 돈을 쓸 데로 그보다 더 좋은 곳은 없을 거야. 일단 스티븐이 원하는 만큼 이곳에 있게 해 주자꾸나."

스티븐이 이곳에 온 지 하루나 이틀쯤 지났을 때, 박사님은 그가 이곳 생활에 만족해하지 않는다는 것을 알게 되었다. 그렇다고 따로 무슨 말을 했거나 불평을 털어놓았다는 건 아니다. 오히려 박사님을 알게 된 게 정말 행운이었다며 감사의 말을 수차례 하곤 했다. 하지만 뭔가 생각에 잠겨 우울해 보일 때가 많았다.

"박사님, 스티븐은 잃어버린 원고를 생각하고 있어요." 어느 날 저녁을 먹은 후 모두 스티븐 이야기를 하고 있을 때 피피넬라가 말했다. "건강도 좋아지고 기운도 하루가 다르게 회복되어 가고 있어요. 하지만 그럴수록 더 근심이 커지는 모양이에요. 밤마다 무릎에 종이를 올려놓고 뭔가를 쓰려고 해요. 하지만 언제나 결말은 똑같아요. 늘 이렇게 혼자 중얼거려요. '이런 짓을 하는 게 무슨 소용이 있을까…. 내가 썼던 걸 기억해 한 구절도 틀리지 않게 다시 쓴다고 해도…. 사실 그건 불가능하고… 게다가 그걸 내가 쓴 게 사실이라는 걸 증명할 서류가 없는데.' 그러고 나서 또 혼자 중얼거리다 원고를 훔친 놈들한테 욕을 해대요."

"그렇군, 안 좋아! 정말 안 좋은걸!" 박사님이 혼잣말을 했다. "내가 해 줄 수 있는 게 뭐가 있는지 알아봐야겠다. 어디 보자. 함께 풍차에 가 봐야겠구나. 하지만 그렇다고 뭐가 도움이 될지는 모르겠어."

"그래도 한 번 시도해 보세요." 피피넬라가 간청했다. "해 보지 않으면 모르시잖아요."

"알겠다." 박사님이 말했다. "스티븐이 나랑 함께 가기를 원한다면 언제고 곧 데리고 가 보기로 하자. 내 생각에는 이제 몸도 충분히 회복된 것 같아. 지프도 데려가자."

박사님과 피피넬라의 이야기를 듣던 대브대브가 화가 난 듯이 날개를 퍼덕였다.

"존 둘리틀 박사님!" 대브대브는 소리 높여 항의했다. "피피넬라의 친구를 찾으면 바로 퍼들비로 돌아간다고 하시지 않았나요?

이젠 찾았고요. 그런데 왜 우리가 계속 이런 진흙 구덩이 같은 곳에서 기다려야 하죠?"

"대브대브," 박사님이 말했다. "나도 너처럼 집에 가고 싶어. 하지만 나도 피피넬라도 스티븐이 잃어버린 원고의 행방을 찾기 전까지는, 아니 노력이라도 해 보기 전까지는 진정으로 행복해질 수 없다고 생각해. 미안하지만 퍼들비로 가는 건 좀 더 기다려야 할 것 같구나."

"오, 맙소사!" 대브대브는 잔소리를 해 댔다. "박사님, 박사님의 문제는 당신 자신에 대해서는 전혀 생각을 안 하신다는 거예요."

그때 박사님 주머니 안에서 반쯤 졸고 있던 흰쥐가 고개를 내밀며 말했다.

"박사님, 지금 말하는 게 누구예요? 대브대브는 왜 단 일 초도 안 쉬고 시도 때도 없이 다른 식구들한테 늘 잔소리를 해 대는 거죠?"

"화이티야, 그러고 보니 그렇구나," 박사님이 웃으며 말했다.

다음 날 아침, 박사님은 스티븐을 세심하게 진찰한 후 이제 일어나도 되지만 하루에 몇 시간은 매일 햇빛을 쬐어야 한다고 말했다. 하지만 이런 기쁜 소식을 듣고도 스티븐은 별로 좋아하는 기색을 보이지 않았다. 박사님 말씀대로 마차 계단에 걸터앉아 그저 멍하니 하늘을 바라보곤 할 뿐이었다. 그러자 박사님은 마음이 내키면 언제든 웬들미어로 가 풍차 주위를 살펴보자고 했다. 이 말을 들은 스티븐이 어찌나 아기처럼 기뻐하던지 심지어 대브대브조차 없어진 원고를 찾기로 한 걸 기뻐했다.

　이렇게 해서 둘리틀 박사님은 로지 이모가 사는 도시로 가게 되었다. 물론 이번 길에는 창문 청소부 스티븐도 동행했다. 대브대브는 두 사람을 위해 점심 도시락을 준비했다. 그리고 지프를 위해서는 뼈다귀를, 피피넬라를 위해서는 씨앗을 챙겼다. 그들은 아침 마차를 타고 그린히스를 출발했다. 피피넬라는 여행용 새장 안에, 그리고 지프는 박사님 의자 밑에 자리를 잡았다.

잃어버린 원고를 찾아서

일행은 밤에 웬들미어에 도착해, 여관에서 하루 잠을 잔 후 다음 날 아침 풍차로 갔다. 물론 그곳은 전보다 더 황폐해져 있었다. 그런데 놀랍게도 부엌문은 떨어져 나가고 바닥과 창틀에는 견과류 껍질과 과일 꼭지 같은 것들이 어지럽게 널려 있는 게 보였다. 박사님은 처음에는 쥐나 다람쥐들의 짓이라고 생각했다. 하지만 쥐나 다람쥐는 물론이거니와 그 어떤 다른 동물의 흔적도 보이지 않았다. 그저 박쥐 두 마리가 천장 대들보에 매달려 세상 모른 채 잠자고 있는 게 보일 뿐이었다.

부엌 바닥 한가운데에는 스티븐이 원고를 숨겨 두었던 구멍이 있었다. 그 구멍 옆에 그걸 덮어 두었던 커다란 돌도 스티븐이 자

302

신의 원고가 사라진 것을 알고 범인을 쫓아 런던으로 가야겠다고 결심했을 때 그 모습 그대로였다.

박사님이 지프를 데려온 이유는 지프의 예민한 후각과 뛰어난 추적 능력이 범인의 행방을 찾는 데 도움이 될 수도 있다고 생각했기 때문이었다. 일행이 부엌 안에 있을 때 지프가 코를 구멍 안에 넣고 꽤 오랫동안 요란스럽게 킁킁거리며 냄새를 맡았다.

"지프," 박사님이 물었다. "뭐라도 찾았니?"

지프는 한동안 아무 대답도 하지 않고 계속해서 부엌 바닥 구멍의 냄새를 맡았다. 그런 다음 뚜껑으로 쓰였던 돌도 냄새를 맡기 시작했다. 마침내 지프가 박사님을 올려다보며 말했다.

"냄새가 죄다 너무 오래된 것들이라 너무 희미해요. 뭔가 냄새가 진하게 나기는 하는데, 오소리 냄새예요. 그런데 이상하게도 부엌 다른 데서는 나지 않고 이 구멍에서만 나요."

"정말 이상하네!" 박사님이 말했다. "오소리는 건물 안으로는 잘 안 들어오는데. 그건 그렇고 사람 냄새는 안 나니? 그것도 안 나니?"

"네, 나요." 지프가 말했다. "하지만 너무 약해요. 물론 박사님 친구 냄새도 나요. 스티븐의 손 냄새가 돌에서 나는데 아직은 구별돼요. 하지만 다른 남자들이 이 방에 와서 구멍 주위에 있었던 건 아주 오래전 일이고, 스티븐이 여기에 왔다 간 후에 누군가 또 왔었나 봐요. 그런데 좀 이상해요. 여기 왔다 간 사람이 두 사람인 것 같은데… 둘이 따로따로 왔던 것 같아요. 그런데 그 위에 있는 오

지프가 코를 구멍 안에 넣었다.

소리 냄새가 너무 진동해서, 사람들 냄새는 제대로 구별해 낼 수가 없어요. 어려워요. 냄새를 다 맡는 건."

"후우," 스티븐이 암담해하며 한숨을 내쉬었다. 물론 지프가 하는 말을 알아듣지는 못했지만 말이다. "박사님을 이렇게 헛고생시켜 죄송합니다. 제가 마지막으로 이곳에 왔을 때랑 달라진 게 거의 없습니다. 보시다시피 구멍 안도 텅 비어 있고요."

"스티븐이 뭐라고 말하는 거예요?" 지프가 물었다. "저는 잘 못 알아들었어요."

"이 사람은 지금 실망에 빠져 있어." 박사님이 말했다. "우리가 더 이상 아무것도 찾아내지 못할까 봐 걱정하고 있는 거야."

"하지만, 아직 포기하지는 마세요." 지프가 말했다. "무슨 일이 있어도 저는 아직은 포기하지 않을 테니까요."

"뭔가 신기한 게 하나 있어요." 지프가 계속 말했다. "두 남자의 냄새가 너무 달라요. 앞에 사람 것에서는 뭔가 사무실에서 나는 그런 냄새가 나요. 증명서, 봉랍, 잉크… 뭐 그런 것들 냄새요. 아마도 두 사람이 일행인 모양인데. 다른 사람 것에서는 야외에서 나는 냄새가 나요. 모닥불, 마구간, 진흙탕 길, 독한 담배 냄새가 나요. 조심하세요! 박사님, 구멍에 아무것도 하지 마세요."

박사님이 무릎을 꿇고 앉아 구멍 바닥에 있는 부드러운 흙을 만지고 있었던 것이다.

"왜 그러니?" 박사님이 일어서면서 말했다.

"그러시면 냄새가 다 뒤죽박죽 섞여 버려요." 지프가 말했다.

"구멍을 여기 왔을 때 그대로, 가만히 내버려두세요. 그래야 냄새를 구별해 내기가 쉬워요. 우리가 제일 먼저 해야 할 일은 오소리의 행방을 찾는 거예요. 두 분이 풍차 안에 뭔가 흔적이 있는지 찾아봐 주시겠어요? 그사이에 저는 밖으로 나가 언덕 주위를 돌며 오소리의 흔적을 찾을게요. 오소리를 잡으면, 녀석이 우리한테 여러 가지를 알려 줄 수 있을 거예요."

"어째서?" 박사님이 물었다.

"글쎄요… 그냥 그런 느낌이 들어요." 지프가 말했다.

지프는 여러분도 알다시피 냄새를 맡고 그것을 추적하는 일에 뛰어난 능력이 있다. 그리고 일단 그런 일을 시작하면 수수께끼 같은 분위기를 풍기는 걸 좋아한다. 박사님은 지프의 이런 기질을 존중해 이 유능한 전문가가 말하고 싶어하지 않는 기색을 보이면 절대로 대답을 강요하지 않고 일단은 장단을 맞춰 주고 본다. 그래서 이날 아침에도 박사님은 스티븐과 함께 풍차 안을 조사하기로 하고 지프는 혼자서 마음대로 하게 놔두었다.

한편 피피넬라는 여행용 새장에 넣어져 박사님 주머니에 안에 있었다. 피피넬라는 그들을 방해하지 않기 위해 최대한 조용히 있었다. 하지만 박사님이 주머니에 손을 넣어 밖으로 꺼내 주었을 때는 정말 안심이 되었다.

"맙소사!" 박사님이 말했다. "내가 완전히 깜박했구나. 미안하다."

"괜찮아요. 박사님." 피피넬라는 갑자기 밝은 곳에 나온 탓에 눈

306

이 부신지 눈을 깜빡이며 말했다. "저를 밖으로 꺼내 주시면 박사님이랑 지프한테 뭐든 도움이 될지도 몰라요."

"그래, 알았다." 박사님은 피피넬라를 새장 밖으로 꺼내 주었다. "하지만 우리한테서 너무 멀리 떨어지지는 마라. 누군가를 추적하는 일이 생겼을 때 너를 그냥 두고 가는 일이 생기는 건 원치 않으니까 말이다."

"조심할게요." 피피넬라가 말했다. "스티븐의 어깨 위에만 있을게요. 그래도 박사님만 괜찮으시다면요."

"괜찮고말고." 박사님이 말했다. "네가 있어야 할 곳은 스티븐 옆이야."

창문 청소부는 둘의 이야기를 알아듣지 못했지만, 피피넬라가 자신의 어깨 위로 날아오자 빙긋빙긋 웃으며 피피넬라의 머리를 쓰다듬었다.

"피프," 그가 말했다. "네가 거기 앉으니 옛날 생각이 나는구나."

박사님과 스티븐은 풍차 안팎을 샅샅이 조사했다. 하지만, 비교적 최근에 누군가 풍차에 왔다 갔다는 흔적 말고는 그다지 새로운 걸 알아내지는 못했다. 쓰레기가 여기저기 뒹굴고 있었고, 곰팡이가 핀 사과 껍질, 그리고 창문 청소부가 두고 간 게 아닌 바늘과 실 등이 보였다.

물론 그것들은 스티븐이 사라진 후 농부가 누군가 다른 사람에게 풍차를 세주었다는 걸 말해 주는 것들이었다. 하지만 박사님과 스티븐은 둘 다 농부에게는 물어보지 않는 게 좋을 것 같다고 생각했다. 그러다 점심시간이 되자 그들은 자리에 앉아 대브대브가 준비해 준 음식을 먹었다. 하지만 지프는 아직도 돌아오지 않았다. 지프는 오후 4시가 다 되어서야 나타났다. 지프는 어딘지 만족스러운 결과를 얻지 못한 것처럼 보였다.

"도무지 따라잡을 수가 없어요." 지프가 바닥에 털썩 주저앉아 한숨을 내쉬며 말했다. "이사를 하기로 마음먹고 도대체 얼마나 멀리 간 건지 알 수가 없어요. 이럴 수가! 박사님과 헤어지고 나서 적어도 반경 15킬로는 뛰어다닌 것 같은데 그 코쟁이 방랑자 녀석의 흔적은 찾을 수 없었어요. 발자국이 몇 개 있기는 했지만, 전부 오래된 것뿐이었고, 하나하나 다 뒤쫓아 봤지만 그래 봐야 소용없다는 것만 확인했을 뿐이었어요. 그것들은 다 같은 곳으로 모였어요…. 판 지 오래된 굴이었어요. 하지만 오소리는 제가 가기 전에 이미 딱정벌레들한테 세를 내주고 떠난 모양이었어요.

그래서 근방에 사는 농부의 개들에게 물어보았어요. 대부분 그 오소리를 알고 있었어요. 교활하고 이상한 놈이었다고 해요. 모두들 잡으려고 여러 번 시도했지만 결코 잡을 수 없었대요. 개들은 놈이 모습을 감춘 지 두세 달은 된 거로 알고 있어요. 제가 온종일 고생고생한 결과로 얻은 건 그것뿐이에요."

"어쩌면 네가 만나지 못한 개들이 오소리를 죽였을지도 몰라." 박사님이 말했다. "아니면 늙어서 죽었을 수도 있고. 너도 알다시피 오소리들은 그다지 오래 살지 못하니까."

"아니요." 지프는 포기하지 않고 말했다. "그런 건 계산에 넣지 않는 게 좋겠어요. 녀석은 그 정도로 나이가 들지도 않았고, 제가 들은 바로는 개들에게 당할 만큼 멍청하지도 않아요. 덫도 생각해 봤어요. 농장 개들이 구석구석 얼마나 많이 돌아다니는지는 박사님도 아시잖아요. 개들은 킁킁거리며 시골 구석구석을 냄새 맡으며 돌아다니기 때문에 뭐든지 다 알아내요. 개들 말이 이 지역에는 덫이 하나도 없다는 거예요. 적어도 지금까지는 그래요."

"그렇구나!" 박사님이 말했다. "그런데 다른 오소리들은 보지 못했니?"

"예, 한 마리도요." 지프가 대답했다.

박사님은 거미줄이 처지고 더러운 부엌 창문을 통해 서쪽 하늘이 붉게 물들어 가는 모습을 보며 잠시 생각에 잠겨 바라보았다.

"여기 사는 쥐들은 어때요?" 피피넬라가 물었다. "제가 여기 살 때는 쥐들이 많이 있었거든요. 개들이라면 뭔가 알고 있는 게 있을지도 몰라요."

"나도 돌아올 때 들판을 지나며 생각했었어." 지프가 말했다. "하지만 그 얼간이들이 뭘 알려줄 거라는 기대는 안 해. 개들은 중요한 건 아무것도 몰라. 하지만 시도는 해 볼 수 있겠지. 네가 하고 싶다면, 그렇게 하자. 하지만 개들은 날 죽도록 무서워해요. 내 냄새가 너무 많이 나지 않게 난 밖에 나가 있을게."

"알겠다." 박사님이 말했다. "난 내가 뭘 할 수 있을지 생각해 볼게."

지프가 밖으로 나가자 지금은 스티븐이라는 이름이지만 원래는 러프버러의 공작이었던 창문 청소부는 박사님이 쥐를 불러모으는 놀라운 광경을 바로 눈앞에서 목격했다. 이 위대한 자연학자가 부엌 한가운데 서서 갑자기 오만상을 찌푸리며 엄청나게 높은 목소리로 찍찍 소리를 내기 시작한 것이다. 그와 동시에 나무 탁자 위를 손톱으로 부드럽게 긁어 댔다. 그런 다음 의자에 앉아 기다렸다.

5분이 지났는데도 아무 일도 일어나지 않자 박사님은 부엌 구석으로 가서 다시 특유의 행동으로 쥐를 불렀다. 하지만 이번에도 쥐들은 모습을 보이지 않았다.

"이거 정말 의외인걸." 박사님이 말했다. "쥐들이 왜 안 오는지 모르겠어. 이런 빈집에는 보통은 쥐들이 득시글거리기 마련인데."

박사님이 다시 세 번째 시도를 하려 하자 지프가 문을 긁어 댔다. 박사님이 문을 열어 주었다.

"박사님, 아무 소용 없어요." 지프가 말했다. "더 이상 수고하실 필요 없어요. 여기는 쥐가 없어요."

"쥐가 없다고?" 박사님이 큰 소리로 말했다. "그럴 리가 있나? 이런 장소는 쥐들이 살기에 딱이야."

"아니에요." 지프가 말했다. "단 한 마리도 없어요. 저는 밖에 있는 동안 쥐구멍들을 조사해 봤어요. 저는 쥐가 사는 구멍이 어떻게 생겼는지 알아요. 냄새를 맡지 않고도 지금 그 구멍을 쥐가 쓰고 있는지 아닌지 척 보면 알 수 있어요. 최근 몇 주 안에 쥐가 다녀간 흔적이 있는 구멍은 단 한 개도 없어요."

박사님이 문을 열어 주었다.

"음," 박사님이 말했다. "너처럼 뛰어난 개가 하는 말을 의심하는 건 아니야. 하지만 정말 이상해. 이유가 뭐지?"

"독이요." 지프가 곧바로 대답했다. "쥐약이요. 다행히 내가 아는 냄새였어요. 저는 풍차 뒤쪽에서 뼈 하나를 발견했어요. 그걸 씹어먹다가 이상한 냄새가 나는 바람에 시뻘건 불쏘시개라도 되는 양 내뱉었어요. 예전에도 저는 쥐를 잡는 데 쓰는 독극물이 든 고기를 먹었다가 죽도록 고생한 적이 있어요. 그다음부터는 그런 건 아예 처다보지도 않아요. 저는 거의 두 주 동안이나 제대로 움직이지도 못할 정도로 아팠어요. 아무튼, 이제 본론으로 돌아와서, 뼈를 뱉어 낸 다음 헛간들을 조사해 봤는데, 독을 넣은 빵조각들이 몇 개 굴러다니고 있었어요. 그리고 그 근처 도랑에 죽은 쥐들이 한두 마리 보였어요. 여기 쥐가 한 마리도 없는 건 그래서예요. 한 마리도 남기지 않고 누군가가 죽여 버린 거예요. 굳이 제게 물으신다면 쥐 잡는 데 정통한 사람이라고 말해 드릴게요."

"하지만," 박사님이 말했다. "그런 일이 오래전에 벌어졌다면 쥐들은 다시 돌아왔을 거야. 그런 일들이 정말 있었다고 해도… 원래 있던 쥐들이 다 죽었다고 해도 다른 쥐들이 여기서 살려고 왔을 거라는 말이지. 게다가 여기에는 쥐를 없앨 만한 사람이 아무도 안 살잖아."

지프가 박사님 곁으로 다가와 뭔가 긴한 이야기라도 하듯 박사님에게 속삭였다. "확실치 않아요."

"그게 무슨 말이니?" 박사님이 물었다.

"정말 여기에 아무도 살지 않는다는 게 확실치 않다는 말이에요. 지금으로써는 그래요." 지프가 속삭였다. "아까도 말씀드렸지만, 도무지 납득이 가지 않는 부분이 있어요. 헛간들 문 주위에 누군가 여길 집처럼 사용한 흔적이 있었어요."

"정말이니?" 박사님이 속삭였다. "정말 섬뜩하구나. 하지만 누군가가 여기 살고 있다면, 아무리 꼭꼭 숨어 있다고 해도 너라면 냄새를 맡았을 거 아니니?"

"그랬겠죠." 지프가 말했다. "그 빌어먹을 오소리만 아니라면요. 녀석의 흔적은 가지가지로 겹쳐 있는 데다 냄새도 뒤죽박죽 섞여 있어서 그 어떤 개도 2~3미터밖에는 추적하지 못할 거예요. 쉿! 무슨 소리 안 들리셨나요?"

"아니," 박사님이 말했다. "소리가 어디서 났는데? 아이구. 벌써 어두워졌네. 해도 언덕 아래로 떨어졌고. 시간이 이렇게 많이 흘렀는지 몰랐네."

"아니, 나는 아무 소리도 듣지 못했어." 박사님은 같은 말을 다시 한 번 더 했다.

"저는 들은 것 같아요." 지프가 말했다. "뭔가 퍼덕퍼덕거리는 것 같은 소리였어요. 뭐, 제가 잘못 들은 것일 수도 있지만요."

"지프," 박사님이 말했다. "정말로 의심스럽다면, 그래서 여기 누가 산다는 생각이 든다면 지금 당장 알아보는 게 좋겠다. 나로서는 그럴 리 없다고 생각하지만 네 의심이 들어맞는 경우도 자주 있으니까. 자, 사람이 숨어 있을 만한 곳이 어딜까? 머리 위 저

오래된 다락? 아니면 헛간들? 이게 전부 다인가? 아, 지하실은 어때? 아니지. 여기는 그런 게 없지. 구멍에서 바로 흙이 보였으니까. 만약 밑에 지하실이 있다면 구멍으로 보였을 테고. 탑에는 다락이 없고⋯ 이제 남은 건 헛간들뿐이군. 맞겠지? 지금 당장 찾아보자."

박사님은 지프가 의심스러워하는 부분을 스티븐에게 설명해 주었다. 그리고 금방이라도 망가질 것 같아 보이는 낡은 사다리를 찾아 다락으로 올라가기 시작했다. 지프는 아래서 망을 보고 있다가 누군가 보이면 소리쳐 알려주기로 했다. 피피넬라는 박사님과 스티븐을 따라갔다.

"피피넬라, 스티븐 어깨 꽉 잡고 있어야 해." 박사님이 말했다. "어둠 속에서 미아가 되면 절대 안 돼."

그들은 낡은 사다리를 찾아 다락으로 올라가기 시작했다.

7장

비밀 장소

쇠락한 풍차의 다락에는 온갖 잡동사니들이 쓰레기처럼 나뒹굴고 있었다. 부서진 가구 위에는 철지난 신문 더미가 아무렇게나 방치되어 있었고, 망가진 트렁크나 상자 위로는 거미줄이 처져 있었다. 버려진 옷가지에는 먼지가 가득 쌓여 있어서 나방과 벌레들이 그것들을 먹으며 수백 세대를 이어가며 살았다.

"오랫동안 아무도 발을 들여놓지 않은 게 분명해." 박사님이 또 성냥을 켜며 말했다. "여기에 이것들을 올려놓은 다음 단 한 번도 먼지를 털지 않은 것 같아."

그런데도 박사님은 네 발로 기어서 다락 구석구석을 살펴보았다. 박사님은 밑으로 내려오기 전 자신의 작은 검정 가방에서 양

초를 꺼내 달라고 했다. (벌써 밤이 되어 깜깜해지는 바람에 바로 발 밑조차 제대로 보이지 않았기 때문이다.) 밑으로 내려온 그들은 풍차 뒤쪽으로 가 헛간들을 조사했다.

그곳에도 별다른 것이 없었다. 부서지기 시작한 헛간들에는 못 쓰는 잡동사니나 풍차의 부품들밖에는 없었다.

"흠." 박사님은 부엌으로 돌아가면서 말했다. "지프, 아무래도 네가 잘못 생각한 것 같아. 네 생각이 이렇게 어처구니없이 틀린 적은 거의 없지만 이번만큼은… 집쥐가 됐건 다람쥐가 됐건 어떤 동물이든 찾을 수 있다면 물어봐서 뭐든 정보를 얻을 수 있을 텐데 말이야. 스티븐, 여기에 지하실이 없는 건 확실합니까?"

"제가 있을 때는 없었습니다." 스티븐이 대답했다. "그건 확신합니다."

부엌으로 돌아와 보니 그 안 역시 깜깜했다. 좀 더 밝게 하기 위해 박사님은 가방을 열어 양초 한 개를 꺼내려 했다. 그런데 놀랍게도 탁자 위에 가방이 보이지 않았다.

"이상하군." 박사님이 중얼거렸다. "분명 탁자 위에 두고 갔었는데."

"저도 그렇게 기억하고 있어요." 지프가 말했다. "어어, 의자 위에 있어요."

박사님은 "게다가 열려 있네."라고 말하며 가방 쪽으로 갔다. "부엌을 나갈 때 가방을 분명히 잠가 뒀는데."

박사님은 가방을 열고 안을 봤다.

"어, 누군가가 안을 뒤졌어." 박사님은 깜짝 놀랐다. "다 있어, 전부 다. 그런데 완전 뒤죽박죽이야. 우리가 나가 있을 때 누군가가 뒤졌어!"

"박사님과 지프는 한동안 아무 말도 못한 채 서로의 얼굴만 뻔히 쳐다봤다. 그러다 박사님이 속삭였다.

"지프, 네가 옳았어. 집에 누군가 사람이 있어. 그런데 도대체 어디에 있지?"

둘리틀 박사님은 천천히 주위의 벽을 둘러봤다.

"어떤 동물이건 동물이 있으면…." 박사님이 혼잣말을 했다.

"쉿!" 지프가 말했다. "들어보세요."

넷 다 숨죽이고 들어보았다. 희미하게, 하지만 부시럭부시럭 하는 수상한 소리가 분명하게 들렸다.

"저기요!" 지프가 예민한 코를 천장을 향해 쳐들고 말했다. "박쥐예요! 어두워지기 시작하니까 이제 깨어났나 봐요."

박사님은 위를 올려다보았다. 천장을 가로지르는 대들보에 작은 박쥐 두 마리가 매달려 있었다. 녀석들은 아직 잠에서 제대로 못 깨어난 듯 내키는 대로 아무 때나 날개를 폈다 접었다 하면서 한밤중 순찰을 준비하고 있었다. 녀석들은 박사님이 풍차에 와서 처음으로 발견한 동물이었다.

"그러네!" 박사님이 말했다. "왜 이제야 생각난 거지? 박쥐… 그래, 맞아! 날아다니는 저 녀석들을 죽이지 않고서 독으로 동물들을 모두 죽였다고 말하는 건 어불성설이지. 쟤들한테 물어봐야겠다."

이 기묘한 생물들이 촛불로 희미하게 밝혀진 부엌 안을 빙빙 날아다니기 시작했다.

몸에 털이 난 이 기묘한 생물들이 촛불로 희미하게 밝혀진 부엌 안을 빙빙 날아다니기 시작하자 벽에 기묘한 형태의 그림자가 생겼다.

"잠깐," 박사님이 박쥐 말로 말했다. (박쥐 말은 아주 기묘한 언어였다. 대부분 키익, 치익, 마치 바늘처럼 가늘고 높은 소리로 이어지는 데다 미세해서 보통 사람의 귀에는 거의 들리지 않을 정도다.) "너희에게 묻고 싶은 게 몇 가지 있어. 이 집에 사람이 산 적이 있니?"

"네." 박쥐가 계속해서 빙글빙글 돌면서 대답했다. "어떤 사람이 이 집을 들락거리며 쭉 살고 있어요."

"지금도 여기에 누가 있니?" 박사님이 물었다.

"아마도 있을 거예요." 박쥐들이 말했다. "어젯밤에 여기 있었어요. 하지만 박사님도 아시겠지만 저희는 낮에는 잠을 자기 때문에… 어쩌면 지금은 밖에 나갔을 수도 있어요."

"이 구멍에 대해서는 뭐 좀 아는 게 있니?" 바닥에 있는 구멍을 가리키며 박사님이 물었다.

"그 구멍은 박사님 옆에 있는 사람이 원고를 감춘 곳이잖아요." 박쥐들이 말했다.

"맞아, 그건 나도 알고 있어." 박사님이 말했다. "하지만 원고는 이 사람이 밖에 나가 있는 동안 도둑맞았거나 아니면 다른 이유로 사라졌어. 이 일에 대해 뭐 좀 아는 거 있니?"

"거기에는 복잡한 사정이 있어요." 박쥐들이 말했다. "우리는 다 봤어요. 원고는 세 번이나 손을 탔어요. 모두 밤에 일어난 일이라

우리가 세 번 다 볼 수 있었어요."

"세 번!" 박사님이 큰 소리로 말했다. "맙소사. 계속 이야기해 봐! 제일 먼저 훔친 게 누구니?"

"오소리예요." 박쥐들이 말했다. "녀석은 원래는 집 밖에서 살았지만 어쩐 일인지 이번 겨울은 집 안에서 살고 싶다는 생각이 들었나봐요. 녀석은 밖에서 굴을 파기 시작했어요. 우리는 그 모습을 보고 있었어요. 오소리는 하필이면 부엌 바닥 구멍 쪽으로 굴을 팠어요. 그런데 구멍 위에 놓인 돌이 오소리가 들기에는 너무 무거웠어요. 그래서 거기까지밖에는 팔 수 없었어요. 그런데 어느날 밤 한 남자가 풍차 근처에 왔다가 여기를 자기 집으로 삼았어요. 그리고 두 주 정도 있다가 남자 둘이 더 왔어요. 전에 여기 살던 남자는 모습을 감췄고요. 새로 온 그 두 사람은 뭔가 찾을 게 있는 것처럼 집안을 구석구석 뒤졌어요. 그러다가 바닥의 돌을 보고는 치우기 시작하더니 결국 구멍을 찾아냈어요. 그런 다음 안에 든 흙을 반쯤 파냈어요. 그런데 바로 그때 농부, 그러니까 여기 주인이 일꾼 한 사람을 데리고 풍차에 왔어요. 부엌에 있던 두 남자는 구멍을 그대로 둔 채 급히 몸만 빠져나갔어요. 정말 우스꽝스러웠어요. 박사님이 보셨다면 아마 신종 숨바꼭질 놀이라도 하느냐고 하셨을 거예요. 농부와 일꾼은 여기저기 못질을 하고 빗장을 거는 것 같았어요. 그 사람들은 일을 마치자마자 부엌에는 들어와 보지도 않고 바로 떠났어요. 얼마 안 되어 우리는 덮개돌이 반쯤 열린 구멍 위로 오소리의 코끝이 불쑥 나오는 걸 봤어요. 오소리는 부엌으로 기어 올라오려고 닥치는 대로 파헤쳐 댔어요. 하지만 곧 훼방꾼이 나타났어요. 첫 번째 사람, 그러니까 이 풍차에 내내 살던 남자가 다시 모습을 드러낸 거예요. 그 남자는 돌을 들어 원래대로 해 놓았어요. 지금 박사님이 보고 있는 것처럼요. 하지만 밑에서 일을 하고 있던 오소리가 흙을 마구 파헤치는 바람에 종이들은 죄다 흙에 덮여 보이지 않는 상태였어요. 아무튼 그래서 첫 번째 남자는 구멍 위의 돌만 원래대로 해놓고는 저녁 준비를 시작했어요. 종이들은 내내 부엌 바닥 밑에 그대로 있었어요.

박쥐들의 이야기는 계속되었다. "그날 밤 늦게… 그 남자가 자고 있을 때 오소리가 다시 굴을 파헤치지만 않았어도 종이들은 흙을 뒤집어쓴 채 한동안 그대로 구멍 안에 있었을 거예요. 녀석은 구멍을 자기 집으로 쓸 생각을 한 모양이었어요. 녀석이 제일 먼저 한 일은 종이들을 부엌 바닥으로 내던진 거였어요. 덕분에 종이들은 마음만 먹으면 누구든 집어갈 수 있는 상태가 되어 있었어요. 우리는 생각했어요. 여기 살고 있는 사람이 아마 내일 아침이면 종이들을 발견하고 훔쳐갈 거라고요. 그런데 한 시간쯤 뒤에 앞에 그 두 남자가 다시 왔어요. 첫 번째 남자는 자고 있다가 발자국 소리를 듣고 일어났어요. 그는 숨어서 두 사람을 몰래 지켜봤어요. 물론 그 두 남자는 풍차에 사람이 살고 있으리라고는 꿈에도 생각하지 못했어요.

그래서 두 남자는 농부가 없다는 걸 확인한 다음 부엌으로 들어가 마치 자기들 집이라도 되는 양 마음 놓고 초를 켰어요. 그때 자

322

"녀석이 제일 먼저 한 일은 종이들을 부엌 바닥으로 내던진 거였어요."

기들이 찾고 있던 종이들이 바닥에 아무렇게나 널려 있는 걸 봤어요. 두 사람은 곧바로 종이들을 주워 모아 탁자 위에 올려놓고 꼼꼼이 살펴보기 시작했어요. 잠시 후, 이상한 소리가 나는 바람에 그중 한 사람이 밖을 살피러 나갔어요. 그런데 넘어져 다치기라도 했는지 그 남자가 갑자기 비명을 지르며 도움을 청하는 소리가 들렸어요. 그 소리를 듣고 안에 있던 남자가 종이들을 그대로 두고 급히 밖으로 뛰어나갔어요. 두 사람 다 밖으로 나가자 이곳에 살던 남자가 부엌으로 몰래 나와 종이들을 집어 들고 다시 숨었어요.

다시 돌아온 두 사람은 무슨 일이 있었던 건지 도무지 알 수가 없었어요. 그들은 풍차에 누군가 살고 있다는 게 분명하다고 생각했어요. 그들은 주머니에서 총을 꺼내들고 도둑을 찾기 시작했어요. 하지만 새벽이 되어 우리가 잠을 자려고 할 때, 그들은 아무도 찾지 못한 채 욕을 해 대며 사라진 후 다시는 모습을 보이지 않았어요."

"그 두 남자가 가져가지 않았다면 원고는 지금 여기 살고 있는 사람 손에 있는 거니?" 박사님이 물었다.

"예." 박쥐들이 말했다. "우리가 알고 있는 한 그 사람이 가지고 있어요."

"맙소사!" 박사님이 혼잣말을 했다. "정말 희한한 이야기야."

박사님은 지금까지 들은 이야기를 스티븐에게 사람말로 바꿔 이야기해 주었다. 그 사이에 박쥐들은 벽에 비친 그림자와 술래잡기 놀이라도 하는 것처럼 어둑어둑한 방 안을 계속해서 날아다녔다.

박사님의 이야기가 끝나자 스티븐이 작은 소리로 말했다. "정말 잘 됐어요. 원고를 다시 찾을 수 있게 되다니."

박사님이 다시 박쥐들을 돌아보며 물었다.

"그런데 그 남자가 어디 숨었는지는 너희들도 모르는 거니?"

"그럴 리가요?" 박쥐들이 말했다. "그 남자는 지금 지하실에 숨어 있어요. 아마 지금도 거기 있을걸요."

"하지만 나는 여기에는 지하실이 없는 걸로 아는데." 박사님이 바닥의 구멍을 보며 말했다. "나와 함께 있는 이 신사분은 여기서 몇 년이나 사셨어. 하지만 그런 건 본 적이 없다고 하셨어."

"아니. 있어요." 박쥐들이 말했다. "그치만 우연이 아니면 절대로 찾을 수 없어요. 비밀 통로로 가야 하거든요. 여기 살고 있는 남자도 우연히 발견한 거고요. 구멍이 있는 곳 밑은 절대 아니에요. 부엌 저쪽 밑이에요. 저기 벽에 사람 키 만한 높이에 하얗고 큰 돌이 보이시죠? 그 왼쪽 아래 구석 부분을 눌러 보세요. 그러면 돌이 빙 돌아가면서 비밀 통로가 나올 거예요. 의자 위에 올라가셔서 구멍 안으로 기어들어가면 왼쪽에 통로로 내려가는 계단이 보일 거예요."

박사님이 창문 청소부 스티븐에게 또 사람말로 통역해 주었다. 그러자 그는 너무 흥분해 곧바로 하얀 돌 쪽으로 가려고 했다. 하지만 박사님이 그의 손을 잡았다.

"진정해요. 천천히 해야 해요." 박사님이 속삭였어요. "우리는 그 사람이 아직도 원고를 가지고 있는지 모릅니다. 잠시 기다리세요. 방법을 생각해 내야 합니다."

박사님과 스티븐이 작은 목소리로 계획을 짜는 동안, 박쥐들은 희미한 빛을 내며 타고 있는 초 주위로 원을 그리며 계속 날아다녔다. 한편 탁자 아래에서는 지프가 꼼짝도 하지 않고 바닥 밑에서 혹시 무슨 소리가 나지 않는지 귀를 쫑긋 세운 채 듣고 있었다.

"가장 중요한 건," 박사님이 말했다. "그 남자가 우리 원고를 가지고 있는 게 분명해질 때까지 그를 놀라게 하면 안 된다는 겁니다. 우리가 원고를 되찾으려 한다는 걸 알게 되면, 그 사람은 우리가 절대로 찾을 수 없는 곳에 원고를 숨길 테니까요."

"그렇군요." 스티븐이 작은 소리로 말했다. "제 원고가 얼마나 가치 있는 건지 그 사람이 알고 있는 게 분명합니다. 제 생각에는 그 사람은 원고를 찾으러 온 정부 요원들을 협박해 돈을 받고 팔 기회를 노리고 있는 것 같습니다. 정체가 뭔지 도무지 감을 잡을 수 없군요. 좀 의심스러운 구석이 있기는 하지만 제 생각에는 그냥 우연히 원고를 손에 넣고 그걸로 푼돈이라도 벌려고 하는 것일 수도 있고요. 박사님은 따로 계획이 있나요?"

"모두 풍차를 떠나는 척해 봅시다." 박사님이 말했다. "제 생각에는 그는 우리가 여기 왜 왔는지 아직은 모르는 것 같습니다. 그러니 일단은 나가는 척했다가 돌아와서 염탐해 봅시다. 계획대로 되면, 그가 원고를 숨겨 둔 곳으로 가서 꺼내 볼지도 모르는 거니까요. 그때 한꺼번에 달려들어 녀석이 원고를 훼손시키기 전에 빼앗는 겁니다."

"좋은 생각입니다." 스티븐이 진지하게 말했다. "부엌 안을 창문으로 들여다볼 수 있지 않을까요? 어떻게 생각하십니까?"

"어려운 일은 아닐 겁니다." 박사님이 말했다. "하지만 들키거나 의심 사는 일이 없도록 극도로 조심해야 합니다. 그럼 이제 나갈 준비하는 것처럼 큰 소리로 떠들어 봅시다. 자세한 건 밖에 나가서 의논하기로 하고요."

8장

도둑이 도망치다

둘리틀 박사님은 갑자기 큰 소리로 말을 하면서 소리 나게 가 방을 닫았다. 그리고 지프를 데리고 쿵쿵거리며 풍차 밖으로 나왔 다.

마을로 이어지는 길을 따라 언덕을 100미터쯤 내려간 후 박사 님이 지프에게 말했다.

"네가 먼저 달려가서 조금만 짖어 줘, 산책 나와서 신난 것처럼 만 짖으면 돼. 우리는 신경 쓰지 말고. 우리는 잠깐 여기 있다가 풍 차로 다시 갈 거니까. 대신 당분간은 조금씩 더 가면서 계속해서 짖어 주었으면 해. 그래야 우리가 마을로 간다고 생각할 테니까."

"예." 지프가 말했다. "알겠어요. 하지만 싸움이 벌어지면 휘파람 부시는 건 잊지 마세요."

박사님은 꼭 그렇게 하겠다고 약속했다. 그리고 주머니에서 작은 여행용 새장을 꺼내 초록 카나리아를 안에 넣은 다음 다시 주머니 안에 숨겼다.

"만약 무슨 문제가 생기면," 박사님이 피피넬라에게 말했다. "주머니 안이 더 안전할 거야. 새들은 대체로… 박쥐나 올빼미는 예외지만… 아무튼 새들은 밤에는 눈이 잘 안 보이잖아."

"그렇습니다." 피피넬라가 말했다. "우리 같은 새들이 해가 지면 나무에 숨는 것도 그래서예요. 밤에는 고양이가 어슬렁거려도 잘 보이지 않으니 안전을 지키려면 이 방법밖에는 없어요."

"그렇겠지." 박사님이 말했다. "아무튼 조용히 있어야 해."

지프가 언덕 아래로 내려가며 짖는 소리가 들렸고, 그 소리는 조금씩 조금씩 더 작아져 갔다. 박사님과 스티븐은 잠시 그대로 서 있다가 느린 걸음으로 조심스럽게 다시 돌아갔다.

박사님은 풍차에서 50미터쯤 떨어진 곳에서 스티븐에게 관목 뒤에 숨자고 손짓으로 말했다.

"박쥐들한테 무슨 일이 생기면 알려 달라고 했어야 했는데," 박사님이 속삭였다. "바보같이 그 생각을 못 하다니, 잠깐! 누가 부엌문을 여는 것 같은데."

그때 풍차 문이 천천히 열리는 것이 보였다. 한 남자가 밖으로 나오더니 가만히 서서 귀를 기울이고 있었다. 한편 지프는 누군가 돌을 던지는 걸 상상하며 컹컹 짖어 댔지만, 그 소리도 점점 희미

그들은 관목 뒤에 숨었다.

하게 멀어져 갔다.

남자는 얼마 있다 불청객들이 가 버렸다는 생각이 들자 조심스럽게 문을 닫고 다시 안으로 들어갔다.

"보세요!" 박사님이 속삭였다. "놈이 초를 켰어요. 창에 뭔가를 늘어뜨려 놓았는데 틈새로 빛이 희미하게 보일 겁니다."

박사님과 스티븐이 숨은 곳에서 나오려는 찰나에 머리 위에서 날갯짓 소리가 들렸다. 밤하늘에 뭔가 기묘한 모양의 작은 것들이 춤추고 있는 모습이 보였다. 박쥐들이었다.

"우린 쫓겨났어요." 박쥐들이 박사님에게 말했다. "기다렸다가 남자가 뭘 하는지 보고 박사님께 알려드리려고 했어요. 그런데 남자가 수건을 휘두르며 우리를 쫓아냈어요. 박사님도 아시잖아요. 사람들이 우리를 불길하다고 생각하는 거."

"종이 같은 것 보지 못했니?" 박사님이 물었다.

"예, 봤어요." 박쥐들이 대답했다. "문을 닫고 초를 켠 다음, 지하실로 가서 가져 왔어요. 그걸 탁자 위에 펼쳐 놓고 조사하는 중이에요. 그런데 글을 잘 읽지 못하는 모양이에요. 한 줄 읽는 데 시간이 정말 오래 걸리더라고요. 우리는 더 이상은 알아내지 못했어요. 읽기 시작한 지 얼마 되지 않아 우리를 발견하고 쫓아냈거든요."

"고맙구나." 박사님이 말했다. "아주 중요한 걸 이야기해 줬어." 박사님은 박쥐들이 알려준 정보를 스티븐에게 통역해 주었다.

"힘든 일이 될 것 같군요." 박사님이 덧붙여 말했다. "놈이 안에서 문을 단단히 걸어 잠근 것 같습니다. 게다가 창문이 너무 작아 거기로는 빨리 들어갈 수가 없을 것 같고요."

"제 생각에는," 스티븐이 말했다. "녀석이 잠시 자리를 뜰 때까지 여기서 기다리는 게 가장 좋은 방법인 것 같습니다. 만에 하나라도 탁자에 원고를 두고 가면 그 기회를 잡는 겁니다."

"흠," 박사님이 말했다. "어쨌든 몰래 가까이 가서 문틈으로 엿보기로 합시다. 그사이에 좋은 수가 떠오를지도 모르잖아요."

두 사람은 소리가 나지 않도록 극도로 조심스럽게 언덕을 기어올라가 풍차의 그림자가 커다랗게 드리운 곳에 가서 섰다. 나무로 된 문 왼쪽 부분이 떨어져 나가 가늘게 틈이 생겨 있었다. 박사님은 그 틈으로 안을 들여다보았다.

안에는 누더기 같은 옷을 입은 남자 하나가 탁자 위에 앉아 있었는데, 무척이나 거친 사람처럼 보였다. 탁자 위에는 종이들이 어지럽게 널려 있었다. 그리고 탁자 밑에는 원고를 담아 두었던 것으로 보이는 자루가 입구가 열린 채 놓여 있었다.

박사님의 주머니 안에서 피피넬라가 "짹, 짹" 소리를 냈다.

"피피넬라, 무슨 일이니?" 박사님이 새장을 꺼내며 물었다.

"제가 저 남자 얼굴을 볼 수 있게 해 주실 수 있나요?" 피피넬라가 물었다. "얼굴을 봐 두면 나중에라도 도움이 될지 모르잖아요."

"그래, 맞아." 박사님이 말했다. 박사님은 안을 들여다보던 틈 가까이 새장을 가져갔다.

피피넬라가 그 남자 얼굴을 보고 기억해 두자 박사님은 새장을 다시 주머니 안에 넣으며 스티븐에게 말했다.

"안쪽에 달린 자물쇠가 어떤 건지 알면, 안으로 뛰어들 기회를 잡을 수 있을 텐데… 혹시 한 번에 쾅하고 밀어 열 수 있다면 딴짓할 수 있는 틈을 주지 않고 단번에 놈을 제압하고 원고를 무사히 찾을 수 있을 겁니다. 이 문에 어떤 자물쇠가 달려 있는지 아십니까?"

"아니요. 그냥 기다리는 게 나을 것 같습니다." 스티븐이 속삭였다. "문이 잘 부서지지 않으면, 놈이 놀라서 제 원고를 불에 던져 버리거나, 그게 아니더라도 뭔가 다른 방식으로 원고를 훼손시킬 시간을 줄 수도 있습니다. 녀석이 나올 때까지 기다리는 게 좋겠습니다. 녀석을 유인해 낼 방법이 없겠습니까?"

"글쎄요." 박사님이 말했다. "괜히 의심을 사 상황을 더 악화시키지 않을 방법이라… 우선은 잠시 기다리며 놈이 뭘 하는지 봅시다."

그런데 동쪽에서 차가운 밤바람이 불어오기 시작하면서 몸에 한기가 돌았다. 하지만 그들은 놈이 일어나서 밖으로 나오기만을 기대하며 문 앞에서 창문 틈으로 계속 감시했다. 박사님은 남자가 밖으로 나오면 양쪽에서 둘이 한꺼번에 달려들어 상대가 저항할 기회를 잡지 못하게 할 계획을 짜 두었다.

하지만 시간은 점점 흐르고, 언덕 아래쪽에서 지프가 유쾌하게 짖어 대는 소리도 더 이상 들리지 않게 되었는데도 남자는 밖으로 나올 낌새를 전혀 보이지 않았다.

"안쪽에 달린 자물쇠가 어떤 건지 알면, 안으로 뛰어들 기회를 잡을 수 있을 텐데…"
박사님이 말했다.

마침내 박사님은 자신에게 맡겨진 일을 수행하느라 간격을 두고 계속 짖어 대는 불쌍한 지프를 해방시켜 주기로 했다. 박사는 남자를 감시하는 일은 스티븐에게 맡기고 자기는 지프를 찾으러 언덕을 내려갔다. 지프는 이미 마을 거리까지 가 있었다. 박사님은 지프에게 진행 상황을 말해 주었다.

"운도 지지리 없네요." 지프가 투덜거렸다. "박사님, 이제 어떻게 하실 작정이에요?"

"나도 모르겠구나." 박사님이 말했다. "하지만 기다리느라 밤을 새우는 한이 있더라도 원고는 되찾기로 했어."

"박사님, 이렇게 하면 어때요?" 지프가 말했다. "제가 풍차 밖에서 으르렁거리며 돌아다니는 건요? 그러면 밖으로 나올지도 모르니, 그때 박사님이 덮치시는 거요."

"아니," 박사님이 말했다. "내 생각은 달라. 놈을 놀라게 하면 안 돼."

"박사님이 탑 꼭대기에 올라가신 다음 뛰어내려 놈을 덮치면 안 될까요?" 지프가 물었다.

"그랬다가는 죽은 사람도 벌떡 일어날걸," 박사님이 말했다. "너는 이제 더 이상 짖지 않는 게 좋겠다. 온 동네 사람 다 깨워서 좋을 게 없으니까. 언덕으로 올라가 풍차로 가자. 소리 내는 건 절대 안 돼!"

그래서 박사님과 지프는 다시 조심스럽게 언덕을 올라갔다. 박사님은 지프를 생울타리 밑에 앉게 한 뒤 소리를 내면 절대 안 된다고 한 번 더 당부한 후 문앞에 있는 스티븐 옆으로 갔다.

"아직도 전혀 움직이지 않습니까?" 박사님이 물었다.

"전혀요." 스티븐이 속삭였다. "제 생각에는 제 책을 처음부터 끝까지 다 읽으려는 모양입니다."

"쯧쯧!" 박사님이 중얼거렸다. "오늘 밤은 운이 나쁜 모양입니다. 저게 뭐야? 박쥐들이 다시 오는 모양입니다."

박쥐들이 또 원을 그리며 박사님 머리 위로 다시 날아왔다.

"저기," 박사님이 속삭였다. "탑 위로 날아 안으로 들어가 문에 어떤 자물쇠가 달려 있는지 봐 줄 수 있겠니?"

"아, 그건 이미 알아요." 박쥐들이 대답했다. "그다지 튼튼한 건 아니에요. 작고 시시한 걸쇠예요 조금만 힘주면 바로 열릴 거예요."

"다행이다!" 박사님이 말했다.

박사님은 스티븐에게 둘이 뒤로 물러났다가 힘껏 문을 밀어 보자고 말했다.

"우리 둘이 힘껏 부딪히면 열릴 게 분명합니다. 하지만 동시에 부딪혀야 합니다. 준비되셨죠? 하나, 둘, 셋!"

두 사람은 힘을 모아 함께 부딪혔다. 두 사람의 어깨가 동시에 문짝을 쳤다. 그러자 나무판이 우두둑 갈라지는 소리를 내며 앞으로 넘어갔다. 하지만 불행히도 박사님이 문 위에 엎어지는 바람에 스티븐도 박사님 위로 엎어졌다. 남자는 팔을 휙 뻗어 탁자 위의 초를 껐다. 박사님은 급히 일어나 남자가 있음 직한 곳으로 달려갔다. 하지만 그곳에는 탁자만 있을 뿐 원고도 남자도 없었다. 이미 도둑이 자루를 집어 들고 재빨리 원고를 쓸어담아 넣은 후였던 것이다.

"스티븐, 입구를 막아요!" 박사님이 외쳤다. "놈을 밖으로 나가게 하면 안 돼요!"

하지만 이미 늦었다. 스티븐은 자신의 원고를 되찾는 데만 정신이 팔려 어두운 방 안으로 뛰어들어 주변을 미친 듯이 더듬고 있었다. 문을 통해 보이는 어두운 밤하늘을 배경으로 자루를 든 남자가 어둠 속으로 사라지는 모습이 박사님의 눈에 들어왔다.

"지프!" 박사님이 외쳤다. "지프! 정신 차려! 놈이 도망가고 있어. 원고를 가지고."

박사는 지프를 계속해서 부르며, 넘어진 문을 밟고 밖으로 튀어나갔다. 바람이 동쪽에서 더 세게 불어오고 있었다. 남자가 오른쪽으로 방향을 바꾸어 달아나는 걸 보고 풍향이 불리하다는 걸 직감했다. 지프를 언덕 꼭대기에서 조금 내려간 곳에서 대기하게 했는데 그곳은 바람이 불어오는 쪽이었다. 박사님의 목소리도 그 남자의 냄새도 반대 방향으로 향하고 있었다.

그래서 둘리틀 박사님은 지프의 주의를 끄는 데 2분이 넘게 걸렸다. 그사이 남자는 뒷바람을 맞으며 유유히 달아나고 있었다. 하지만 지프도 즉시 도둑을 쫓아 쏜살같이 달려나가기 시작했다. 그리고 박사님과 스티븐도 그 뒤에서 밤바람을 가르며 미친 듯이 달렸다.

"바람 방향이 불리해도," 박사님은 울퉁불퉁한 길을 헐레벌떡 달리며 말했다. "지프라면 놈을 놓치지 않을 겁니다. 지프는 추적에 관한 한, 놀라울 정도의 능력을 갖춘 개니까요."

"저는 놈이 원고를 없애지 않기만을 바랄 뿐입니다." 스티븐이 말했다.

"아니요. 그런 일은 없을 겁니다." 박사님이 말했다. "그래서 놈이 얻는 게 뭐겠습니까? 그랬다가는 할 수 있는 게 아무것도 없다는 건 놈도 잘 알 겁니다."

"어쩌면 자기가 훔쳤다는 증거를 없애기 위해 그렇게 할지도 모릅니다." 스티븐이 말했다.

두 사람은 지프의 모습을 놓친 채 달렸다. 그런데 20분쯤 지나자 지프가 되돌아오는 게 보였다. 지프의 낙담한 모습을 보고 두 사람은 추적이 완전히 실패했다는 걸 바로 알아챌 수 있었다.

"박사님, 실패했어요." 지프가 말했다. "녀석이 도망갔어요. 분해요! 박사님이 부르시는 걸 듣자마자, 저는 녀석의 냄새가 제 쪽으로 풍겨 오게 놈의 앞쪽으로 가려 했어요. 그런데 녀석이 저보다 워낙 빨리 출발한 데다 그 얄미운 오소리가 여기저기 남겨 놓은 냄새가 섞여서 나는 바람에 도저히 추적할 수가 없었어요. 녀석은 저 들판 안쪽 어느 숲으로 도망친 것 같아요. 물론 여기 살았으니까 그쪽 지리를 손바닥처럼 잘 알고 있을 테고요. 저는 녀석보다 발은 빠르지만, 이곳 지리는 낯설어요. 저는 녀석이 숨을 만한 곳을 찾아 숲이랑 도랑을 구석구석 뒤져 보았어요. 숲은 아주

넓었고 그 너머로 도로가 있었어요. 저는 그 도로를 따라 달렸어요. 도로라면 어둠 속에서도 쉽게 달릴 수 있다고 녀석이 판단해 도로를 따라 달아날 거라고 생각했거든요."

지프는 이야기를 계속했다. "그 길은 지그재그로 휘어져 마을 반대쪽으로 통했어요. 그곳도 바람이 제게 불리했어요. 게다가 녀석이 동네를 돌아다닐 생각을 하지 않는다고 해도… 아니 아마도 돌아다녔을 거예요… 그렇게 집이 많은 동네에서 저 혼자 녀석을 찾는 건 불가능에 가까울 거예요. 아무튼 박사님을 실망시킨 건 죄송합니다. 하지만 모든 게 다 제게 불리했던 건 사실이에요."

"암, 그렇고말고," 박사님이 말했다. "너무 안 좋았어. 정말 너무 안 좋았어! 그런데 네 생각에 뭐 다른 좋은 방법 없겠니?"

"마을로 가면 어떨까요?" 지프가 낙심한 목소리로 말했다. 우리가 다 마을로 가서 마을을 이 잡듯이 뒤지면 녀석과 마주칠지도 모르잖아요. 하지만 자신은 없어요. 녀석은 추적을 따돌린 경험이 많고 몸을 숨기는 법도 아주 잘 아는 것 같아요."

박사님은 지프가 말한 것을 스티븐에게 알려주었다. 그리고 풍차에 비가 들이치지 않게 문을 제자리에 돌려 놓은 다음 마을로 내려갔다. 마을에 도착했을 때는 이미 새벽 3시였다. 시장에도 졸린 얼굴을 한 경찰 한 명 빼고는 아무도 보이지 않았다.

박사님은 해 봐야 별 성과가 없을 거라는 걸 알았지만, 그래도 동료들의 도움을 받아 거리를 하나하나 뒤져 보기로 했다. 각각 구역을 나눠 한 시간 후에 시장에서 다시 만나기로 했다.

그들은 마을로 내려갔다.

박사님은 수색에 나선 지 얼마 되지 않아 이 시간대에는 몸을 아주 쉽게 숨길 수 있다는 걸 알게 되었다. 동네 사람이 모두 잠들어 있으니 정원에 있는 헛간이건 마구간이건 자기가 원하는 곳에 마음대로 들어가 숨을 수 있어서 놈을 잡으려면 온 동네 사람을 다 깨워야 했다. 게다가 이 일이 사람들에게 알려지는 걸 스티븐이 원치 않았기 때문에 보통의 방식으로 놈을 잡는 건 시도조차 할 수 없는 일이었다.

박사님이 시장에 돌아왔을 때 가장 먼저 채소 장수들이 마차에 물건을 싣고 도착하고 있었다. 박사님은 그곳에서 스티븐과 지프를 기다리며 밤에 일어난 일들을 되짚어 보았다. 만약 자신이 쫓기는 신세가 되었다면 어떻게 할 것인가. 가장 좋은 방법은 런던에 가서 군중 속에 숨는 걸 거라는 생각이 들었다. 그래서 박사님은 런던 쪽에서 오는 농부들에게 혹시 부랑자처럼 보이는 남자가 자루를 들고 가는 것을 보지 못했냐고 물어보았다. 하지만 돌아오는 대답은 다 똑같았다. 박사님이 말한 것 같은 사람은 아무도 보지 못했다는 것이다.

이윽고 스티븐과 지프가 돌아왔지만, 그들도 좋은 소식은 가지고 오지 못했다. 그래서 앞으로의 일은 일단 아침을 먹고 난 다음에 의논하기로 했다.

9장

도망가는 마차

아침 식사 분위기는 침울했다. 원고를 찾는 데 실패해 낙담한 창문 청소부 스티븐의 기분이 동료들 모두에게 고스란히 전해졌기 때문이다. 존 둘리틀 박사님은 삶은 달걀에 거의 손도 대지 않고 아무 말 없이 앉아 있었다. 그리고 스티븐 역시 베이컨을 이리 뒤척 저리 뒤척거리기만 했다.

"박사님도 아시겠지만," 스티븐이 말했다. "저는 제가 책을 완성할 수 없게 된 걸 도무지 믿을 수가 없습니다. 이제는 그냥 포기하는 게 나을 것 같기도 합니다."

"저라면 그러지 않겠습니다." 박사님이 대꾸했다. "이렇게 엉망진창인 세상에는 당신 같은 분이 꼭 필요합니다. 외국의 불행한 사람들을 위해 누군가가 나서지 않으면 그들은 전쟁을 일으킬지도 모릅니다. 그러면 조만간 우리도 그 전쟁에 휘말려 들고 말 겁니다. 스티븐, 힘을 내세요. 우리는 아직 포기하지 않았습니다. 놈은 런던으로 갈 기회를 엿보면서 이곳에 숨어 있을지 모릅니다."

"놈이 런던으로 가면," 스티븐이 말했다. "우리가 도대체 어떻게 놈을 찾을 수 있죠?"

"아무튼 우리는 당신을 찾았습니다. 그렇지 않습니까?" 박사님이 반문했다. "치프사이드와 녀석의 동료들이 당신을 찾는 데 채 하루도 걸리지 않았습니다." 박사님이 미소를 지어 보였다. "지금 여기서 놈을 찾았으면 좋았겠지만, 그렇다고 놈이 당신 원고를 가지고 아주 멀리 가 버린 것도 아니잖습니까?" 박사님은 이렇게 말하고 지프를 보았다.

"지프, 난 너를 탓할 생각이 없어. 블러드하운드가 떼로 추적에 나서도 바람 방향이 그랬다면 냄새를 맡을 수 없었을 게다. 하지만 새들… 나무 사이를 자유롭게 날아다닐 수 있는 새들이라면 놈이 숲으로 들어가도 찾을 수 있을지 모르지만."

지프는 아직도 의기소침해 있는 것처럼 보였다.

"하지만 박사님," 지프가 말했다. "기억해 주세요. 그때 숲이 암흑처럼 깜깜했고…."

"그랬지," 박사님이 자상하게 말했다. "나는 이미 잊었어. 그러니, 이제… 너무 걱정하지 말아. 내가 아는 개 중에 네가 가장 추적을 잘하는 개라는 생각은 지금도 변치 않고 그대로니까."

이 말을 들은 지프의 얼굴이 밝아졌다. "시장 광장에 사람이 많아지고 있어요." 지프가 말했다. "광장으로 나가 사람들 사이에서 찾아보는 게 어때요. 녀석의 냄새가 나는지 저도 찾아볼게요."

"좋은 생각이다, 지프." 박사님이 말했다. "나는 여관주인한테 아침값이랑 숙박비를 내고 오마."

박사님이 스티븐에게 새로운 계획을 설명하고 차를 마신 다음 숙박비를 내러 간 동안, 피피넬라는 토스트 부스러기와 스티븐이 남긴 베이컨으로 아침을 충분히 먹고 난 다음 다시 추적에 나설 준비를 했다. 피피넬라가 친구의 어깨에 앉아 박사님에게 말했다.

"스티븐에게 제 몸은 제가 지킬 수 있다고 전해 주세요. 원고를 훔쳐 간 악당 녀석을 잡는 데 집중해야 할 때 저를 지키려다 시간을 낭비해서는 안 되니까요."

"알겠다, 피피넬라." 박사님이 말했다. "네 말, 스티븐에게 전해 줄게."

그리고 일행은 과일과 채소 매대 사이를 돌아다니며, 물건을 사려는 사람들의 얼굴을 하나하나 들여다보았다. 한편 지프는 지나다니는 사람들의 발뒤꿈치를 빠짐없이 냄새 맡으며 돌아다녔다. 그런데 긴 가죽 구두를 신은 어떤 사람이 실수로 코끝을 치는 바람에 코가 너무 아파 발끝으로 코를 문지르며 눈물까지 흘리는 사고를 당했다.

"당해도 싸지." 지프가 혼잣말을 했다. "초짜 티를 냈으니. 놈이 근처에 있다면, 시장에서 이렇게 일일이 코를 사람들 발꿈치에 가져다 대고 맡지 않아도 놈의 냄새를 알아낼 수 있잖아."

지프가 혼잣말을 하는 것을 들은 박사님과 피피넬라가 웃음을 터뜨렸다. 하지만 개의 말을 모르는 스티븐은 남이 아파하는데 웃는 건 너무 무정한 것 아닌가 하는 생각을 했다. 하지만 지프가 한 말을 박사님이 설명해 준 덕분에 오해는 곧 풀렸다.

지프의 말을 통역해 준 후, 박사님이 말했다. "지프 말이 맞습니다. 우리가 너무 긴장했습니다. 어디든 가서 잠시 앉아 있는 게 좋을 것 같습니다. 사람들이 왔다 갔다 하는 모습은 저기 벤치에 앉아서도 보일 테니까요."

햇볕은 따뜻했다. 박사님도 스티븐도 어젯밤에 잠을 못 자서 매우 피곤했다. 처음에는 도둑을 더 꼼꼼히 감시할 생각이었지만, 의도와는 달리 두 사람은 잠시 조는가 싶더니 이내 깊게 잠이 들어 버리고 말았다. 지프는 얼굴을 앞발에 묻은 채 박사님 발밑에 웅크리고 앉아 한쪽 눈을 부릅뜬 채 행인들을 감시하고 있었다. 하지만 다른 쪽 눈은 순간순간 잠을 청하고 있었다. 그러다 결국 지프도 잠에 빠져들었다.

하지만 피피넬라만큼은 눈을 똑똑히 뜨고 있었다. 어젯밤에 일어났던 일이 피피넬라의 상상력에 불을 지핀 것이다. 피피넬라는 삶을 다시 사는 것 같은 느낌을 받았다. 어느 부분이 반복되는 건지는 정확히 몰랐지만, 뭔가 가슴을 두근거리게 하는 게 있었다. 그것은 일종의 예감 같은 것이었다. 피피넬라는 잠들어 있는 스티븐의 어깨에 앉아 주변에서 벌어지는 일을 하나도 빼지 않고 보고 있었다.

그때 피피넬라의 눈앞으로 여러 사람이 무리를 지어 지나갔는데 그중에 캐시미어 숄을 두르고 장바구니를 든 친숙한 사람이 채소 매대들 앞을 가벼운 발걸음으로 걸어가는 모습이 보였다.

"로지 이모다!" 피피넬라가 작은 소리로 말했다. "로지 이모가 이 마을에 산다는 걸 잊고 있었어."

피피넬라는 잠들어 있는 동료들을 그대로 놔 두고 마을 사람들 머리 위로 날아가 로지 이모의 어깨 위에 앉았다.

"어…. 어!" 자그마한 노부인이 비명을 지르며, 장바구니를 떨어뜨리고 팔을 허공에 휘저었다. "뭐지…? 이게 뭐지?"

노부인은 고개를 돌려 자기를 놀라게 한 것의 정체를 확인하고 놀라서 말도 제대로 하지 못했다.

그러다 겨우 말문을 터뜨렸다. "피피넬라! 설마! 깜짝이야. 넌 어디서 온 거니? 넌 런던에 있는 걸로 아는데. 오페라에서 봤어. 요즘 완전 유명인사가 다 되었잖아. 꿈이야 생시야. 넌 내 방에 살았잖아!"

자그마한 노부인이 새한테 수다를 떨고 있는 모습을 보고 이상하게 여긴 한 신사가 멈춰 서서 발밑에 떨어져 있는 장바구니를 집어 주었다.

"부인, 어디 편찮으신 데라도 있으신가요?" 신사가 물었다.

"절대 아니에요!" 로지 이모가 말했다. "이 새 때문에 조금 놀랐을 뿐이에요. 이 새는 둘리틀이라는 이름을 가진 의사가 몇 달 전 런던에서 공연한 그 유명한 오페라의 프리마돈나예요. 선생님도 신문에서 보셨을 거예요. 인기가 아주 많았거든요."

"그런가요?" 신사가 좀 의아하다는 듯 인상을 찌푸리며 말했다. "이 새가 그 새라면 여기서 도대체 뭘 하고 있는 거죠? 당신 어깨에는 왜 내려앉아 있는 거고요?"

"멍청이!" 로지 이모가 들릴락 말락한 소리로 말했다. 그런 다음 자랑스러운듯 웃으며 신사에게 대답해 주었다.

"얼마 전까지만 해도 제가 이 새를 기르고 있었거든요. 저희 집 창문을 닦아 주던 사람에게 주었어요. 그 남자가 오페라단에 넘긴 게 분명해요. 아마 팔았겠죠. 그 사람은 몹시 가난했으니까요. 하지만 저도 이 작은 새가 왜 여기에 있는지는 모르겠어요. 하지만 저를 알아보는 건 분명해요. 혹시 길을 잃은 건 아닌지 모르겠네요."

"그렇다면 부인이 말씀하신 박사님이 이 근처에 와 계실지도 모르겠군요." 신사는 뒤를 흘끗 돌아보며 말했다. "그러면 이 새가 왜 여기 와 있는지가 설명될 것 같습니다."

로지 이모는 이 말을 듣고 너무 놀라 목례조차 하지 않고 급히 신사 옆을 떠나 걸어갔다.

그리고 그 유명한 오페라단의 단장인 둘리틀 박사를 찾기 위해 주위에 있는 사람들 얼굴을 살펴보았다. 그러다 갑자기 멈춰 섰다.

"맙소사, 맙소사! 피피넬라!" 로지 이모가 말했다. "그리고 보니 내가 박사님의 얼굴조차 모르네. 런던 사람들이 죄다 박사님에 대해 얘기하고 있는데 말이야. 박사님 얼굴이 신문을 도배하고 있지만 사진들이 다 달라. 게다가 나는 박사님이 어떻게 생기셨는지 상상도 할 수 없어. 내가 알고 있는 거는 박사님이 기다란 모자를 쓰고 있고…. 그리고…"

로지 이모는 목을 쭉 빼고 시장 건너편 쪽을 바라봤다. 피피넬라는 노부인이 박사님을 찾았다고 생각해 날개를 펴고 벤치로 날아갔다.

"둘리틀 박사님! 일어나세요!" 피피넬라가 외쳤다. "로지 이모가 이쪽으로 오고 있어요."

깜짝 놀라 눈을 뜬 박사님은 기다란 모자를 뒷머리에 눌러 썼다.

"아…, 아." 박사님이 졸린 듯 말했다. "피피넬라, 뭐라고?"

"로지 이모가 여기로 오고 있어요." 피피넬라가 말했다. "박사님, 탄광에서 저를 구해 준 자그마한 노부인 기억하시죠?"

박사님은 잠에서 확실히 깬 후, 넥타이를 매만졌다. 로지 이모가 박사님 앞에 와서 섰다. 박사님은 급히 벤치에서 일어나 고개숙여 인사했다.

"존 둘리틀 박사님!" 로지 이모가 큰 소리로 말했다. "정말이네. 놀랍군요. 지난번에 우리 집에 오셔서 차를 마신 분하고 같은 분이시라니…. 그런데 그때 급히 마차를 타러 가셨죠. 박사님 여동생이 당신이 의사라는 거랑 이것저것 얘기해 주었어요. 제대로 대접도 못 해드렸는데 갑자기 그렇게 떠나셔서 서운했어요. 유명하신 존 둘리틀 박사님을 제가 전에 만나 뵌 적이 있다는 게 얼마나 기쁜지 모르겠어요. 그런데도 박사님을 몰라뵙다니. 이럴 수가! 뜨개질 모임 친구들한테 이 사실을 꼭 말해 주어야겠어요."

둘리틀 박사님은 그저 가만히 서 있기만 했다. 모자를 손에 든 채. 박사님은 자신이 유명인처럼 대접받는 걸 어색해했다. 다른 사람들이 인사를 하거나 칭찬을 하는 건 그나마 나았다.

"안녕하세요?" 쑥쓰러움을 감추려고 고개를 숙이며 박사님이 말했다. "다시 만나 뵙게 되어 정말 기쁩니다."

그러자 로지 이모의 질문이 봇물 터지듯 쏟아졌다. 피피넬라를 어떻게 손에 넣게 되었는지, 여동생 세라가 리버풀로 이사한 건 아는지, 런던에서 오페라 공연을 더 할 계획인지, 창문 청소부가 있는 곳은 찾았는지, 나중에 차를 마시러 자기 집으로 와서 뜨개질 모임 친구들을 만나 줄 수는 있는지, 등등….

끊임없이 쏟아져 나오는 질문마다 박사님은 대답을 하기 위해 입을 열었다 닫았다를 반복했다. 하지만 로지 이모는 박사님이 답을 할 기회를 주지 않았다. 로지 이모는 사실 박사님의 대답에는 관심이 없었다. 박사님의 관심을 계속 끌어, 자기가 그 유명한 박사님과 이야기를 나누고 있는 모습을 시장에 나온 친구들이 봐 주기를 원할 뿐이었다.

질문을 퍼붓던 로지 이모의 눈에 갑자기 스티븐이 보였다. 잠에서 깬 스티븐은 햇빛이 너무 따가워 얼굴 가리개로 썼던 모자를 다시 머리에 썼다. 로지 이모는 손가락으로 스티븐을 가리키며 큰 소리로 말했다.

"와, 창문 청소부가 여기 있어! 당신에게 무슨 일이 있었던 거죠? 당신이 우리 집 창문 일을 하러 반드시 다시 와 줄 거라고 생각했었거든요. 우리 집 하녀 에이미는 창문 청소는 잘하지 못하거든요. 아직도 창문 청소일을 하고 있는 거죠?"

로지 이모가 질문을 계속하는 동안, 스티븐은 벤치에서 일어나 모자를 벗고 로지 이모의 질문이 끝나 자기도 한 가지쯤은 대답할 수 있게 되기를 기다리고 있었다.

"아니요." 스티븐이 마침내 가까스로 대답했다. "지금은 박사님과 함께 살고 있습니다. 창문 청소일은 임시로 했던 거고요. 런던에 갈 여비를 벌기 위해서였습니다."

"난 하나도 안 놀랐어요." 로지 이모가 말했다. "당신도 남들하고 뭔가 다른 면이 있다는 걸 알고 있었어요. 나는 당신이 예술에 종사하는 사람이라고 생각했어요…. 박사님처럼요."

"어느 정도는요." 스티븐이 대답했다.

뜨개질 모임 친구들에게 보고할 수 있는 이야기를 듣기 전까지는 로지 이모의 질문이 멈출 것 같지 않다는 걸 알게 된 박사님은 어떻게든 이야기를 끝내야겠다고 생각했다. 박사님은 주머니에서 금시계를 꺼내 시간을 보았다.

"로지 이모님, 우리는 이제 정말로 가야 합니다." 박사님이 말했다. "벌써 8시 10분이고, 우리는…."

"어머나, 말도 안 돼요!" 로지 이모가 끼어들었다. "런던 가는 마차는 여기서는 언제든 있어요. 저는 제 여동생에게 가져다줄 달걀을 사려고 시장에 왔어요. 나이츠브리지에 사는 여동생이에요. 아이가 여섯이나 돼서 먹을 게 아주 많이 필요하거든요. 하지만 도시에서 파는 달걀은 품질이 아주 안 좋아요. 그런 달걀은 돼지들도 먹지 않을 거예요! 제게는 두 주에 한 번 정도 여동생을 보러 갈 좋은 핑곗거리기도 하고요. 오늘은 치즈도 좀 사다 주려고요. 우리 지역에서 나는 치즈를 드셔 본 적이 있으세요? 웬들미어에서 만드는 치즈는 제대로예요. 버터를 전혀 쓰지 않거든요. 특별히 말씀드리는 거예요…. 수입품보다 훨씬 좋아요."

"그렇군요." 박사님이 말했다. "저도 언제 한번 먹어 봐야겠습니다."

박사님은 스티븐을 힐끗 쳐다보았다. 그는 로지 이모의 수다가 언제쯤이면 끝나려나 안절부절못하고 기다리고 있었다. 그가 로지 이모 옆으로 걸어 나와 팔을 내밀었다.

"제가 마차 정류장까지 바래다 드려도 되겠습니까?" 박사님이 로지 이모의 말을 어디서 끊어야 할지 몰라 고생하고 있는 걸 알아차리고 그가 말했다.

"그 전에 달걀이랑 치즈를 사야 해요." 로지 이모가 그의 팔을 잡으며 말했다. "가시면서 이야기하면 돼요. 그럼 안녕히 가세요. 박사님, 저희 집에 차 한 잔 드시러 오신다고 약속하신 것 잊지 마시고요."

급히 떠나는 그들을 보며 박사님은 고개를 끄덕였다. 계속 스티븐의 어깨에 앉아 있었던 피피넬라가 박사님과 지프를 향해 큰 소리로 말했다.

"박사님만 괜찮으시면, 스티븐과 함께 갈게요. 거기 있는 사람들 사이에 혹시라도 도둑이 끼어 있을 수도 있잖아요. 발견하면 신속히 돌아올게요."

박사님과 지프는 로지 이모가 스티븐과 함께 출발해 매대를 돌면서 장을 보는 모습을 지켜보았다. 얼마 안 있어 로지 이모와 스티븐은 광장 북쪽 끝 마차 정류장 쪽으로 갔다. 멀리서 말발굽과 마구 소리가 들리며 런던행 마차가 도착했다. 그러자 사람이 북적이는 시장에서 나는 온갖 소리에 섞여 희미하게 노랫소리가 들려왔다. 박사님은 그 소리가 피피넬라가 흥겹게 부르는 '마구가 짤랑짤랑' 노래라는 것을 분명하게 알 수 있었다.

"자기 친구를 다시 만나게 되어 피피넬라가 정말 기쁜 모양이구나." 박사님이 지프에게 말했다. "내 생각에는 아마도 런던행 마차의 마구 소리를 듣고 7대양 여관 시절에 자기가 작곡한 노래가 생각난 모양이야."

"그렇겠죠." 지프가 말했다. "피피넬라의 노래를 다시 듣게 되니 마음이 놓이네요. 이건 제 희망이지만 이제 다시 만났으니 피피넬라가 친구랑 헤어지는 일이 다시는 일어나지 않았으면 좋겠어요."

이제 마차가 정류소에 가까워지는 소리가 더 또렷하게 들려왔다. 멀리서 로지 이모가 손을 들어 마차를 세우려고 마부에게 팔을 흔드는 모습이 보였다. 상인들과 손님들이 정류소에 도착하는 마차를 보는 바람에 시장이 잠시 조용해졌다.

그런데 갑자기 말발굽과 바퀴 소리가 천둥처럼 요란하게 나더니 마차가 정류소를 지나 시장 안으로 돌진했다. 사람들이 놀라 흩어지고 닭과 오리들이 죽지 않으려고 도망치는 모습이 보였다. 새들은 온 마을이 먼지로 뒤덮일 정도로 필사적으로 날갯짓을 해 댔다.

"어떻게 된 거죠?" 지프가 얼이 빠진 모습으로 말했다. "로지 이모가 마차를 타려고 하는 걸 마부도 보았을 텐데요."

"이상한 일이군." 박사님이 말했다. "웬들미어 정류소는 저 마차가 늘 서는 곳인데 말이다. 말들이 도망치려 한 것 같지도 않고. 지프, 봐봐! 피피넬라가 오고 있어."

피피넬라가 날개를 퍼덕이며 박사님이 내민 손에 내려앉았다. 피피넬라는 먼지 속을 뚫고 날아오느라 눈물을 흘리고 있었다. 그리고 숨이 막힌 듯 헐떡이고 있었다.

"맙소사!" 박사님이 깜짝 놀라 말했다. "너 나무에 부딪힐 뻔했어. 눈 감고 나는 것 같았다고. 잠깐 숨부터 돌리고 말해."

박사님은 기다리는 동안 피피넬라를 손으로 살며시 안아 주었다.

"무슨 일이 일어났는지 박사님도 보셨죠?" 피피넬라가 호흡을 가다듬고 간신히 말했다.

"그래." 박사님이 대답했다. "그런데 정말 이상해. 마부가 로지 이모를 보지 못한 거니?"

"마부는 로지 이모를 봤어요. 분명해요!" 피피넬라가 대답했다. "그런데도 멈추지 않았어요. 뭔가 이상한 일이 일어난 것 같아요.

저는 그 마부를 알아요. 그 사람은 이 길에서 가장 믿을 만한 마부예요."

"그게 무슨 말이니?" 박사님이 물었다. "네가 아는 마부라는 말이니?"

"예, 박사님." 피피넬라가 대답했다. "저는 그 남자의 얼굴을 똑똑히 봤어요. 제 친구 잭이에요. 제가 7대양 여관에 있을 때 각설탕을 가져다주던 사람이에요."

"그렇다면 뭔가 잘못된 게 분명하구나." 박사님이 말했다. "피피넬라, 너, 그 마차를 따라잡을 수 있겠니?"

"물론이죠." 피피넬라가 대답했다. "저는 그 마차보다 50배는 더 빨리 날 수 있어요."

"알겠다. 그럼 빨리 가!" 박사님은 피피넬라가 날아오르게 손을 높이 들어 올렸다. "마차가 왜 서지 않았는지 알아봐. 나는 여기 남아 필요하다면 우리를 도와줄 사람들을 모을 테니까. 알아내는 게 있으면 되도록 빨리 나한테 알려주고."

10장

원고를 되찾다

초록 카나리아 피피넬라는 둘리틀 박사님의 손을 박차고 나가 시장 옆 울창한 떡갈나무 숲으로 쏜살같이 날아갔다. 시내를 벗어 나자, 저 멀리 흙먼지를 일으키며 달려가는 마차가 보였다. 카나 리아는 들판을 가로질러 오른쪽으로 꺾어진 길을 따라 날았다. 카 나리아는 그곳을 달리는 마차를 따라잡아 마부의 어깨에 내려 앉 았다.

"딸그랑! 딸그랑! 틱틱! 마부여 말을 멈춰라!" 피피넬라는 달리 는 바퀴에서 나는 커다란 소리에 묻히지 않게 목청 높여 노래를 불렀다. 피피넬라는 잭이 이 노래를 기억하고 있을 거라고 확신했 다. 잭의 마차가 7대양 여관에 도착할 때마다 자기가 불러 주던 노래였기 때문이다.

"피피넬라!" 잭이 외쳤다. "내 친구 피피넬라구나."

하지만 잭은 피피넬라를 보고도 반가운 표정 한 번 지어 보이지 않았다. 그는 숨을 헐떡이며 달리는 말의 고삐를 당기며 더 힘껏 박차를 가했다.

"저리 가, 핏!" 잭이 고함쳤다. "여기 있으면 위험해!"

하지만 피피넬라는 잭의 외투에 더 꽉 매달렸다. 뭔가 아주 심각한 문제가 생긴 것 같다는 생각이 든 피피넬라는 외투의 천에 발톱을 더 깊이 박아 넣고 마차 객석에 앉아 있는 사람들의 얼굴을 보기 위해 몸을 기울였다. 눈매가 날카롭고 얼굴에 억센 수염이 난 남자가 한 명 보였다. 그는 검은 권총으로 잭을 겨누고 있었다.

창문 청소부의 원고를 훔친 도둑이었다!

"저리 가라고 했잖아!" 잭이 또다시 외쳤다. "저 악당 녀석이 방아쇠를 당기면 다친다니까!"

도둑의 눈이 악마처럼 이글거렸다. 그는 권총을 휘둘러 댔다. "날 악당 녀석이라고 부른 녀석이 누구야?" 그가 고함을 질렀다. "나한테 그런 건방진 소리를 하다간 골로 갈 줄 알아."

피피넬라는 이 위험한 승객을 더 이상 자극하지 않기 위해 잭의 반대쪽 어깨로 자리를 옮겼다. 피피넬라는 어떻게 하면 좋을지 잠시 생각했다. 그러다 박사님이 신속히 보고해 달라고 지시했던 게 생각나 하늘로 날아올라 시내로 되돌아갔다.

한편 박사님도 가만히 있지만은 않았다. 박사님은 지프의 도움

356

을 받아 용맹스럽고 싸움 잘하는 잡종개 10여 마리를 불러 모아 두었다.

그 개들은 자기들이 이 유명한 동물 의사를 직접 만나게 되었다는 사실에 들떠 짖어 댔다. 그러다 조용해지자 박사님이 개의 언어로 말했다. "내게 도움이 필요할 때, 너희들에게 도움을 청해도 되겠니?"

"물론이죠, 물론이고말고요." 스코티시테리어 피가 섞인 잡종개 맥이 대답했다. "둘리틀 박사님께 도움이 된다면 제게도 기쁜 일이죠. 어떤 일입니까?

"아직은 몰라." 박사님이 말했다. "하지만 아주 위험한 일이 될 수도 있어." 박사님은 진지한 표정으로 자신을 바라보는 개들의 얼굴을 일일이 바라보며 말했다.

"맥의 의견에 모두 찬성하니?"

개들은 꼬리를 흔들거나 귀를 쫑긋하거나 귀를 긁거나 코를 실룩거리는 등 각자의 방식으로 모두 찬성의 뜻을 나타냈다.

"그럼 날 따라와!" 박사님이 명령했다. 그는 런던으로 통하는 길을 따라 출발했다. 스티븐과 지프는 박사님 옆에서, 그리고 잡종개들은 뒤에서 빠르게 뛰어갔다.

혹시라도 피피넬라가 오나 알아보기 위해 하늘을 쳐다보던 박사님의 기다란 모자 위로 뭔가 자그마한 것 하나가 내려앉았다. 뭔지 확인해 보기 위해 손을 뻗어 더듬어 보니 작은 다리 두 개가 만져졌다.

"피피넬라구나, 맞지?" 손을 내리며 박사님이 물었다. 하지만 뛰는 걸 멈추지는 않았다.

"아니요. 피프 아닌데요." 그 새가 말했다. "저예요. 치프사이드! 지금 어디로 가시는 중인가요? 이렇게 급히… 박사님, 심장에 무리 가요."

"지금은 그런 거 신경 쓸 때가 아니야." 박사님이 말했다. "다시 만나 반갑구나. 그런데 너는 여기 어쩐 일이니?"

"어쩐 일이기는요?" 런던 참새가 말했다. "박사님을 찾고 있었어요. 오늘 장모님이 이사 가셔서 베키가 장모님을 만나러 하이드 파크에 갔거든요. 장모님이 그곳으로 이사 가신다고 해서요. 지난주 퍼레이드 때 여왕 폐하의 보닛에 한번 내려앉으시더니 그 날 이후로 피커딜리는 여왕 폐하의 새 보닛에 앉았던 새가 살기에는 적합한 곳이 아니라고 주구장창 말씀하시더라고요. 아무튼 아까도 말씀드렸지만 베키도 하루 종일 집에 없을 거고 해서 이런 날은 퍼들비로 가서 박사님을 뵙는 것도 괜찮을 것 같았어요. 그런데 거기 안 계시더라고요. 그래서 박사님을 찾아 돌아다녀 봤죠… 맙소사, 난장판이 따로 없네요…. 아무튼… 그래서 그린히스로 가보았더니 다른 사람을 찾으러 가셨다는 거예요. 그건 그렇고, 박사님, 속도 좀 늦추시면 안 되나요? 허파가 터질 것처럼 고함을 쳐야 겨우 말을 알아들 수 있을 정도예요. 저 개들은 박사님 뒤에서 도대체 뭐하는 거예요? 말씀만 하세요. 제가 눈알을 쪼아 버릴게요!

358

"아니, 아니야!" 박사님이 소리쳤다. "우리는 지금 잭이라는 마부를 도와주러 가는 중이야. 그 사람은 피피넬라의 친구야."

박사님은 좀 더 이야기를 해주려 했다. 그런데 바로 그때, 하늘에 작은 점 하나가 나타나더니 점점 더 가까이 다가오는 것이 보였다.

"피피넬라가 오고 있어!" 박사님은 뛰는 걸 멈추고 걷기 시작했다. "나머지 이야기는 피피넬라가 해 줄 거야."

일행은 길가에 멈춰 서서 피피넬라가 도착하기를 기다렸다.

"꽤 잘 나네요… 프리마돈나 치고는… 그렇죠?" 치프사이드가 말했다.

피피넬라는 박사님의 손에 내려앉았지만, 너무 숨이 차 아무 말도 하지 못했다. 잠시 후 피피넬라는 잭이 얼마나 큰 위험에 처해 있는지 알려주었다.

"그런데…" 피피넬라가 숨을 헐떡이며 말했다. "총을 가지고 있는 남자가 바로 스티븐의 원고를 훔쳐 간 녀석이었어요."

"확실하니?" 박사님이 물었다.

"분명해요." 피피넬라가 대답했다. "그렇게 흉한 얼굴을 기억하지 못할 사람은 아무도 없을 거예요."

"스티븐의 원고는 어떻게 되었니?" 박사님이 다급하게 물었다. "놈이 아직 가지고 있니?"

"그건 저도 몰라요." 피피넬라가 대답했다. "하지만 어쨌든 잭을 도와주어야 해요."

"당연히 그래야지!" 박사님이 말했다. "지금 당장 우리 계획을 실행해야겠다." 박사님은 피피넬라에게 들은 내용을 가능한 한 짧게 스티븐에게 통역해 주었다. 그런 다음 지프를 돌아보며 말했다.

"지프, 맥하고 다른 개들을 데리고 피피넬라를 전속력으로 따라가. 마차를 따라잡으면 말들한테 내가 멈추라고 했다고 전해 줘. 맥, 너는 지프가 말들에게 설명하는 동안 마차로 가 놈이 총을 쏘지 못하게 막아!"

"가자!" 지프가 외쳤다. "도둑놈아, 이번에는 절대 도망가지 못할 거다!"

"기다려," 치프사이드가 큰 소리로 말했다. "넌 내가 이런 재미있는 일에 빠질 것 같아 보여?"

지프가 지휘하는 개들이 길로 뛰어나가는 것과 동시에 치프사이드와 피피넬라도 하늘로 날아올랐다. 이제 마차는 지평선 너머로 아주 작은 점으로밖에 보이지 않았다. 이 기묘한 추적자들은 전속력으로 족히 10분은 달려서 겨우 마차를 따라 잡았다. 추적자들은 마차 가까이 다가갔지만 엄청난 속도로 달리는 마차가 일으키는 먼지 때문에 서로의 모습을 볼 수 없었다. 심지어는 숨도 편하게 쉬지 못할 정도였다.

"목초지를 가로질러요!" 피피넬라가 공중에서 외쳤다. "길이 저 느릅나무 앞에서 급하게 꺾여요. 지름길로 가면 마차를 앞지를 수 있을 거예요."

피피넬라와 치프사이드는 농부들이 세워 놓은 곡식 다발들을 스치듯이 낮게 날아갔다. 개들은 배가 흰 파도를 일으키며 바다를 향해하듯, 발자국을 남기며 건초 사이를 헤집고 새들을 따라 달렸다. 개들이 다시 길로 들어서자, 피피넬라가 앞에서 부리로 방향을 알려주었다.

"저기, 저기예요!" 피피넬라가 큰소리로 외쳤다. "날 따라와요!"

커다란 느릅나무들이 서 있는 곳에 도착하자 길모퉁이에 마차가 보였다. 말들이 놀라 앞다리를 드는 바람에 마차가 크게 흔들렸다. 그러자 좌석에 앉아 있던 남자가 창문 밖으로 얼굴을 내밀고 허공에 권총을 휘두르는 바람에 잭은 말들을 계속해서 달리게 했다.

지프는 길로 뛰어들어 말 옆에 붙어 함께 달렸다

"멈춰!" 지프가 외쳤다. "둘리틀 박사님이 너희들한테 내린 명령이야. 멈춰!"

"그럴 수 없어." 지프 옆에 있는 말이 울먹이며 말했다. "그렇게 하면 잭이 죽어!"

"밀리, 내 말대로 해!" 지프는 말의 앞다리를 가볍게 물며 명령했다.

치프사이드도 말의 귀에 앉아 귓속을 후벼 대며 말했다.

"밀리, 지프가 하라는 대로 해! 그렇지 않으면 네 눈에 구멍을 뚫어 버릴 거야!"

"아, 안녕, 치프사이드." 밀리가 말했다. "다시 만나 반가워."

"인사치레는 필요 없어, 바보 같은 놈!" 치프사이드가 말했다.

"박사님이 멈추라고 했어! 난 박사님의 명령이 잘 지켜지는지 확인하러 왔다고!"

밀리는 계속해서 달리며, 조금씩 뒤를 돌아보았다. 지프가 말한 대로였다. 스코티시테리어 맥이 지휘하는 개들이 달리는 마차의 창문으로 뛰어들어 발톱으로 도둑 얼굴을 할퀴고 있었다. 이제 도둑의 모습은 보이지 않았지만 안에서 싸우는 소리는 들렸다. 밀리는 숨을 헐떡이며 동료 말에게 말했다.

"멈춰, 조지핀! 이제 괜찮아. 저 남자는 개들이 맡고 있어. 다행이야. 잭은 안전하니 이제 이 미친 질주는 그만둬도 될 것 같아."

말들은 덜컹거리며 달리는 마차를 세웠다. 이제야 긴장이 탁 풀린 말들은 발작이라도 일으킬 것처럼 펑펑 울어 댔다.

"기운 내!" 치프사이드가 말했다. "이건 울 일이 아니잖아. 너희는 해야 할 일을 한 것뿐이라구!"

밀리는 눈에서 눈물을 털어 내며 조지핀의 코끝을 가볍게 툭 쳤다.

"치프사이드 말이 맞아," 밀리가 말했다. "이건 우리 잘못이 아니야."

마차가 멈추는 것과 동시에, 마차 손잡이를 잡고 겨우 버티던 도둑이 개와 한 덩어리가 되어 먼지투성이 도로 위로 굴러 떨어졌다. 남자는 일어서서 자유를 찾으려 했지만 개들이 계속 달려들어 다시 바닥에 넘어졌다. 피피넬라와 치프사이드는 남자 머리 위로 돌진해 귀를 쪼아 댔다. 그러자 남자는 이러다가는 미쳐 버릴지도 모른다는 두려움에 빠져들었다.

"도와주세요! 도와주세요!" 남자는 공포에 질려 소리쳤다. "좀 떨어지라고 해 주세요! 조용히 있을 테니 도와주세요!"

잭이 말채찍을 들고 개와 한 덩어리가 되어 뒹구는 남자를 위에서 내려다보고 있었다.

"총이 없으니 이건 완전 겁쟁이잖아." 그가 말했다

지프는 맥과 다른 개들이 임무를 잘 처리하는 걸 확인하고 미친 듯이 원고를 찾았다. 그러다 도둑이 마차 의자 밑에 숨겨둔 원고를 발견하자 기쁨에 겨워 짖어 댔다.

"피프! 피프!" 지프가 외쳤다. "여기로 와! 스티븐 원고, 찾았어."

그때 길모퉁이에서 박사님과 스티븐이 외투자락을 휘날리며 이쪽으로 달려오는 모습이 보였다. 피피넬라는 원고를 찾았다는 기쁜 소식을 전해 주기 위해 두 사람 쪽으로 날아갔다. 박사님은 피피넬라가 가지고 온 소식을 스티븐에게도 알려 주었다.

"피프, 잘했어!" 스티븐이 말했다. "너는 정말 최고의 친구야."

"뭘요. 전 아무것도 한 게 없어요." 피피넬라가 대답했다. "이건 다 지프가 한 일이에요. 당신이 마차에 도착할 때까지 지프가 원고를 지키고 있을 거예요."

이번에도 박사님이 통역을 해 주었다.

마차에 도착해 보니 잭이 종이 뭉치를 자기에게 달라고 지프를 설득하고 있었다. 아무것도 모르는 그로서는 그 종이 뭉치가 지금 개들이 잡고 있는 남자 것이니 그걸 보면 그의 신분을 알 수 있을 거라고 생각한 것이다.

"착하지," 잭은 마차 안으로 머리를 들이밀고 종이 뭉치를 꺼내려고 했다. "아무 짓도 하지 않을 테니까 나한테 주렴."

하지만 지프는 꼼짝도 하지 않았다. 지프는 잭이 누군지 몰랐다. 피피넬라에게 들은 것 말고는 말이다. 지프는 조금의 빈틈도 허락하지 않았다. 하지만 열려져 있는 마차 문으로 박사님의 얼굴이 보이자 기뻐하며 짖었다.

"박사님이 오셔서 다행이에요!" 지프가 말했다. "저는 피피넬라의 친구를 물고 싶지 않았어요. 하지만 스티븐의 원고를 달라고 계속 떼쓰면 물려고 했어요."

박사는 종이 뭉치를 받아 스티븐에게 건네주었다.

"정말 멋지게 잘 해냈어." 박사님이 지프에게 말했다. "나는 네가 자랑스러워. 이리 오렴…. 우릴 이렇게 고생시킨 악당의 낯짝이나 한번 구경하자."

박사님은 몸을 웅크리고 있는 남자 위에서 우스꽝스럽게 뒤엉켜 난리법석을 떨고 있는 개들을 보고 웃으며 맥에게 말했다.

"이제 놔둬도 될 것 같아. 이 사람한테 할 말이 있어."

개들은 남자를 놓아주고 헝클어진 털을 흔들고 난 다음 박사님 옆에 와서 섰다. 남자가 일어나자 박사님이 다시 맥을 보며 말했다.

"너도, 네 친구들도 모두 정말 좋은 사냥개야. 상대에게 상처 하나 입히지 않다니 말이야. 너희들을 정말 높이 평가해 주고 싶구나."

개들은 몸을 웅크리고 있는 남자 위에서 우스꽝스럽게 뒤엉켜 난리법석을 떨고 있었다.

"감사합니다. 둘리틀 박사님," 스코티시테리어 맥이 말했다. "좀 힘들기는 했습니다. 이 놈이 너무 난폭하게 구는 바람에…. 이 놈 귀를 물어뜯어 주고 싶은 걸 억지로 참았습니다. 하지만 박사님께서 말씀해 주신 게 기억났습니다. 피 한 방울도 흘리게 해서는 안 된다고 말씀하신 거요."

도둑은 박사님과 맥이 이야기를 하는 기묘한 모습을 보고 어리둥절했다. 물론 그들은 개의 말로 이야기했다. 도둑은 도망갈 기회를 엿보며 고개를 연신 돌려 댔다.

"내가 당신이라면 도망갈 시도는 하지 않을 거요." 박사님이 말했다. "설령 도망친다고 해도 내 친구들한테 순식간에 따라잡힐 테니까 말이오. 당신 몸을 갈기갈기 찢어 놓으면 안 된다고 이번에도 개들에게 말하겠다고 장담할 수는 없소."

"선생님께 해를 입힐 생각은 없었습니다." 남자는 우는 소리를 해 댔다. "저는 단지 잠을 자기 위해 비를 피할 곳을 찾고 있었을 뿐입니다. 그러다 그 낡은 풍차에 남자들이 숨어들어 바닥을 뒤지고 있는 걸 보고 이 풍차에 뭔가 중요한 게 있을지도 모른다는 생각을 했습니다. 그래서 그게 뭔지 찾아보기로 한 겁니다."

스티븐, 잭, 피피넬라, 치프사이드까지 모두가 박사님과 여섯 마리 개 옆에 와서 도둑의 이야기를 듣고 있었다.

"말씀드렸듯이…." 남자는 이야기를 계속 이어갔다. "저는 도둑이 본업인 사람은 아닙니다. 저는 이 종이 더미가 그 정도로 중요한 거라면, 사람만 잘 만나면 돈이 좀 될 거라고 생각했습니다. 이런 건 저한테는 아무짝에도 쓸모가 없습니다. 제기랄…. 저는 일자무식이라 뭐가 뭔지 하나도 모릅니다. 정치 이야기만 잔뜩 적혀 있더라구요. 그것도 외국의…. 선생님 제발 절 좀 용서해 주세요. 저는 선생님께 해를 입힐 생각이 조금도 없었습니다. 이 종이 뭉치의 원래 주인을 알았더라면 기꺼이 돌려주었을 겁니다."

박사님이 스티븐의 얼굴을 힐끗 쳐다보았다. 스티븐이 미소를 지으며 고개를 끄덕였다.

"알겠소." 박사님이 말했다. 그러자 모두들 안심했다. 남자의 이야기를 들어보니 안됐다는 생각도 들고 해서 굳이 벌을 줄 필요까지는 없다는 생각이 들기 시작했던 것이다. "가도 좋소. 하지만 이제부터는 이런 짓 하지 마시오. 경찰이라면 이렇게 관대하지 않았을 것이오."

남자가 웬들미어로 통하는 길을 따라 되돌아가자 박사님은 맥과 녀석의 친구들을 돌려보내며, 도와줘서 고맙다는 말을 하고 언젠가 다시 이곳에 와서 만나러 가겠다고 약속했다.

마차 꼭대기에 앉아 있던 치프사이드가 박사님에게 물었다.

"박사님, 이제 퍼들비에 있는 집으로 가는 건가요?"

"그래." 박사님이 말했다. "드디어 퍼들비 집으로 가게 되었어! 이제 집 난롯가에서 늘어지게 쉬어야겠어."

"하! 하!" 치프사이드가 웃었다.

"박사님, 쉬고 싶으시면 집으로 가시면 안 될걸요. 집은 이미 병원이 다 되어 있을걸요. 수다쟁이 푸른어치들이 박사님이 돌아오신다고 동네방네 소문 다 냈거든요. 다리가 부러진 다람쥐들이 근처에 가득 모여 잠자고 있고, 마구간에는 말이 두 마리 와 있고, 족제비 한 마리는 아직 눈도 제대로 뜨지 못한 새끼를 처마 밑으로 데려왔는데 걔들은 머리가 제대로 붙어 있을지 걱정될 정도로 기침을 해 대고 있어요."

"이거 큰일이군" 박사님이 한숨을 내쉬었다. "그렇다면 더더욱 빨리 가야겠구나. 제때 치료를 못해 줘 한 마리라도 죽게 되면 정말 슬픈 일이니까."

잭은 어떻게든 자기가 퍼들비까지 마차로 태워다 주겠다고 했다.

"그러실 필요 없습니다." 박사님이 말했다. "우리는 먼저 그리니치로 가서 나머지 식구들을 데리고 가야 합니다."

"괜찮습니다." 마부가 말했다. "어차피 그리니치는 퍼들비로 가는 길에 있습니다."

"하지만 지금 사람들이 길에서 마차가 오기를 기다리고 있을지도 모릅니다." 박사님이 말했다.

"아마 그럴 겁니다." 잭이 말했다. "하지만 이미 너무 늦어 버렸으니 상관없습니다. 좀 있다 12시면 다른 마차가 오니까 런던에 가고 싶은 손님은 그걸 타고 가면 됩니다. 게다가 여러분이 제 목숨을 구해 주셨으니, 이제 제가 조그만 답례라도 해야 할 것 같고요. 타세요. 출발합니다."

"그렇다면…." 박사님이 주저하며 말했다. "정 그러시다면, 알겠습니다. 그럼 이 멋진 마차를 타고 고맙게 가겠습니다. 와! 전세 마차다! 거브거브가 얼마나 놀랄까? 스티븐 어서 타세요. 피피넬 라도."

"박사님, 저희는 박사님께 더 이상 폐를 끼치고 싶지 않습니다." 스티븐이 말했다. "피프하고 저는 런던으로 가겠습니다…. 가서…."

"그게 무슨 바보 같은 말씀입니까?" 박사님이 단호하게 말했다. "퍼들비에는 방이 아주 많습니다. 책 쓰는 일은 거기서 하시면 되고, 대브대브가 해 주는 음식도 한번 드셔 보세요. 대브대브는 자기가 차려준 음식을 식탁에 모여 앉아 나눠 먹는 걸 정말 좋아해요. 자, 자" 스티븐은 계속해서 사양하려 했지만 박사님은 말을 계속했다. "더 이상 듣고 싶지 않습니다. 모두 타! 그리니치 거쳐 집으로 가는 거야. 퍼들비에 있는 우리 집으로!"

둘리틀 박사의 모험 11

둘리틀 박사와 초록 카나리아

1판 1쇄 찍음 2019년 2월 20일
1판 1쇄 펴냄 2019년 2월 27일

지은이 휴 로프팅
옮긴이 장석봉

주간 김현숙 | **편집** 변효현, 김주희
디자인 이현정, 전미혜
영업 백국현, 정강석 | **관리** 오유나

펴낸곳 궁리출판 | **펴낸이** 이갑수

등록 1999년 3월 29일 제300-2004-162호
주소 10881 경기도 파주시 회동길 325-12
전화 031-955-9818 | **팩스** 031-955-9848
홈페이지 www.kungree.com | **전자우편** kungree@kungree.com
페이스북 /kungreepress | **트위터** @kungreepress

ⓒ 궁리출판, 2019.

ISBN 978-89-5820-574-6　04840

값 13,000원

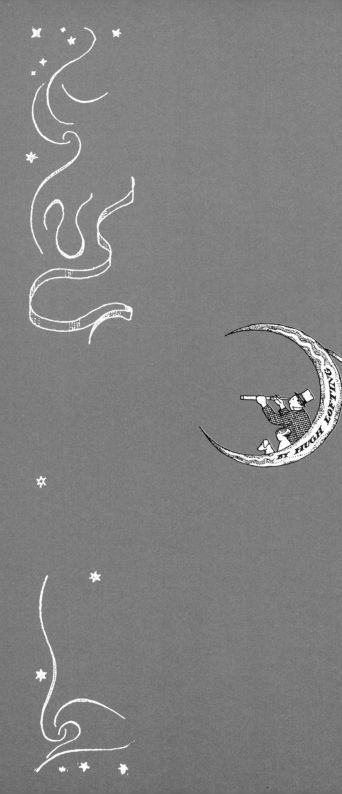